真実の檻

下村敦史

角川文庫
20937

目次

プロローグ　五
発覚　七
第一章　痴漢冤罪疑惑事件　三
告白　八七
第二章　覚せい剤使用疑惑事件　一二一
追究　一六五
第三章　ヒ素混入無差別殺人事件　一七三
面会　二一八
第四章　赤嶺事件　二四五
エピローグ　三五八
謝辞・参考文献　三六二
解説　小橋めぐみ　三六六

プロローグ

一九九四年

東京の多摩《たま》市では、闇夜にパトカーが血の色のサイレンを撒《ま》き散らしていた。邸宅の前に数台が停車し、相変わらず野次馬が取り囲んでいる。土地柄、年配の男女が多く、一様に緊張の面持ちだ。大事件は珍しいから当然だろう。

「殺人だってよ」

「夫婦が殺されたって」

「あそこは娘がいたろ。どうなった？」

「無事なのか？」

各々が囁《ささや》き交わしている。

男は野次馬を肩で押しのけるように進み出た。『KEEP OUT』と書かれたテープが張り巡らされている。警察官が立ちはだかり、手のひらで制止した。

男は身分を証明し、挨拶《あいさつ》してテープをくぐり抜けた。邸宅に踏み入ると、血の靴跡が刻まれた廊下で鑑識係が証拠採取を行っていた。迂回《うかい》して静かに通り抜ける。

警戒しつつリビングに入った。一帯は血の海だった。真っ赤な手形がこびりつき、こすれた血の線が尾を引いている。傾いたテーブルを押しのけて進むと、ソファの陰で中年男性の死体が仰向《あおむ》けに倒れていた。口は大きく開いており、光を失った目玉が天井を凝視している。

奥には中年女性の死体が倒れ伏していた。ワンピースの背中に血のシミが広がっている。右手は助けを求めるように伸ばされたまま、硬直していた。

緊張の汗が手のひらに滲《にじ》み、ズボンにこすりつけて拭《ぬぐ》う。

男はポケットの中から小さなビニール袋を取り出し、そして——中身をソファに振り撒いた。

室内を見回すと、握り締めていたものをテーブルの血液にこすりつけ、ソファの下に放り込んだ。

全てを終えると、男は鑑識係に挨拶し、何食わぬ顔を繕って立ち去った。

少し肌寒い、夏の夜のことだった。

発覚

1

二〇一五年

乳がんで四月に病死した母の遺品を整理するため、石黒洋平《いしぐろようへい》は連休を利用して千葉県いすみ市の実家に帰省した。東京から特急で七十分ほどで、一面に広がる田んぼと樹林の中、瓦《かわら》屋根の民家が点在している。緑の絨毯《じゅうたん》と化した稲が初夏の風にそよいでいる。蟬の鳴き声を掻《か》き消すように、雀の大群が羽音をさせながら一斉に青空へ羽ばたいた。

洋平は実家の鍵《かぎ》を開けた。離婚した父が半年前に出て行ったので、今は誰も住んでいない。

最初に手をつけたのは、衣類や生活用品だった。子育てや料理に関する本は図書館に寄贈できるだろうか。ページをめくると、付箋《ふせん》やマーカーで彩られていた。どうやら無理そうだ。

一日がかりでも終わらず、高校時代に使っていた懐かしい布団で一夜を明かした。

翌朝は、思い出の品に取り掛かった。ケースに並んだ8㎜ビデオテープの背には、『洋平　一歳〜三歳』『洋平　三歳〜五歳』『洋平　六歳〜九歳』とラベルが貼られている。

観る気はなかったのについ観てしまった。まだ白髪も小皺《こじわ》もない母が幼児の両腕を摑《つか》み、支えている。幼児はその場で足踏みするように一歩、二歩と踏み出した。「上手、上手!」と母の喜ぶ声が混じる。母が手を離すと、幼児は立ったまま笑顔で拍手を真似た。

赤ん坊のころから愛情を注いでくれていたのが分かる。がんの全身転移で先が長くないと聞かされてからは、学業を理由に母から遠ざかってしまった。日に日に痩《や》せ衰え、抗がん剤の影響で苦しんでいる母を見るのが怖かった。現実を拒絶したかった。見舞いを避け、数日に一度、電話で話をするだけ。会わなければ、確実にやってくる〝死〟から目を背けられる気がしていた。

今は後悔している。顔を見て話ができるうちにもっと話したかった。何でもいい。

何でもいいから話したかった。話すべきだった。母は寂しく死んでいった。

父は、闘病する母を見捨てて離婚した。

――看病に疲れた。苦しむ姿を見るのにもう耐えられない。

自己中心的な理由を聞いたときは、思わず父を怒鳴ってしまった。信じられなかった。仲がよかった夫婦なのに、と思った。父は母の誕生日や結婚記念日を忘れたことがなく、毎回プレゼントを用意していた。乳がんが発覚する前――去年の結婚記念日は、二人で温泉旅行をしたという。嬉《うれ》しそうなメールが母から届いたのを覚えている。

思いやりがあって真面目だった父。そんな父が身勝手に離婚を切り出したことが腹立たしかった。だが、見舞いから逃げていた自分に父を非難する資格はなかっただろう。今ではそう思う。

ビデオを五歳まで観終えたときには、昼になっていた。停止ボタンを押す。持ち帰ればいつでも観られる。

洋平は押し入れの段ボール箱を全部引っ張り出した。そのとき、天井板のズレに気づいた。持ち上げると――半ば条件反射のようなものだった――、板はあっけなく外れた。上段に上がって天井裏を覗《のぞ》くと、薄暗い中に長方形の影がうずくまっていた。

それはアルミ製の小箱だった。何だろう。引きずり出し、中身を確認した。

若いころの――おそらく三十歳前後の――母が男と仲よさげに写っている写真が数

枚。赤嶺信勝《あかみねのぶかつ》という差出人の手紙が数通。

見てはいけないものを見つけてしまった気がした。さすがにこれが何かは想像がつく。たぶん、父と結婚する前の忘れられない恋の相手なのだろう。そのまま処分しよう。そう思って蓋《ふた》を閉じようとしたとき、ふと一枚の写真の違和感に目が吸い寄せられた。男は片膝《かたひざ》をつき、母の腹部を撫《な》でるポーズで写っている。

あまりに不自然な格好だった。腹に宿った命を愛撫《あいぶ》するような――。

心臓がどくんと跳ねた。

洋平は深呼吸すると、一九九四年三月十五日の消印が残された封筒から手紙を抜き出した。緊張が伝播《でんぱ》した指で開き、目を通した。強い想いが達筆で綴《つづ》られ、『由美《ゆみ》の家族を説得して結婚を認めてもらいたい』と結ばれていた。別の一通――六月二十日の消印が押されている――には、妊娠を喜ぶ内容が書かれている。

まさか、としか思えなかった。由美――つまり母だ。自分が生まれたのが一九九五年二月十日。前年の六月に母が妊娠していたとしたら――。

ありえない。そんなことはありえない。何かの間違いだ。自分の足元が崩れていく錯覚に囚《とら》われた。

洋平は息を吞《の》み、蓋を閉じた。だが、抗《あらが》いがたい衝動に突き動かされ、また開けた。写真の一枚を取り出し、男の顔を睨《にら》みつける。目が離せなかった。自分の顔と比べてみると、毛先に天然パーマがかかった黒髪や、二重の目、真っすぐの鼻筋に共通点が感じられる気がした。自分が後十年歳を重ねたら、このような顔になりそうだった。男は壇上に立つメダリストのような笑顔で母の隣に立っている。

赤嶺信勝――。

生まれてから一度も聞いたことがない名前だ。いや、遠い昔、どこかで聞いた気もする。

再び蓋を閉じ、かぶりを振る。小箱を押し入れの天井裏に戻し、板を嵌《は》める。襖《ふすま》を閉め、黙々と遺品の整理を続けた。だが、何度も押し入れを振り返ってしまう。

窓から夕日が射し込んでくると、洋平は我慢できず押し入れに歩み寄った。襖をしばらくじっと見つめ、指を掛ける。引き開け、天井板を外し、小箱を取り出す。

永遠に隠しておくべきだと分かっている。しかし――。

洋平は小箱を抱えたまま実家を出た。それは腕の中で重く、何かが封印された小さな石櫃《いしびつ》にも思えた。

捨ててしまえ。そして忘れてしまえ。

念仏のように胸の中で唱えるも、実行はできなかった。

駅に着くと、東京行きの特急に乗ろうとし、思いとどまった。このまま持ち帰って何の意味があるだろう。父はこの事実を知っているのだろうか。

確かめるしかない、と思った。

電車で二駅の町にある父のアパートに向かった。住所は携帯のメールに残っている。離婚後は一人暮らしをしているという。

番地を確認しながら歩くうち、足取りはますます重くなった。目的地が近づくにつれ、動悸《どうき》が激しくなり、息苦しさを覚えた。取り返しがつかないことをしようとしている、という思いは強く、引き返せ、と心が何度も命じる。

意に反して歩みは止まらず、気づいたらアパートの前に立っていた。半ば無意識に伸びた指は、チャイムに触れたままだ。押し込む勇気がない。

一分、二分——。

建物の影の中で待つうち、突然、チャイムが鳴った。心臓が飛び上がった。緊張で強張《こわば》った指が押し込んでいた。

もう引き返せない。

留守を願った。だが、扉は開いた。

石黒剛《いしぐろつよし》——父だった。胡麻《ごま》塩《しお》頭の下に、ノミで荒々しく削られたような顔貌《がんぼう》があった。ビー玉じみた黒目が大きく、鷲鼻《わしばな》の下に無精髭《ぶしょうひげ》が生えている。数ヵ月前に顔を見たばかりなのに、思わず観察してしまった。自分の顔との共通点を探して。

「お、どうした、洋平」父は気まずそうに口を開いた。「訪ねてくるとは思わなかった」

父が闘病中の母を捨てて離婚してからは、葬儀と通夜を最後に一度も会っていない。大学の寮に住んでいるから、向こうから来ることもなかった。

「ちょっと――ね」

「何だ、悩み事か。ま、入れ」

父の後に続き、部屋に上がった。畳敷きの居間で膝を突き合わせて座る。

「何か飲むか。茶くらいしかないが……」

立ち上がろうとした父を止めた。

「……本当にどうしたんだ。恋愛関係なら門外漢だぞ」

空気を和ませるつもりだったのだろう。茶化《ちゃか》すような言い方に父の不安が表れていた。自分は今どんな顔をしているのだろうか。

洋平は切り出す言葉を見つけられず、黙っていた。

「大学は――どうだ？　勉強はついていけているか？」

洋平はうなずいた。

「……そうか。それはよかった」

すぐに沈黙が降りてきた。洋平は父の顔を窺《うかが》いながら言った。

「父さんが離婚した理由って――」

「その話か。すまんな。後悔している。看病に疲れてしまったんだ。結果的に病気の母さんから逃げる形になった」

「本当に、そう?」

疑惑を向けると、父の顔に緊張が走った――気がした。

「何だ、急に」

「……もしかしたら、母さんの裏切りを知ったんじゃないか、って」

父は怪訝《けげん》そうに眉《まゆ》を寄せた。

「何の話だ」

「母さんは死ぬ前に病室で告白したんじゃない?」

探りを入れた。父は事情を知っているのかどうか。知らなかったら、小箱を見せたとたん関係は変わってしまう。いや、自分が知った以上、もう関係は変わっている――のかもしれない。

「実は――」洋平は恐る恐る小箱を差し出した。「これ、実家の押し入れの天井裏から見つけたんだ」

「茶菓子なら嬉《うれ》しいが……そんなわけないだろうな。何だ、これ」

「中を見て」

父は当惑の面持ちで蓋を持ち上げた。写真を凝視し、目を剝《む》く。想像以上の反応だった。這《は》い出ようとする悪霊でも閉じ込めるようにすぐさま蓋をする。

「何でもない。忘れろ」

父の反応で分かった。父はもう事情を知っていたのだ。余命宣告された母から聞かされたのだろうか。

「母さんと一緒に写っている人——」

「昔の恋人だ。それだけだ。何の関係もない」

「手紙、読んだんだ。妊娠を喜ぶ内容だった。僕が生まれる前の年だよ」

父は悪夢が現実になったかのような顔をしていた。膝頭を鷲摑《わしづか》みにする指に力が籠《こも》っているのが見て取れる。

「ねえ。僕は——誰の子？」


口にしたとたん、夜の墓地のような静寂が満ちた。父の喉仏《のどぼとけ》が上下した。緊張の息遣いが伝わってくる。

「……お前は父さんの子だ。当然だろ」

「妊娠の時期から計算したら、僕は——」

「手紙に何て書いてあったか知らんが、忘れろ」

「忘れられると思う？　僕は誰なの。何者なの」

「洋平は洋平だ。それは変わらん」

断固とした口ぶりだった。父の視線は真っすぐ射貫いてくる。嘘偽りのない本心だと分かる。

「この赤嶺信勝って人が僕の――」続きを口にするには、ありったけの勇気を掻《か》き集めなければならなかった。「実の父親なの？」

父は唇をしきりに舌で舐《な》めていた。同じく言葉を発するのに勇気が――むしろ覚悟か――必要そうだった。

「本当のことを話してよ」

記憶に蘇《よみがえ》るのは、病院に母を見舞いに行ったときのことだ。病室のドアを開ける直前、父の声が聞こえてきた。

『まだあいつを忘れられないのか？　由美は――』

ドアを開けたとたん、振り返った両親の顔は強張っていた。

『喧嘩《けんか》してるの？』と訊《き》いたら、母は『何でもないの。治療方針で意見が違って……』と誤魔化した。そのときはあえて何も知らないふりをし、『そう』とうなずいた。

今思えば、〝あいつ〟というのは赤嶺信勝のことではないか。複雑な三角関係があったと推測できる。

「赤嶺って人が僕の父親？」

繰り返し問うと、父は深呼吸した。

「そうだ――と言ったらどうする。赤嶺は二十一年前に交通事故で死んでる。それが全てだ。そんな奴のことを知っても意味がない」

冷淡な口ぶりだった。

「父さんは、いつ知ったの？」

「……これが原因で離婚したと思ってるのか？　違うぞ。それは断じて違う。父さんは全て承知で結婚したんだ。出会った二十年前にはもう母さんは妊娠していた」

意外な告白だった。父は二十年間、他人の子を実子として育て続けてくれたのか。

「いいか。大事なのは血じゃないんだ。夫婦だって、もとは赤の他人だ。血の繋《つな》がりなんてない。でも家族だ。それと同じことだ」

洋平は後悔した。赤嶺信勝のことは話すべきではなかった。知らないふりを続けるべきだった。二十年間育ててきた我が子からこんな話をされたら、腹が立つだろう。悲しくもなるだろう。父を無意味に傷つけただけだ。

「ごめん。もう帰るよ」

洋平は小箱を取り上げ、アパートを出た。父は引き止めなかった。別れ際、「赤嶺のことは忘れろ。調べようとするな」と深刻な口調で言っただけだ。

東京の大学の寮に帰ると、洋平はノートパソコンを開いた。二十一年も前の単なる交通事故は、ネットの記事にもなっていないだろう。検索するだけ無意味だと思った。だが、父の言葉が気になった。

――調べようとするな。

実の父に関心を示した息子への警告としては、少し過剰にも感じた。それが引っかかった。検索サイトにアクセスし、『赤嶺信勝　事故』と打ち込んだ。珍しい名字だから数件だろうと予測していたが、虫眼鏡マークをクリックすると、数千件がヒットした。

赤嶺事件
赤嶺事件（あかみねじけん）とは、一九九四年七月十二日に東京都多摩市で発生した夫婦惨殺事件である。午後十時ごろ、帰宅し……

検索結果のトップに仰々しい名前と本文の一部が表示された。

何だ、これ――。

胸がざわつき、気づいたらアクセスしていた。

『赤嶺事件（あかみねじけん）とは、一九九四年七月十二日に東京都多摩市で発生した夫婦惨殺事件である。午後十時ごろ、帰宅した娘のA子さん（当時二十九歳）が一一〇番通報し、発覚した。犯人として逮捕され、七年に及ぶ長期裁判のすえ、死刑判決を受けたのは、現職の検察官・赤嶺信勝（当時三十六歳）だった』

事件の概要に目を通し、洋平は緊張を呑《の》み下した。動悸《どうき》は息苦しいほどだった。指はキーボードのエンターキーに貼りついたまま離れなかった。

赤嶺信勝――。

まさか。偶然だ。偶然に決まっている。実の父は交通事故死したはずだ。

自分に言い聞かせ、ウインドウを閉じようと思った。だが、指は記事を下にスクロールさせていた。

『被害者となったのは、鷹野《たかの》晃一《こういち》（当時五十三歳）、鷹野浩子《ひろこ》（当時五十二歳）の二名。いずれもナイフで滅多刺しにされていた。交際相手であったA子さんとの結婚を強硬に反対され、A子さんの両親を逆恨みして殺害したとみられている』

両親の離婚が決まった後も、洋平は不便だから父方の姓――石黒――のままだった。つい忘れがちになるが、母の旧姓は〝鷹野〟だ。

氷の塊を飲み込んだように胃の底が重く、冷え冷えとしていた。体温が数度下がった気さえした。

恐る恐る報道記事のリンクをクリックした。右隅に夫婦惨殺犯・赤嶺信勝の顔写真が掲載されている。怒りを湛《たた》えた眉尻《まゆじり》は鋭く跳ね上がり、剝かれた眼球には憎悪が燃えている。凶悪犯の人相だ。それは間違いなく写真で母と隣り合っていた男だった。

まさか。まさか――。

洋平はかぶりを振った。全てを否定したくても、無味乾燥な記事も顔写真も現実だった。

実の父は夫婦惨殺犯――。

しかも、殺されたのは母の両親だ。だから交通事故死だと嘘をついたのだ。亡霊に足首を掴《つか》まれ、深海まで引きずり込まれたように息ができない。目の前も真っ暗だった。

思い返せば、母は毎年七月十二日、仏壇に普段より特別多くの酒や食べ物を供えて読経《どきょう》していた。誰の命日か尋ねたとき、『家族はみんな早くに死んじゃったから』と言われた。なぜその日だけなのか。面倒だから纏《まと》めて祈っているのか。当時は不思議に思った。その疑問が今、解けた。母にとって七月十二日は両親を同時に失った日なのだ。

一度堰《せき》を切ると、記憶は奔流となって押し寄せてきた。

殺人事件のニュースが流れるたび、怖い顔でチャンネルを替えた母。子供の教育に悪いから、が口癖だったが、高校生になっても同じだった。過保護すぎると反論したこともある。

『お母さんはこういう事件の話は嫌いだから、観たかったら一人のときにして』と言われた。家族の事件を思い出すから避けていたのだろう。第一発見者は娘のA子と書かれていた。母は凄惨《せいさん》な現場を目の当たりにしたはずだ。

両親は息子から〝赤嶺事件〟を遠ざけたかったのだ。思い当たる節はある。東京の大学を受験すると伝えたときだ。二人揃って猛反対した。千葉の田舎暮らしが嫌いで都会を夢見ていたのだが、『こっちにもいい大学があるでしょう』と母は主張し、父も同調した。結局、説得できないまま勝手に受験した。合格後は、仕方なさそうに入学を認めてくれた。

東京に出たら〝赤嶺事件〟に触れることがあるかもしれない――。それを気にしていたのだろう。両親は結婚した後――あるいは結婚する前――、平穏な暮らしを求めて千葉に引っ越したのだと思う。

自分は東京に出てきたことで〝赤嶺事件〟を知ったわけではない。遺品整理で小箱を見つけてしまったせいだ。とはいえ、両親の忠告に逆らった結果、こうして事件を知ってしまった。調べるな、と言った父に従うべきだった。

拳《こぶし》を握り締めた。脈打つ動悸で血液の流れを意識した。真っ黒いタールが体内を駆け巡っている錯覚に陥った。

自分には死刑になった殺人犯の血が流れているのか。今さら何を憎めばいいのか分からず、感情の大波に押し流され、頭の中はぐちゃぐちゃになっていた。

待てよ――と気になった。不吉な予感を覚え、事件の概要のページに戻った。最後の文章に目を通す。

『――赤嶺死刑囚は東京拘置所に収容されている（二〇一四年一月現在）』

収容されている？

一年半前の時点で死刑は執行されていない。まさか――。

洋平は死刑囚の執行に関する情報を検索した。二〇一四年も二〇一五年も、赤嶺信勝の名前はなかった。

なんてことだ。母の両親を惨殺した実の父はまだ生きている。生きて東京拘置所に収監されている。

自分の体内を流れる血の黒さが生々しく感じられた。

〝赤嶺事件〟は終わった事件ではなく、生きている事件なのだ。

2

濃紺のカーテンが引き開けられると、真っ白いロープが垂れ下がっていた。恐怖や苦しみが染みついたような骨灰色の床の中央に踏み板があり、血の色のテープで四角く囲まれている。

数名の刑務官に引き立てられ、男が刑場に立った。頬が引き攣《つ》り、唇が歪《ゆが》んでいた。唾《つば》を飲み込む音が聞こえた。

目隠しされ、両膝《りょうひざ》を縛られ、後ろ手に手錠を嵌《は》められた。首にロープが巻かれる。喉《のど》の筋が浮き上がる。

そして——。

床が開き、ぞっとする落下音と同時に体が落ちる。揺れているのはなぜか自分自身だった。

洋平は自分の断末魔で目覚めた。夢の余韻を引きずり、現実感が希薄だった。シャツは汗みずくで肌に貼りついている。眉間《みけん》を揉《も》みながら上半身を起こした。

不快な気分を洗い流すために念入りに洗顔し、身支度した。朝食は摂《と》らずに大学に出た。授業は何も頭に入らず、一限目の途中のつもりでいたら、二限目が終わり、昼休みに入っていた。適当に学食で定食を注文したものの、喉を通らず、半分以上残してしまった。午後の授業もいつの間にか終わっていた。

「よう、洋平」

振り向くと、同じゼミの友人が立っていた。

「放課後のセミナー、出るか?」

「何かあったっけ」

「聞いてねえのかよ。就活セミナーだよ」

就活——か。ツアーコンダクターを目指し、旅行研究会をマジックサークルと兼サーしている。将来は旅行代理店に就職するつもりだ。三年生だから、もう就職活動に向けた準備が必要だ。

「う、うん。出るよ」

洋平は鞄を取り上げ、教室を移動した。空いている席に友人と隣り合って座る。黒板の前にはスクリーンが下ろされていた。時間になると、教授が壇上に立ち、講義をはじめた。最近の就職率や企業の注目点など、実例を提示しながら語っていく。

半ばうわの空で聞いていたとき、『身辺調査』という単語が耳に入り、洋平ははっとして顔を上げた。

「——企業の採用担当者が応募者の氏名でネットを検索するのは、もはや珍しいことではありません。大っぴらに認めはしませんが、履歴書や面接より人間性が分かるからです。たとえば、実名でSNSなどをしていると、一発です。発言は素のあなたとして判断の材料にされます」

心臓がきゅっと引き締まった。

「みなさん、炎上していませんか。大丈夫ですか」

教授がインターネット用語を使って冗談めかして語ったため、学生たちはどっと笑い声を上げた。

しかし、洋平は一緒になって笑えなかった。

身辺調査——。

自分に落ち度がなくとも、身内に罪があった場合、どうなるだろう。表向きは差別されなくても、別の理由で避けられるだろう。死刑執行を待つ死刑囚。夫婦惨殺犯。自分にはその血が半分流れている。石の十字架にのしかかられている気分だった。

「注意すべきは炎上にかぎりません」教授が話を続けた。「政治的な活動も就活においては高リスクです」

学生の一人が手を挙げ、「正しい政治活動なら問題ないですよね。むしろ武器になりますよね」と投げかける。

「……正しさとは誰が決めるのでしょう？　あなたが信じる正しさは、別の誰かにとって間違いだったりするものです。往々にして、正しさとは危険なものです。自分が正しいと信じていれば、その正しさのためにはどんな手段も許されると思うようになり、必ず逸脱するからです。そんな例、見たことあるでしょう？」

「あります、あります」学生の一人が笑いながら手を挙げた。「他大の先輩、それがイケてるって勘違いして毎日毎日ネットで実名の正義の批判をし続けて、いまだ就職、決まりません！」

再び学生たちが大笑いした。

「社員がイデオロギーに囚《とら》われて暴走し、炎上する――というのは企業としては最も怖いパターンです。問い合わせが殺到するリスクは避けたいものです。みなさんは、警察に目をつけられるようなこと、しちゃ駄目ですよ」

今朝の夢は現実だ。自分も死刑囚と同じ立場だと思った。実の父の罪がいつ露見するか。人生の終焉《しゅうえん》を告げる刑務官の靴音は、いつ自分の目の前で立ち止まるか。怯《おび》えながら生きていかねばならない。

まるで剝製《はくせい》にでもなった気がした。外見上は何も変わらないのに、心も命も失ってしまったような――。

友人に肘《ひじ》で二の腕を小突かれた。

「ありえないよな。俺ら普通の大学生には、さ」

普通――か。もはや、遠い言葉のように聞こえた。学生たちの中で、自分だけが異物だった。同じように生きていないことを見抜かれそうで怖かった。友人たちには決して共感されない疎外感。

セミナーに参加するんじゃなかった――。

周囲の人々との差をいやでも思い知らされる。

実の父のことを知られるのが怖い。死刑囚を父親に持つ友人と誰が仲良くしたがるだろう。せめて死刑が執行されていてくれたら――。

実の父の事件を知り、自分の人生は終わったのだ。そう思った。他人にバレなければ平穏な生活が当面は続くかもしれない。だが、身辺調査されたら、母の名前や昔の住所から〝赤嶺事件〟にたどり着かれる可能性がある。疑惑を突きつけられたとき、自分は平然と嘘をつけるだろうか。

洋平は意気消沈して帰宅した。冷蔵庫からキャベツを取り出し、備えつけのミニキッチンで千切りにした。一心不乱に切り刻んでいると、油断して指先を切った。ジーンズの後ろポケットを探り、取り出したハンカチで指を押さえた。白い生地にシミが広がる。それをじっと見つめた後、洗剤をまぶし、洗った。こすってもこすっても汚れが落ちない。こすってもこすっても――。

自分の体内を流れている血は、他の誰のものとも違う。殺人犯の汚れた血だ。

知らなきゃよかった。調べなきゃよかった。忘れてしまいたい。時を巻き戻すことが不可能なら、頭を地面に叩《たた》きつけてこの数日の記憶を消してしまいたい。

普通の大学生に戻りたかった。サークルで馬鹿騒ぎしたり、恋人とデートしたり、難しい講義に愚痴ったり――。

あれは自分にとってパンドラの箱だった。蓋《ふた》を開けたとたん一人では抱えきれない災厄が飛び出し、平穏な生活を奪ってしまった。黙っていれば誰にも分からないはずだと言い聞かせてみても、知ってしまった血の穢《けが》れは消せない。

洋平は料理を中断し、本棚からアルバムを引っこ抜いて座った。旅行研究会で参加した国内の名所の写真が載っている。無邪気に笑っていられた思い出に浸る。

ふとある一枚に注目した。京都の神泉苑《しんせんえん》の写真だ。緑がかった池の水面にアーチ状の赤い法成橋《ほうじょうばし》が逆さまに映り込み、まるで半開きの妖艶《ようえん》な唇に見えた。数人のメンバーと欄干から身を乗り出し、ピースサインをしている。

伝説によると、一つの願い事を念じながらこの橋を渡り、善女竜王《ぜんにょりゅうおう》に詣《まい》ると必ず成就するという。あのとき、自分は何を願っただろう。試験がうまくいくように願っただろうか。

今なら別の願い事を念じただろう。切実に。

食事も摂らないままシャワーで汗を流し、ベッドにもぐり込んだ。睡魔が訪れるまでにずいぶんかかった。

目覚めたのは翌日の昼前だった。大学は休むことにした。

思い返せば、小学生のころから母には道徳や命について教えられた。人を傷つけることがいかに悪いか、繰り返し何度も何度も。それが息苦しく、中学生時代には反発したこともある。反抗期だった。夜間に出歩き、ゲームセンターで因縁をつけてくる相手と喧嘩《けんか》した。先に二発殴られ、五発殴った。正当防衛のつもりだったが、警察沙汰《ざた》になり、呼ばれた母がやって来た。怒られると思ったものの、予想に反して母は無言だった。表情に妙な怯えがあった。その反応が理解できなかった。しかし、今なら分かる。

殺人犯の血――。

息子に流れる暴力的な血が覚醒《かくせい》したと思ったのだろう。血が犯罪者を作るわけではない、と頭では分かっていても、両親の惨殺死体を目の当たりにした母にとって、暴力は圧倒的な恐怖の対象――トラウマだったのだ。

出産には相当な葛藤《かっとう》があったと思う。両親を殺した殺人者の子を産むのだから。中絶も考えたかもしれない。だが、母は出産した。道徳と命についてあれほど執拗《しつよう》に教育したのは、罪を犯した父親と同じようになってほしくない、という想いがあったからだろう。

ノートパソコンを開き、〝赤嶺事件〟を検索した。現実を否定する何かが見つからないか、暇があったら調べてしまう。

『赤嶺容疑者は鷹野さんの一人娘と交際していたが、鷹野夫妻には結婚を反対されていた。父親の晃一さんは死刑反対派の市民団体に所属しており、検察官との交際に反対していたという。同グループの知人は、「人殺しに娘はやれん、が口癖でしたね。

挨拶《あいさつ》に来た交際相手（記者注・赤嶺容疑者）を罵《ののし》って追い返してやった、なんて自慢していましたよ」と語る』

新たな情報だった。祖父は死刑反対派の活動家だったのか。そうだとしても、検察官は社会正義を貫く立派な職業だ。結婚に反対する理由になるとは思えない。凶悪犯に死刑を求刑することもあるだろうが、だからといって、人殺し扱いして罵倒《ばとう》するのはどうなのか。

ふと自衛隊を面罵する人々を思い出した。あれを初めてネットの動画で見たときは、胸がむかむかしたものだ。

家族で東北に旅行し、現地の人々の温かさと素朴さに感動したことがある。だから東日本大震災が起きたとき、国民の命を救うために命懸けで活動する自衛隊員の姿を見て、頼もしく、そしてありがたく思ったものだ。だが、その一方、プラカードや横断幕で自衛隊を人殺し集団扱いし、醜悪な形相で誹謗《ひぼう》中傷する人々の存在も知った。

祖父も、同じように自身の正義感を盲信して悦に入る人間だったのか。

だったら殺されても当然だ――。いや、違う。それは命で償わされるほどの〝罪〟ではない。自分はきっと自身の穢れた血をわずかでも薄めたいのだ。被害者側に殺されても同情できない理由を探し、実の父の罪を軽くして、自分の心も軽くしたいのだ。だから、無理やり祖父を悪者にしようとしている。人柄や性格など何も知らないくせに……。

それにしても皮肉だと思う。死刑反対派の活動家とその妻を殺した犯人が死刑判決を受けたのだから。あの世の祖父は何を思うだろう。やはりそれでも死刑に反対なのだろうか。

駄目だ。駄目だ。洋平は首を振った。履歴を消去し、ノートパソコンの電源を落とした。〝赤嶺事件〟に囚《とら》われてはいけない。父の忠告どおり、赤嶺信勝という男の存在は忘れよう。自分にとって父親は一人だけだ――。

実家から持ち帰ったビデオカメラの配線を繋《つな》ぎ、8㎜ビデオテープを突っ込む。家族の思い出が流れていく。

画面の中の父は、プールで息子を抱きかかえ、ウォータースライダーを滑っている。体の両側に水の翼が広がる中、着水と同時に水しぶきが跳ね上がる。水面から顔を出すと、鼻水を垂らして笑う息子を高々と掲げ、母が撮影するカメラに向かってピースする。

シーンが変わると、父は息子を背に乗せて平泳ぎしていた。このときのことは覚えている。同い年くらいの子がイルカの浮きものに乗っかっている姿が羨《うらや》ましく、欲しい欲しいと我がままを言い、母を困らせた。父が代わりに背中に乗せてくれた。「潜水艦だぞ」と笑いながら沈んでは浮上する。そのたび、悲鳴を上げて楽しんだ。

思えば、いつも父は父であろうと一生懸命だった。赤の他人の子を——死刑囚の子を精一杯愛そうとしていた。

中学のとき、母の過剰な道徳教育に嫌気が差し、反抗のつもりで万引きしたことがある。盗む気はなく、あえて見つかった。当然のように家に電話された。やって来たのは父だった。店長に平謝りで、警察沙汰だけは勘弁してやってください、と懇願し続けた。誠意が通じたらしく、初犯だったこともあり、許してもらえた。

帰り際だった。

「——警察の世話になるようなまね、するんじゃない！」

怒声と共に頰が弾《はじ》けた。痺《しび》れる痛みだった。初めて手を上げられ、当時はますます反抗的な気分になったものだ。しかし今なら、父が本当の息子として叱ってくれたのが分かり、嬉《うれ》しく感じる。

血の繫がりが何だ。自分を育ててくれた父との思い出を胸に生きていけばいい。罪深い死刑囚こそ赤の他人ではないか。

それから一週間、ノートパソコンは開かなかった。だが、長くは我慢できなかった。検索を再開してしまった。一時間、二時間、三時間——。あっという間に時が経過する。表示される文章を順番に読んでいると、ある表現に目を奪われた。

『……冤罪《えんざい》の可能性がある』

冤罪――。

洋平は唾《つば》を飲み込むと、クリックして内容に目を通した。〝赤嶺事件〟の記事ではなく、戦後の冤罪疑惑事件を論じている中の一部だった。

『〝赤嶺事件〟といえば、現職検察官による夫婦惨殺事件として検察史に残る大事件ですが、私はあれも冤罪の可能性があると感じています。証拠があまりにも揃いすぎていて、不審な点もあるので、真犯人に嵌《は》められたのではないか、と』

〝赤嶺事件〟の話はそれだけだった。

洋平は詰めていた息を吐き出した。額に滲《にじ》み出ている汗を拭《ぬぐ》う。

実の父が犯人ではないかもしれない、ということか。まさか。一審で死刑確定後、再審請求もせず、十四年間おとなしく収容されているのに？　不審な点とは何だろう。どの記事にもそんなことは書いていなかった。だが、もし実の父が冤罪だったら、自分の血は穢れていないことになる。殺人犯の血は流れていないことになる。負い目を感じずにすむ。世間の目に怯《おび》えながら生活せずにすむ。

もし――もしも――。

そういえば、パンドラの箱には最後に希望が残っていたのではなかったか。

冤罪の可能性――。

それが自分の縋《すが》りつける唯一の希望かもしれない。

洋平は記事をスクロールした。

『執筆者／『社会の風』編集記者　夏木《なつき》涼子《りょうこ》』

冤罪を疑っている執筆者の名前が分かった。

大手出版社・久瀬《くぜ》出版が発行する『社会の風』は有名だ。大学でもネットでも評判はしばしば耳にする。ゴシップやグラビアの類《たぐ》いとは無縁の硬派な社会派の雑誌だ。基本的に弱者や被害者の目線で書かれているものの、偏向しておらず、取材に裏打ちされた真実を報じるため、一般的に信頼が厚い。

話を聞きたい。だが、怖さもあった。会って自分の正体を告げたらどうなるだろう。相手は編集記者だ。『あの夫婦惨殺犯には息子がいた！』とセンセーショナルに報じられてしまうかもしれない。

無実なら実の父も自分も救われる。だが、わずかな可能性に縋りつき、首を突っ込んだあげく、冤罪ではないと判明したらどうする。傷だらけになる。希望は抱いて奪われたほうが苦しいのだから。

それでも、もしも――と思う。

洋平は丸一日悩んだすえ、携帯を取り上げた。

第一章　痴漢冤罪疑惑事件

1

洋平は大学の寮を出ると、電車に揺られた。飯田橋《いいだばし》駅で降り、千代田区富士見《ちよだふじみ》の『久瀬出版』に向かった。高層ビルの隙間から顔を覗《のぞ》かせる太陽が地上を焼いていた。不安に反して白雲が棚引く青空の下、二十階建ての建物を見上げる。

ビルに入ると、清潔そうな白いロビーが広がっていた。ガラス張りの棚には、自社の出版物が陳列されている。五列に並んだ革張りの黒いソファには、数人が座っていた。

受付に向かい、「『社会の風』の夏木さんと約束している石黒です」と名乗る。

指示されるまま記帳し、入館証を受け取った。クリップで胸に留め、エレベーターで八階の第二編集部に向かった。コの字に配置されたキャビネットには原稿が山積みになっており、そばを歩くだけで崩落しそうだ。数人の編集者がデスクに向かっている。

編集部内を見回すと、奥のデスクの前に唯一の女性を見つけた。洋平は背後から声をかけた。

「あの、『社会の風』の夏木さんは――」

女性がウェーブした栗色の髪を翻しながら振り返った。はっきりした眉《まゆ》と大きな目が印象的だ。無地の白い長袖《ながそで》カットソーに黒のスカートを組み合わせている。二十代後半だろう。

「私が夏木です。石黒さんですね。〝赤嶺事件〟の話だとか」

ネットの記事で〝赤嶺事件〟に興味を持ったので話を聞きたい、と説明してあった。

「あちらでお話を伺います」

洋平は彼女に付き従い、原稿がうずたかく積まれたキャビネットの隙間を抜けた。ガラステーブルを挟んで黒革のソファに座る。

「論文のテーマで冤罪の歴史について調べていたら、夏木さんの記事を見つけたんです。死刑が確定して誰もが有罪だと信じている〝赤嶺事件〟がもし冤罪だったら――。興味深い説だと思いました」

あらかじめ用意しておいた作り話をした。彼女がどの程度信頼できる人間か分からない以上、安易に正体と目的を明かすわけにはいかない。スクープに利用され、人生を潰《つぶ》されるおそれがある。

「夏木さんは冤罪疑惑事件を専門に取材されているとか」

「私が担当する弊誌の企画として、冤罪の可能性がある事件の特集を定期的に組んでいます。『冤罪ファイル』という企画です。バックナンバーは注文できるので、興味があればぜひ」

特集、か。編集記者なら当然だろう。それが仕事だ。だが、改めて聞かされると警戒心が強まる。赤嶺信勝の息子だと明かしたら、どんな反応をされるだろう。彼女はスクープのためなら遺族や関係者を踏みにじるタイプだろうか。それとも、冤罪被害者を救いたいという純粋な正義感の持ち主だろうか。人柄はどうやって見極めればいいのだろう。

「石黒さん。冤罪というものは、非現実的な世界の話じゃなく、意外と身近に存在しているものなんです」

そういえば——と思い出す。一年ほど前、大学の最寄りの駅前でビラを配っている女性がいた。父親の痴漢冤罪を訴える内容で、事件発生時、同じ電車に乗り合わせた乗客を捜しているようだった。大半の通行人には無視されていた。だが、切羽詰まった半泣きの顔でビラを差し出す姿に素通りもできず、つい受け取った。とはいえ、心当たりもなく、彼女が見えなくなってからごみ箱に捨てた。

自分にとっては、冤罪など他人事《ひとごと》だった。

「〝赤嶺事件〟に何か冤罪を疑う根拠があるんでしょうか」

尋ねると、涼子はすらすらと答えた。

「第一は凶器が発見されていないことです。赤嶺さんは、覚えていません、どこかに捨てました、と供述し続けたそうです。第二は靴跡です。法廷記録を調べると、弁護側は犯行現場の靴跡の矛盾を追及しています。血の付着した靴跡のサイズは、赤嶺さんのものより一センチ大きい二十六・五だったんです」

どくっと心臓が脈打ち、にわかに興奮が込み上げてくる。知らず知らず拳《こぶし》を握っていた。

「検察側は、警察捜査を熟知する被告人が偽装工作でサイズの違う靴で犯行に及んだ、と主張したようです。でも、それほど計画的だったにしては証拠が残りすぎています。これは不自然です」

「冤罪《えんざい》の可能性があるんですね」

「……石黒さんは何か特別な情報をお持ちですか?」

「え、え? なぜ僕が――」

正体を見抜かれた気がして動転した。赤嶺信勝の息子ならメディアに流れていない何かを知っているはずだ、と――。

「……〝赤嶺事件〟を論文の題材に選ばれたんでしょう？　下調べをしていて何かご存じかと思ったんです」

「あ、そういうことですか。それが、全然。僕も事件は最近知ったばかりで、情報は何も」

「残念です。実は以前、〝赤嶺事件〟で死刑を求刑した検察官から話を聞こうと、取材を申し込んだことがあるんです」

「どんな話をしたんですか」

「残念ながらけんもほろろです。担当した案件の冤罪疑惑を追及されて、気持ちよく話してくれる検察官はいませんから。ただ、その人は二、三年前に弁護士に転向しているので、今なら話せることがあるかもしれません」

「話したいです！　連絡は取れるんですか？」

「石黒さんから〝赤嶺事件〟の名前を聞いて、私も先に動きまして。連絡を試みました。しかし、痴漢冤罪事件に専念していて、数日後にも公判を控えているので、時間は取れない、とのことでした」

「……そうですか」

気落ちすると、彼女が励ますように言った。

「しかし、その痴漢冤罪事件絡みで午後一時ごろから警察署に顔を出すそうです。不意打ちでぶつかる手はありますよ。ご一緒しますか？」

突然の提案に驚いた。ただの学生である自分を同行させてくれるとは思ってもいなかった。しかし、これはチャンスかもしれない。取材ぶりを観察すれば、彼女の主義やスタンス、人柄が見えてくるだろう。しかも、赤嶺信勝を死刑にした検察官にも会える。

洋平は立ち上がり、「ぜひお願いします」と頭を下げた。

2

警察署の前に着くと、洋平は涼子に訊《き》いた。

「中に入らないんですか？」

「すれ違う可能性がありますから。その点、出入り口は一つなので、入るときでも出るときでも見逃しません」

蟬の鳴き声と車の走行音が入り混じった喧騒《けんそう》の中、額に滲《にじ》む汗を拭《ふ》きながら待った。

「あっ」涼子が警察署を指差した。「彼です」

目を向けると、真夏なのに堅苦しい鉄灰色のスリーピース・スーツを身に着けた中年男が警察署から出てきた。

「赤嶺さんの死刑判決をもぎ取った元検察官——柳本《やなぎもと》さんです」

柳本弁護士は、足早に立ち去ろうとする若い女性に駆け寄り、腕を鷲摑《わしづか》みにした。威圧的な形相で何かを話している。彼女は腕を振り払おうともがきはじめた。

「何か不穏ですよ、夏木さん！」

「ですね」

涼子が二人のほうへ突き進んだので、洋平は後を追った。

「——もう来ないでください！」

女性が黒髪を振り乱すように言い返していた。口論が聞こえる距離になると、洋平と涼子は自然と立ち止まった。

「告訴を取り下げる、と約束してくれれば帰りますよ」

「いやです」

「助言に従うほうが賢明ですよ。今なら、思い違いでした、と訴え出るだけですみます」

「私は被害者なんですよ！」

「強情ですね。そして愚かでもあります」

「な、何が愚かなんですか」

柳本弁護士が苛立《いらだ》った顔で一歩踏み出し、女性に迫った。長身なので睨《にら》み下ろす形になる。

「二階堂《にかいどう》氏の告訴を取り下げないのなら、あなたの父親は――」

「お父さんが何ですか！」

「――どうなっても構わない、とおっしゃるんですね」

脅迫の色合いを帯びた声音だった。女性が下唇を噛《か》み、うつむいた。無言で自分の靴先を睨みつける。

涼子が言った。「彼女、痴漢被害者みたいですね」

「告訴を取り下げろなんて。弁護士だからって、あんなこと許されるんでしょうか」

「ちょっと脅迫に近い――と思います」

「警告はしましたよ」柳本弁護士が言った。「告訴を取り下げないなら――父親の人生もあなたの人生も終わりです。それだけは保証します。後悔しますよ。よく考えるべきですね」

女性は悔しげに顔を歪《ゆが》めると、腕を振り払い、駆け出した。柳本弁護士が「あっ」と声を上げ、追いかけようとした。洋平は反射的に彼の前に立ちはだかった。

柳本弁護士が眉《まゆ》を顰《ひそ》めて立ち止まる。胸には金のヒマワリ柄の丸い記章が輝いていた。

「何か？」

「今の、痴漢の被害者への脅しじゃないんですか」

「……三津谷《みつや》さんのお知り合いですか？」

「違います。違いますけど、僕は――」

「無関係なら口出しは無用です。どいてください」

柳本弁護士は通りすぎようとしたが、洋平は避《よ》けなかった。

加害者として逮捕された側の弁護士なのだろう。被害者を脅迫する姿に人間性を垣《かい》間《ま》見た気がする。赤嶺信勝は彼に死刑にされたのだ。不自然な証拠があったにもかかわらず。

「柳本さん」涼子が進み出てきた。「お久しぶりです。前に一度お会いしましたね。『社会の風』の夏木涼子です」

彼女が名刺を差し出すと、柳本弁護士は一瞥《いちべつ》しただけで受け取らなかった。

「御誌は拝見していますよ。冤罪疑惑特集が特に興味深いですね。何かご用でしょうか」

「二十一年前の〝赤嶺事件〟の件で」

柳本弁護士の顔に緊張が走った。

「……そういえば、以前もその件でお越しいただきましたね。もう終わった事件ですよ、あれは」

「冤罪《えんざい》の疑いがありますよね」

「ありませんよ。誰がそんな妄言を？」

「私です」

「……なるほど、次の標的は私ですか。『社会の風』、謝罪文を掲載するはめにならないよう、注意してくださいね」

「私はいい加減な記事は書きません。お話を聞かせていただけませんか」

「お断りします。私は公判の準備で多忙なんです。雑誌と違って、こっちには依頼人の人生がかかっていますからね」

「〝赤嶺事件〟の判決に自信がおありなら、ぜひ話を」

「……しつこいですね。抱えている案件が解決したら考えましょう。過去の事件より、目の前の事件のほうが重要ですからね」

洋平は自分の正体を告げたい衝動に駆られた。赤嶺信勝の実子として、もし冤罪なのであればすぐにでも証明したいのだ、死刑はいつ執行されるか分からない差し迫った問題なのだ、と。

拳《こぶし》を握り締めたまま必死で感情を抑え込む。

「では、今度こそ失礼」

洋平は、立ち去っていく柳本弁護士の背を睨みつけた。悔しさを噛み殺し、涼子を見る。

「居丈高で、自分こそ絶対正義——という感じの人でしたね。被害者を脅迫して告訴を取り下げさせようとするなんて。彼の悪質さを暴いたら、〝赤嶺事件〟の冤罪解明の役に立ちませんか？」

「……アメリカなんかでは、検察官の不正が発覚すると、その検察官に有罪にされた犯罪者が一斉に裁判のやり直しを要求する——なんて話を聞いたことがありますが。自分のときに提出された証拠も捏造《ねつぞう》だったに違いない、というわけですね。ですが、さすがに日本では難しいかもしれませんね」

「駄目、ですか」

「とはいえ、観点としては興味深いですね。正攻法ではなく、邪道ですけど、柳本さんの不正を突き止めれば、彼から〝赤嶺事件〟の話を聞き出す取り引き材料になるかもしれません」

「そうですね。〝痴漢冤罪疑惑事件〟を調べましょう」

「……石黒さん、冤罪を論文のテーマにするなら、痴漢事件は導入として相応《ふさわ》しいと思いますよ」

洋平は〝赤嶺事件〟を調べる本当の理由を隠したまま、「はい」とうなずいた。

「痴漢被害者の女性が三津谷という名前で、告訴されている男性が二階堂という名前みたいですね。柳本弁護士が口にしていました。顔見知りの警察官からうまく情報を聞き出してきます」

鉄筋コンクリートすら溶かしそうな太陽が照りつけていた。洋平と涼子は世田谷区《せたがや》北沢《きたざわ》でタクシーを降りた。同年代の集まる下北沢《しもきたざわ》と違い、閑静な住宅街だった。コンビニの前に人の姿はなく、のぼり旗が静かに風に揺れている。自転車が二、三台停められた小さな郵便局の角を曲がった。

涼子は歩きながら手帳を開いた。

「大手電機メーカー『四藤《よつふじ》電気』の役員が電車内で痴漢したとして逮捕されたんです。これが会社のウェブサイトに掲載されていた当事者——二階堂さんです」

プリントアウトされた紙には、役員の顔写真が並んでいた。『二階堂隆文《たかふみ》』という名前が赤ペンで囲ってある。頭髪が薄く、ぎょろ目で頬が垂れており、ブルドッグじみた顔だ。

「二階堂さんは留置場なので、まず昨日の三津谷彩《あや》さんに会おうと思います」

草が伸びっ放しの更地に挟まれたパーキングの裏に、目的のアパートがひっそりとたたずんでいた。

チャイムを鳴らすと、彼女が顔を出した。目は大きく、鼻は少し低い。心持ちふっくらした輪郭が童顔に見せていた。肩まで垂れるシャギーの黒髪を神経質そうに指先でいじっている。そのたび髪の隙間から覗《のぞ》く安そうなイヤリングが唯一のアクセサリーだ。涼子は彩に名刺を差し出し、自己紹介した。『社会の風』の名前を出し、今回の事件の真相を調べているのだと説明する。

彩は話したくないと突っぱね、ドアを閉めようとした。だが、涼子は誠心誠意説得し、味方だと信じさせた。そのあたりはさすがだった。彩は諦《あきら》めたようにため息を漏らすと、話に応じてくれた。

「二週間前、電車で痴漢に遭ったんですよね。怖かったでしょう」

涼子が尋ねると、彩はまぶたを伏せた。長いまつげが震えている。

「はい……声も出せなかったです。お尻《しり》に何か当たってるなーって思ったら、いきなり撫《な》で回されて」

「相手は無実を訴えているそうですね」

「私、嘘なんかついていないのに……」

涙が盛り上がり、濡《ぬ》れた瞳《ひとみ》が陽光で光る。彼女は安っぽいポーチをまさぐると、ハンカチを取り出して目元を拭《ぬぐ》った。

涼子は彩が落ち着くのを待ってから尋ねた。

「痴漢は間違いなく逮捕された男性でしたか」

「私を疑っているんですか」

「いえ。最近は冤罪もあるので、念のためにお訊きしたんです」

「……間違いありません。お尻を触っていた手を摑《つか》んだので」

その後、涼子は彼女から具体的な被害状況を聞き出した。彩の口ぶりは切羽詰まった苦悩が剝《む》き出しだった。冤罪ではないだろう。そう確信を持った。

「ところで――」洋平は口を挟んだ。「昨日の警察署の前のあれ、相手の弁護士だよね。何を脅されてたの」

彩は視線を逸《そ》らした。

「ごめん。実は警察署の前でのやり取り、たまたま聞いちゃって」

「……あれは何でもないんです」

彼女は唇を真一文字に結んだ。目も合わせようとしない。怯《おび》えたリスのような姿を目の当たりにし、心を揺さぶられた。

「困っているなら話してよ。卑怯《ひきょう》なまねは許しちゃいけない」

彩は目を泳がせると、唇を開いた。しかし、言葉は出てこない。緊張が絡んだ息が漏れるだけだ。

「泣き寝入りしなくてもいいんだよ。たしか悪徳弁護士には懲戒請求できるんだ」洋平は昨日調べたばかりの知識を披露しつつ、涼子を一瞥《いちべつ》した。「ですよね？」

彼女がうなずくと、洋平は彩を見た。

「却下されても牽制《けんせい》になるし」

彩の瞳に怯えの色が渦巻いた。

「懲戒請求なんてそんな……」

「柳本弁護士、お父さんのことを盾に取っていたけど、何かあるの？」

「それは――」

「言いにくいだろうけど、教えてくれたら力を貸すよ」

単に彼女を助けたいという善意だけではない。柳本弁護士の不正の証拠を摑めば、〝赤嶺事件〟を追及するとき、有利になる。

彩は黙り込んだまま、地面を睨《にら》んだ。

「どう？　話してみない？」

彩は顔を上げた。まるで逆に脅迫者を見る瞳だった。

「わ、私のことは――もう放っておいてください！」

彼女は叫び立てると、アパートの部屋に駆け込んだ。洋平は閉まったドアを呆然《ぼうぜん》と見つめた後、涼子に向き直った。

「三津谷さん、柳本弁護士に何かとんでもない弱みを握られているんでしょうか？

だとしたら相当な悪徳弁護士ですね」

「痴漢は卑劣な性犯罪です。私も学生時代、何度か被害に遭ったので、犯人には憤りを感じます。でも、痴漢は冤罪《えんざい》が最も安易に発生する事件でもあるんです。殺人や強盗などの重大事件だと、警察も慎重かつ徹底的に証拠を採取して逮捕しますが、痴漢は被害者の訴えが主になるので、どうしても真偽の判断が難しいですね。結論を出すのは早すぎます。加害者側の言い分も聞いてみましょう」

3

田園調布《でんえんちょうふ》の高級住宅街のブロック塀からは、松や夏椿の枝葉が突き出ていた。蟬がやかましく鳴き交わしている。剝き出しの肌に蒸しタオルがへばりついたような酷暑だ。

洋平は手の甲で額の汗を拭った。

目的の邸宅のチャイムを鳴らすと、スーツ姿の女性がドアを開けた。胸元のレース部分にドット刺繡《ししゅう》が施されたツーピース風のデザインだ。茶色の巻き髪が胸まで流れ落ちていた。堅めの服装に反して化粧が濃く、吊《つ》り上がった目がアイライナーで強調されている。

「先ほどお電話した『久瀬出版』の夏木涼子です」彼女は名刺を差し出した。「二階堂麗香《れいか》さんですか」

「『社会の風』の人？」麗香は猜疑《さいぎ》を隠そうともせずに目を眇《すが》めた。「言っとくけど、父の擁護記事じゃなかったら訴えるから。騙《だま》し討《う》ちは絶対許さない。私たちには会社の優秀な弁護士がついてるんで」

被害者を脅迫する悪徳弁護士のくせに、と思う。

「事前にゲラを送りますから、内容は確認してください」

彼女は冤罪疑惑を特集する、と電話で説明したらしかった。話を聞く方便なのか、冤罪ありきの取材なのか。

「気に入らなかったら掲載させないから」

「もちろんです」

「……じゃあ上がって。母は今、弁護士に会いに行ってるけど」

洋平は柳本弁護士の冷徹な顔を思い出し、込み上げてくる怒りを呑《の》み込んだ。

案内されたリビングでは、いくつものワイングラスを逆さまに吊り下げたようなシャンデリアがきらめいていた。クラシックな家具がダークブラウンに統一されており、上飾り付きのカーテンが高級感を醸し出している。正面の大きな窓からは、瞳を焼きそうな陽光が射し込んでいた。だが、エアコンから流れる冷風が室内をひんやりと快適に保っている。

洋平は、L字型のソファに涼子と並んで腰掛けた。テーブルには飲みかけのコーヒーがある。

涼子は許可を取って録音を開始した。

麗香が脚を組んで対面のソファに座る。

「父は無実よ。相手の女に嵌《は》められたの！　それなのに新聞も週刊誌も犯人みたいに書き立てて……」

「相手の女――というのは、被害者の女性のことですよね」

「被害者？　加害者でしょ。嘘ついて犯人に仕立て上げたんだから」

「女性が痴漢被害を訴えるには、相当な勇気がいります。嘘だとしたら、何のためでしょう」

「お金でしょ、お金！」

彼女はコーヒーに口をつけると、叩《たた》きつけるようにカップを置いた。液体が跳ね、レース模様が鮮やかな純白のテーブルクロスに黒いシミが広がった。

洋平はハンカチを汚した血を思い出し、胸がざわざわした。

「ムカつく！　また買い換えなきゃ」舌打ちして脚を組み直す。「うち、お金あるんで。示談金、ふんだくれるって思ったんでしょ」

「お父さんは会社を解雇されたんですか」

「まさか。会社も私たちの味方。経費節減でハイヤーの借り上げを取りやめた負い目があるんでしょ。電車通勤のせいで痴漢にされて最悪」

興奮は冷めやらない。涼子がなだめつつ促すと、麗香は弁護士から聞かされたという話を語りはじめた。


二週間前、彼女の父親――二階堂隆文は普段どおり電車に乗った。雪崩《なだ》れ込む乗客に中央まで押し流された。吊り革も摑めなかった。発車すると、よろめいて誰かの足を踏んだ。日常茶飯事だったから謝罪はしなかった。

次の駅で大勢が乗り降りした。鮨《すし》詰めで自分の革靴も見えない。そのとき、薔薇《ばら》のようなシャンプーの香りが鼻先をくすぐった。目の前に長めの黒髪がある。気がつくと、若い女性の尻《しり》の感触が太ももに押しつけられていた。仕事鞄《かばん》を持つ右手は下にあった。いやな感じだな、と思いながら身をよじった。そのとたん、彼女が肩越しに振り返り、キッと一睨みしてから向き直った。

隆文は右腕を移動させようとした。右手首がぐっと締めつけられ、引っ張り上げられた。仕事鞄は取り落としていた。えっ、と思った瞬間、甲高い叫び声が耳を打った。

「痴漢！　痴漢です！　この人に触られました！」

状況の理解が遅れた。意識の外から世界を見ている気がした。

「ま、間違いだ」慌てて腕を引っこ抜いた。絞り出した声はかすれていた。「私は――私は何もしていない」

「痴漢です。本当です。触られました！」

「違う違う。私じゃない！」

電車が停車すると、満員だったにもかかわらずたたらを踏んだ。それで気づいた。乗客たちは狭苦しい中でも距離を取り、自分たちを取り巻くようにして侮蔑《ぶべつ》の眼光を向けていた。

空気の抜ける音と共にドアが開くと、隆文は仕事鞄を拾い上げ、乗客を掻《か》き分けて出口に向かった。

「誰か捕まえて！」

女性の金切り声で半ばパニックになり、駆け出ようとした。両側から腕を摑《つか》まれた。指が二の腕に食い込む。二人の若い男だ。

「は、放せ！　私には仕事があるんだ。仕事が――」

揉《も》めていると、駅員が人垣を割って現れた。制帽の下の目は、自動改札機と同じく無感情だった。

「他の方々のご迷惑になりますので、事務室でお話を聞かせていただけませんか」

しばらく口論を続けた。だが、好奇や嫌悪の目に耐えきれず、仕方なく従った。暴れるのは得策ではない、話せば分かるはずだ――。そう思った。問題は、遅刻の理由を会社にどう説明するか、だ。

駅の事務室に入ると、促されるままパイプ椅子に座った。女性は「痴漢された」とまくし立てている。声高に否定していると、警察官が現れた。太い眉毛《まゆげ》に反し、目は彫刻刀で線を入れたように細い。

「あんたが痴漢か」

決めつけに腹が立ち、警察官を睨《にら》み返した。

「私は無実だ。通勤中だぞ！」

「変態に時間帯は関係ない」

「誰が変態だ。私はやってない」

「被害者がやられたって言ってるんだ」

女性が瞳《ひとみ》に涙を湛《たた》え、指を突きつけた。

「この人です！　私、本当にこの人に触られたんです」

「それはつらかったでしょう」警察官は同情の目を向けた。「性犯罪は女性の敵ですからね。許しませんよ」

「私はやっていない！」隆文は怒鳴り散らした。「何度も言わせるな！」

「弁解するなら署でしてもらおう」

「行く必要はない」

「やってないなら構わんだろ」

押し問答を繰り返しても解放されないと分かり、諦《あきら》めてパトカーに乗り込んだ。このときはまだ誤解は解けると信じていた。だが、警察署に着くなり、被害者に摑まれた時点でもう逮捕されていると言われた。『私人逮捕』だという。現行犯や準現行犯だと、一般人でも逮捕できるのだ。

「罪を認めたら軽い罰金刑ですむ。交通事故と同じだ。今日じゅうに帰れるんだ。はい、ご苦労さん、もう馬鹿なまねはしないようにな、ってなもんだ。だがな、否認するならいつまでも帰れんぞ。家族も同僚も引っ張る。供述を取るためにな」

代わる代わる責め立てられた後は留置場に入れられ、翌日には送致されて十日の勾《こう》留《りゅう》が決まった。勾留質問をする裁判官は、弁解に一切耳を貸さなかった。流れ作業も同然だった。

「――てわけ」麗香は茶色の巻き髪を指先で引っ張ると、顔を歪《ゆが》めて舌打ちした。

「父は『痴漢追放キャンペーン』の点数稼ぎの犠牲になったのよ！　痴漢なんてするわけないんだから」

「お父さんは無実を訴え続けているんですか」涼子が訊《き》いた。

「今は黙秘してるって。弁護士の勧めで。私は、印象が悪いって言ったんだけど、弁護士は、素人は口出しするな、みたいな態度で。会社が雇った腕利きらしいけど、本当《ホント》偉そうで……」

柳本弁護士は依頼者の娘にも高慢な態度なのか。きっと検察官時代も赤嶺信勝の弁解に聞く耳を持たず、死刑を求刑したに違いない。

「〝無実の明白な証拠〟がないなら、黙秘はベターですよ」涼子が言った。「調書を取られたくないので。『調書は取調官のエッセイ』と言われるほどで、警察は供述を好き勝手に解釈して記すんです。手練《てだ》れの捜査官なら、犯人にしか書けない迫真性と説得力に富んだ内容に仕上げられます。被疑者の一人称なので、なおさら有罪にしか見えません」

「黙っていたら一方的に犯人にされるじゃない」

「逮捕されてから無実を訴えても、警察は裏付けをとってはくれないんです。代わりにその内容を否定する証拠集めをします。警察の仕事は、被疑者の弁解を一つずつ潰《つぶ》していくことなので。それをされると、裁判で覆すことが難しくなります」

「じゃあ黙秘は正解なの？」

「あくまで防御手段です。繰り返し訴えれば訴えるほど、些細《ささい》な言い間違いや表現の違いで揚げ足をとられますから。裁判官は、嘘だから供述が変遷したと判断して有罪判決を出します」

彼女の話は、二十一年前の赤嶺信勝が受けたであろう過酷な取り調べを容易に想像させた。きっと言い分は何も聞いてもらえず、自白を強要されたのだろう。

「何で私たちがこんな目に……」麗香は髪を掻き毟《むし》ると、マニキュアが施された爪を嚙《か》んだ。「許せない。あの女のせいでうちは――」

彼女は憎悪が滲《にじ》んだ顔で呪詛《じゅそ》の言葉を吐き続けた。

4

父が痴漢行為を認めさせられた――。

二日後、大学が終わってから二階堂宅を訪ねるなり、リビングで麗香からそう聞かされた。洋平と涼子は彼女の罵詈《ばり》雑言《ぞうごん》にしばらく付き合った。

「警察のやり口、記事にしてくれるでしょ」麗香が差し出したのは、A4サイズの用紙の束だった。「これ、被疑者ノートのコピー」

首を傾げると、涼子が説明してくれた。被疑者ノートは、本人が勾留中に取り調べの時間や取調官の名前、尋問の詳細を記録し、後の裁判で役立てるためのノートだという。弁護士が差し入れる。

二人で目を通した。日にちごとに健康状態や不満点、心理面、対応などを項目別に書き込むようになっている。そこには二階堂隆文が経験した取り調べの一部始終が記されていた。

取り調べが終わると、私はまた手錠をかけられました。署内で被疑者を移動させるときの規則らしく、権藤《ごんどう》と名乗った刑事が腰縄を握っています。猿使いに引き回される猿の気分でした。

「さあ歩け」と背中を押され、留置場に連れて行かれました。廊下の先に鉄製の扉があります。権藤刑事が壁のブザーを押すと、小窓から留置係が顔を見せました。錆《さ》びた蝶番《ちょうつがい》が幽霊屋敷の悲鳴のような音を立てたので、私はおぞけ立ちました。垢《あか》と汗にまみれた男臭い悪臭に鼻を摘《つま》みたくなります。

通路の中央には監視用の机があり、左側に鉄格子が並んでいました。私は医務室に押し入れられ、職員の前で全裸を強いられました。いちいち体型やアザやホクロの位置を確認されます。自尊心を剝《は》ぎ取るためでしょう。初日に身体検査と所持品検査は済ませていたのに、また実施されました。

検査が終わると、私はチェックのトレーナーとジーンズを着込み、窃盗犯と同房の七号房に戻りました。腰から下が辛うじて隠れる程度の衝立《ついたて》が奥にあり、洋式トイレが備えつけられています。惨めで、最初の夜は尿も出ませんでした。自殺防止のため、腕時計もネクタイもベルトも持ち込みが許されません。『済みました。便水お願いします』と声を上げなければ、トイレの水も流してもらえません。見張り台の留置係が手元のスイッチを押すのです。弁当も、檻《おり》の中の動物に餌をやるように、鉄格子の下の口から差し入れられます。ご飯、フライ、キャベツの千切り——。これでは神経性胃炎で入院したときの病院食のほうがましです。

翌日も朝から晩まで取り調べが続きました。ソファに慣れた尻《しり》がパイプ椅子の硬さで痛くなり、何度も身じろぎしました。

権藤刑事がスチール製の机を繰り返し叩《たた》きながら、「黙秘！　黙秘！　黙秘！　お前、いつまで黙ってんだ！」と耳元で怒鳴ります。鼓膜がびりびり震え、頭の中がキーンとしました。

私は「やめてください」と懇願しました。年下相手に卑屈になってしまうのは屈辱でしたが、敬語を使わなければ、自尊心を奪うありとあらゆる嫌がらせをされます。ある日など、大便の後に便水を流してもらえませんでした。

私が口を開くと、権藤刑事は満足そうに薄笑いを浮かべ、「ようやく喋《しゃべ》ったな。弁護士の入れ知恵か、え？　黙秘なんて卑劣なまねをするな！」と責めます。私がまた黙り込むと、机叩きが再開されます。

「お前が喋るまでやめんからな。分かったか？　分かったのか！」

私は根負けし、「何を言わせたいんです」と訊きました。権藤刑事は「決まってんだろ。罪を認めろ。変態が。常習だろ、お前」と決めつけるばかりです。二時間、三時間と責められ、取り調べが終わったのは午後十時半でした。留置場に着くと、私は押し入れから毛布を取り出しました。長年大勢の汗や垢にまみれているせいか、下水の臭いが染みついています。七号房に戻ると、精神も肉体も疲弊しきっていたので、まぶたはあっという間に落ちました。しかし、すぐに鉄格子を蹴《け》る音で起こされました。充血した目をこすると、権藤刑事の顔がありました。

「記念撮影がまだだったな。出ろ」

私は「今何時ですか」と尋ねました。留置場に時計はありません。時刻も教えられないまま手錠と腰縄をされ、撮影室に連れて行かれました。パイプ椅子に尻を落とすと、強烈な照明に目が眩《くら》みます。鑑識課の写真係がカメラを構えるや、権藤刑事が「楽しいだろ。笑ったらどうだ」と言いました。体調不良と眠気の苛立《いらだ》ちもあり、私はカメラを睨《にら》みつけました。その瞬間、シャッター音がしました。見せられた写真には、私が世の中全てを敵視している風貌《ふうぼう》で写っています。目元はくまで黒ずみ、唇は引き攣《つ》っていました。世間の誰もが性犯罪者だと断言するでしょう。これがメディアに流される自分の逮捕写真でしょうか。ぞっとしました。

朝になると、他の被留置者と共に房内を掃除しました。その後、順番に出入り口が開けられ、数人ずつ洗顔します。点呼に続いて朝食が食器口から差し入れられます。これからまた夜遅くまで執拗《しつよう》な取り調べが続くかと思うと、年甲斐《としがい》もなく涙があふれてきました。

もう終わりにしたいです。助けてください。


生々しい描写の数々に愕然《がくぜん》とした。こんな取り調べが二週間も三週間も続いたら誰でも諦《あきら》めの気持ちになる。気がつくと、三津谷彩の涙を信じたにもかかわらず、冤罪《えんざい》の可能性を疑っていた。被害者も加害者も嘘をついていないとしたら——。

洋平は一つの可能性に気づいた。痴漢に遭ったことは事実でも、犯人を誤認しているのかもしれない。

その推理を口にすると、麗香は鼻を鳴らした。

「あんた、相手の女の肩を持つわけ?」

「いえ、そういうわけでは——」

「金目当てのでっち上げに決まってるでしょ。何言ってんの。うちの弁護士、無実が明らかになったらあの女を名誉棄損と虚偽告訴で逆に訴えて慰謝料をふんだくる、って息巻いてるから」

柳本弁護士は手柄のために痴漢被害者を脅迫したあげく、追い討ちまでかけるのか。

「偉そうだけど、実力派。絶対に勝ってくれる」

辞去するまでの一時間、麗香は何度も脚を組み替えながら恨みつらみをぶちまけた。

二階堂宅を出ると、洋平は涼子とタクシーに乗った。

「警察の話、聞いてどうでした？」彼女が訊《き》いた。

「……驚きの実態でした。乱暴で」

「『代用監獄』の弊害ですね」

尋ねると、説明してくれた。勾留《こうりゅう》が決まった被疑者は拘置所に拘置するよう定められているが、実際は定員オーバーなどが理由で九十八パーセントが警察署の留置場に放り込まれる。一九〇八年に制定された監獄法の一条三項に、〝留置場を監獄に代用できる〟という規定があるからだ。それを『代用監獄』と呼ぶ。

拘置所だと警察には不便らしい。取り調べは午前九時から午後四時までと決まっており、法務省の管轄だから自由に連れ出せない。だが、留置場なら警察署の管轄だから、いつでも取り調べられる。迅速で適正な尋問を行うには捜査機関のそばに被疑者を置いておく必要がある、というのが言い分だ。

「拘束して、白状しなければ釈放しないぞ、と自白を強要することを『人質司法』と言うんです。『代用監獄』は問題です」

彼女によると、日本弁護士連合会は誤判原因調査研究委員会を設置し、十四件の再審無罪判決事件を調べたという。その結果、冤罪の原因は『代用監獄』にあると判明した。国連の拷問禁止委員会も日本政府に廃止を勧告している。

「家族や友人から切り離されて延々と責め立てられたら、耐え切れる人間はいません。『代用監獄』は暴行や自白強制や人権侵害の温床なんです」

赤嶺信勝が無実なら、殺人という大罪をなぜ自白してしまったのか。それが疑問だった。だが、取り調べの実態を知った今なら分かる。これでは誰でも認めてしまうだろう。

根津《ねづ》に着くと、涼子が料金を払い、領収書を受け取った。二人で降りる。

洋平は訊きたかったことを口にした。

「夏木さんはなぜ冤罪疑惑事件に興味を?」

自分の正体を明かしても大丈夫なのか、彼女の人柄を知りたい。

涼子は根津神社の前で立ち止まった。樹木の緑が覆いかぶさる中、朱塗りの鳥居が建っている。日陰に入ったせいか、彼女の表情に翳《かげ》りが差した。

「少し――歩きましょうか」

涼子は返事を待たず、北参道口から根津神社に踏み入った。洋平は彼女の後を追った。

「……石黒さんは何か夢はありますか」

「夢ですか。僕は普通に大学を卒業して、普通に就職して、普通に結婚して、普通の生活をしていくんだと思って――いました」

「なぜ過去形なんですか」

「あ、いや、その――」

大学入学前からツアーコンダクターを夢見ていた。中学時代の沖縄旅行が思い出深かったからだと思う。

家族三人で初の飛行機体験をした。そのときの明るく元気な女性添乗員は楽しい数日をすごさせてくれた。その〝お姉さん〟と写真を撮ったのもいい思い出だ。彼女の勧めで訪れた琉球《りゅうきゅう》ガラスの工房では、吹きガラス体験をした。パイプの先端に巻き取った水あめのようなガラスの熱玉に、珊瑚《さんご》の破片を思わせるガラスの粒をまぶし、パイプの後端から息を吹きつけると、風船と化して膨らむ。出来上がったのは、世界で一つだけのガラス細工だった。ステンドグラスで作られた小さな一輪挿しにも見える。それは母にプレゼントした。どこか異国情緒も感じさせる沖縄の風土のおかげか、日ごろ母に抱いていた反抗心も消えていた。全身で喜びをあらわにする母の姿を見て、嬉《うれ》しかったのを覚えている。

将来は国内を飛び回り、オススメの観光地を見つけて今度は自分が両親を旅行に連れて行こう、と思っていた。だが、その母は病死してしまった。そのうえ、父と血の繋《つな》がりがなく、実の父が死刑囚だと知った。そのとき、〝普通の人生〟は消えてなくなった。穢《けが》れた血と共に生きていかねばならない。

「……何か抱えているんですね。どこか昔の私を見るようです」

「それは――」

言葉は続かない。何秒か間が空く。

「……無理に語る必要はありません。私の話でしたね。私は大学の法学部を出ると、大手の新聞社に入りました。そのころは夢と希望に燃えていました。社会と正義のために――なんて」

樹木に取り囲まれた境内を歩きながら涼子は語った。

「同期や先輩に負けないよう、必死でした。今思えば、〝スクープ熱〟にとり憑《つ》かれていたんです」

乙女《おとめ》稲荷《いなり》の千本鳥居の前に着いた。合わせ鏡に映したように朱塗りの鳥居が奥まで連なっていた。京都の伏見《ふしみ》稲荷大社を思わせる。北から南へ通り抜けると、邪気が祓《はら》われるという。

涼子は千本鳥居の奥を見据えると、黙って歩きはじめた。枝葉が作る回廊から木漏れ日が射し込み、進むたび鳥居の色が次々と変化する。朱色から橙色《だいだいいろ》、赤茶色、そして影が覆う暗色へ――。

「私はある事件で先走ってしまって、取り返しのつかない失敗をやらかしたんです。罪のない人間を犯人として報じてしまって……」

鳥居の柱一本一本には、『家内安全』『商売繁昌《はんじょう》』『健康長寿』『身体健全』と書かれている。彼女は立ち止まると、柱を握り締めた。

「私は責任を取って退社しました。その後は『久瀬出版』に拾われる形で入社しました。『社会の風』の編集に携わるようになってからは、冤罪被害者のために闘おう――。そう決心したんです」

悔恨と誠実さが伝わってきた。記事で罪のない人間を傷つけてしまった過去があり、それを悔いているなら、スクープのために〝赤嶺事件〟や自分を利用しないのではないか。彼女は誠実な編集記者かもしれない。

洋平は黙って涼子の横顔を見つめ続けた。

5

涼子から連絡があったのは翌日だった。〝痴漢冤罪疑惑事件〟に急展開があったという。

洋平は彼女と一緒に二階堂宅を訪ねた。ドアを開けた麗香は喜色満面だった。

「告訴が取り下げられたの！　ほら見なさい！」麗香は玄関で高笑いした。「正義の勝ちよ！　あの女、やっぱりお金目当ての狂言だったのよ！　最低の女！」

彩が痴漢は勘違いだった、と証言を翻したのだ。麗香は被害者への罵詈《ばり》雑言《ぞうごん》を繰り返した。聞いていると、胸糞《むなくそ》が悪くなった。感情が高ぶってくる。洋平は彼女を睨《にら》みつけた。

「狂言とは——言い切れないんじゃないですか」

「はあ？」麗香の笑みが剝《は》がれ落ちた。「何言ってんの、あんた。狂言じゃなきゃ、取り下げないでしょ」

「……この前、あなたのお父さんの弁護士が被害者と話していました」

「ふーん。で？　弁護士なら被害者に会って交渉するのも仕事のうちでしょ。何か問題ある？」

「交渉なんてしていませんでした。あれは脅迫です。彼女の何か弱みにつけ込んで、告訴を取り下げるよう迫っていたんです」

麗香は一瞬動揺を見せた。しかし、すぐに落ち着きを取り戻した。腕組みして顎《あご》を持ち上げる。

「証拠でもあるわけ？　弁護士がどんな手を使おうと、それはその弁護士の問題でしょ。私には何の関係もないから」

「痴漢の被害者を脅して黙らせることが正義ですか」

冤罪《えんざい》の可能性がある赤嶺信勝に死刑を求刑し、追い詰めた柳本弁護士の勝ち誇った顔を想像した。きっと彼は検察官時代からこんな強引な手段で思い通りの結果をもぎ取ってきたのだろう。

「父を勝手に加害者にしないでくれる？　もし弁護士が脅しっぽいことを言ったとしたら、無実の人間を助けるためでしょ。正攻法だけで正義が勝てる？　特に痴漢なんて、警察は女の言い分だけで犯人って決めつけるんだから！」

彼女は心底父親が無実だと信じているようだ。だが、彩が垣間《かいま》見せた苦しみや悲しみは本物だ。虚言とは思えない。加害者が卑劣な手段で罪を逃れるなんて、許せない。納得できない。

しかし、正義を果たす手段は何も思い浮かばなかった。

6

午後一時ごろ、涼子から電話があった。

「これから出られますか。先ほど三津谷彩さんに連絡を取ったんです。お話を伺いたい、と根気強く頼み込んだら、『これから弁護士さんと会うので、夕方なら時間があります』と言われました」

「夕方ならまだ先じゃないですか」

「私の想像どおりなら、彼女が今から会うのは柳本さんです。彼女は被害者ですし、金銭的にも弁護士は雇っていないと思います。雇っていたら、この前のように相手方の弁護士と直接話すなんてありえませんから。これは追及するチャンスです」

「行きます！」

洋平は迷わず答えると、十分で身支度を終えて寮を飛び出した。待ち合わせ場所は北沢にある彩のアパートだ。駆けつけると、ブロック塀の陰から涼子が姿を見せた。

「動きはありましたか」

「まだです」涼子の目は一〇五号室に注がれていた。「電気が点《つ》いたままなので部屋にいるはずです」

洋平は胸を撫《な》で下ろすと、二人でアパートを見張った。一〇五号室のドアが開いたのは、三十分後だった。彩が姿を見せた。悪さが発覚して職員室に呼び出されたような顔で歩いていく。足取りも重そうだった。

距離を置いて尾行した。真夏の日射しが燃えており、熱で溶けそうなアスファルトに靴底が貼りつく。だが、耳の内側で鳴き交わしているような蝉の喧騒《けんそう》が足音を隠してくれている。

十五分後、彩は雑居ビルに挟まれたカフェに入店した。ウインドウから覗《のぞ》くと、窓際のテーブル席で待ち構えていた柳本弁護士と同席した。洋平は涼子と店に入った。二人の斜め後方の席に着く。

「――告訴は取り下げました。これでいいですか」

不満を嚙《か》み締める彩の声が聞こえた。肩ごしに振り返り、様子を窺《うかが》う。

「賢明です」

柳本弁護士が愚かな子供を諭す口ぶりで答えた。細目の隙間から覗く瞳《ひとみ》に陰険な光を感じた。

「お父さんはどうなるんですか。これで助かるんですよね」

「……保証はできませんね」

「そんな！　約束が違う！　お父さんが助からないなら、私は何のために――」

「約束した覚えはありません。助言しただけです。いいですか。被害妄想はやめてくださいよ。二階堂さんが四藤電気で人事権を握っているからといって――」

洋平は拳《こぶし》を握り締めると、立ち上がった。腹の内側で怒りの炎が燃え盛っていた。

「石黒さん！」

涼子の制止の声も聞き流し、柳本弁護士の前に立ちはだかった。彼は一瞬だけ驚きの面相を作った後、再び冷静の仮面を被った。

「ちょっと、あんた。一体――」洋平は大声を上げそうになり、周囲の目を思い出した。声を抑える。「彼女を騙《だま》して告訴を取り下げさせるなんて、倫理違反でしょう」

「騙す？　私は法に触れることは何もしていませんよ。部外者は首を突っ込まないでください」柳本弁護士は鼻でせせら笑うと、涼子を見た。「やれやれ、面倒な人種にマークされましたね。妙な記事は書かないでくださいよ。騒ぎ立てられて困るのは彼女ですから」

余裕の笑みが腹立たしい。固めた拳が震えてくる。

「被害者の弱みにつけ込むなんて――最低でしょ。大企業の役員がそんなに偉いんですか。守るためには何でもするんですか！」

「……あなたには関係のない話です。私は明後日《あさって》の公判の準備がありますから、これで失礼しますよ」柳本弁護士は伝票を摑《つか》んで立ち上がると、彩を一睨みした。「くれぐれもメディア関係者に余計な話をしないように。口止めはあなたの仕事ですよ」

「この――！」

一歩を踏み出したとたん、腕が後方に引かれた。涼子が手首を鷲摑《わしづか》みにし、かぶりを振っていた。洋平は歯を嚙み締めた。弁護士に手を出したら面倒になる。それは分かっている。だが――。

　柳本弁護士は鼻を鳴らして立ち去った。

　洋平は怒りを引きずったまま、しばらく動けなかった。彩は居心地悪そうに身じろぎし、口をつけていないオレンジ色の液体を睨みつけている。

「このままでいいの？」洋平はテーブルに両手をついた。「脅しに負けて相手の言いなりになるなんて」

「……言いましたよね、放っておいてくださいって」

「あの弁護士に何を摑まれてるの？　お父さんが何？」

「関係ないでしょ。騒ぎ立てないでほしいんです。迷惑です」

「泣き寝入りする気？　被害を受けたなら闘うべきだ」

　ふとさっきの柳本弁護士の台詞《せりふ》が脳裏に蘇《よみがえ》る。

　二階堂さんが四藤電気で人事権を握っているからといって――。

　わざわざそんな台詞を口にしたのはなぜか。

「もしかしてお父さん、四藤電気に勤めているんじゃない？　だから立場を心配して告訴を取り下げて――」

「もうやめてください！」彩はテーブルに手のひらを叩《たた》きつけ、椅子を倒しながら立ち上がった。「わ、私は――」

彼女は何かを言いかけたが、唇を引き結んだ。店内を見回し、ウエイトレスや客から突き刺された視線に戸惑いを見せた後、止める間もなく逃げ去った。

洋平は嘆息すると、涼子に顔を向けた。

「こんなの納得できないですよ。権力で被害者の口を封じるなんて……」

「今は情報が足りません。とりあえず彼女のお父さんの情報を集めましょう」

涼子と共に、彩の大学の学生に何人か声をかけた。彼女の知り合いに出会えたのは、八人目だった。小麦色の肌をしたギャル風の女性だ。

「――マジで雑誌の人なんですか」

「はい」涼子は名刺を差し出した。「『社会の風』の夏木涼子です」

女性は「へえ」と言いながら、名刺の裏表をためつすがめつした。ちょっとした非日常に興奮したように目を輝かせている。

「三津谷彩さんのことで話を聞かせていただけませんか」

「ああ、あの事件の話ですか」

あの事件――？

涼子もその単語の違和感に気づいたようだった。普通、痴漢被害を〝事件〟と表現するだろうか。

涼子が「はい。あの事件の話を聞かせてください」と応じた。

「彩のお父さん、痴漢で逮捕されて、会社もクビになって、今、裁判中なんですよね。だから――」

洋平は一瞬混乱し、聞き返した。「三津谷さんのお父さんが？」

「はい、そうですけど。一年以上、無実を訴えて闘ってるんです。明日《あした》も裁判だから法廷に行くって。二審っていうの？」

麗香の父親だけでなく、彩の父親も痴漢容疑で捕まっているとは思わなかった。何がどうなっているのだろう。柳本弁護士はその事実を摑んで脅してきたのか？　しかし――どうも釈然としない。

「去年なんかは、彩、駅前でビラ配ってました、一人で」

思い出した。目撃者を捜すビラを受け取ったことがある。あれは彩だったのか。

横目で見やると、涼子が考え込むように眉間《みけん》に皺《しわ》を作っていた。だがやがて、ふっと緊張を解いた。

「明日、傍聴に行きましょう。もしかすると、奇妙な状況に遭遇するかもしれませんよ」

7

洋平は涼子と千代田区霞《かすみ》が関《せき》にある東京高等裁判所へ向かった。地方裁判所と簡易裁判所が同居する合同庁舎は、一般市民を威圧するようにそびえ、周囲を睥睨《へいげい》している。

庁舎に踏み入り、受付で裁判の開廷表ファイルを確認する。三津谷の姓があった。件の法廷の前へ移動する。

「さあ、行きましょう」涼子が言った。「扉を開けば、真実が分かるはずです」

二人で廷内に入った。正面に焦げ茶色の法壇があり、黒羽二重の法服を羽織った裁判官が座っている。一段低い机には書記官がいる。両側には、向かい合う形で検察官席、弁護人席がある。被告人席には短髪の男が座っていた。彩の父親だろう。紺色のスーツに中肉中背の体軀《たいく》をおさめている。

傍聴席には彩の姿があった。両手を組み合わせて神に祈るようなポーズをしている。

公判は証人尋問の真っ最中のようだ。

「被害者は一ヵ月で三度も痴漢被害を訴え出ており、そのたび示談金を受け取っています。でっち上げで常習的に金品を脅し取っていたと考えられませんか？」

「ありえません。我々は慎重かつ徹底的に捜査しており、弁護側が主張するような冤《えん》罪《ざい》ではありません」

「被害者の言い分だけで三津谷氏を犯人と決めつけ、自白を強要したのでは？」

洋平は傍聴しやすいように前へ進み、目を剝《む》いた。彩の父親を弁護しているのは――柳本弁護士だった。

彩を脅して告訴を取り下げさせた柳本弁護士がなぜ彼女の父親を弁護している？　二階堂隆文の弁護人ではなかったのか？

洋平は涼子の横顔を窺《うかが》った。驚きの色はない。想像の範囲内だったのか。

証拠調べが終わると、彩の父親は二人の看守に連れられて姿を消した。彩は身動きせずに座っていた。数名だけの傍聴人が全員出て行くと、傍聴席に彼女がぽつんと残された。

「三津谷さん……」

涼子が呼びかけると、彼女が振り返った。目も口も驚愕《きょうがく》の形に開いたまま硬直している。

「あなたがしたことが分かりました」

彩は目をあちこちに泳がせた後、助けを求めるように父親が退廷した扉を見つめた。

「怖がらないでください。私は大事《おおごと》にする気はないんです。外で話しましょう」

彩は顔を戻し、諦《あきら》めたようにうなずいた。

三人で法廷を出ると、柳本弁護士と鉢合わせした。

「どうも」涼子が言った。「先日まであなたが二階堂さんの弁護人だと誤解していました」

「……私は最初から三津谷氏の弁護人ですよ。わざわざ教えなかっただけで、嘘はついていません」

「柳本さんにもお話があります。どうかご一緒に」

「私に話す義務がありますか」

「真相の口止めは、三津谷氏の弁護人としての職務では？」

「……なるほど。いいでしょう」

通りを挟んで隣り合う日比谷《ひびや》公園に四人で移動した。暗い表情の彩とは対照的に、朱色のサルビアや黄色のマリーゴールドが輝く花壇が大噴水を彩っている。木製ベンチに彩が座った。洋平と涼子、柳本弁護士は立っていた。

「あの……」彩が涼子を見上げ、家族の訃報《ふほう》を待ち構えるような口調で訊《き》いた。「あなたは何を知っているんですか」

「三津谷さんはお父さんの無実を信じているんでしょう？　無理やり自白させられた

んですね」

「はい。お父さんは痴漢なんてしません。毎日毎日、取調室で認めろ認めろって朝から晩まで怒鳴られて、責められて。『妻も娘も早く正直になってと言っていたぞ』って。嘘なのに。お父さんは私たちにも疑われてるって思って、頑張る気力がなくなっちゃったんです」

「警察は取調室でやりたい放題です」柳本弁護士が引き継いだ。「『踏み字事件』をご存じですか。肉親の実名が書かれた紙を踏ませて、自尊心を剥《は》ぎ取ろうとした事件です。同じように、三津谷氏は家族の写真を踏まされました。絶望し、自暴自棄になり、有罪を認めてしまったんです。自白調書には『私は、水色と白のストライプの下着の上から、被害者の臀部《でんぶ》を鷲摑《わしづか》みにしました』と書かれていました。被害を訴えている女性は、そのとおりの下着をつけていたそうです」

「お父さん、ストライプなんて言い方、知らないのに。私のワンピース、縞《しま》模様って言うのに」

「それは犯人しか知りえない秘密の暴露として決定打になりました。私はむしろ無実の証拠だと反論しました。満員電車で密着していたら、下着など見えるはずがありません。しかし、駄目でした」柳本弁護士は無念そうに首を振った。「密室では捏造《ねつぞう》が容易です。犯人しか知りえない情報を刑事に教えられて、調書に書かれることもあります。複数枚の調書だと、署名した最後の一枚を残して後で入れ替える手もあります。あるいは、勝手に『秘密の暴露』を書き込んでおいて、読み聞かせるときにその部分だけ読み飛ばして署名させるとか。夜遅くまでの苛烈《かれつ》な取り調べから解放されたいあまり、判断力が鈍っている時間帯を見計らって署名させるんです。被害者の供述調書も、何回も作られるうちに正確かつリアルになっていきます。捜査官が巧みに情報提供して共同作業で磨き上げていくんです。で、法廷に提出されるのは〝完璧版《かんぺきばん》〟だけです」

恐ろしい話だった。一般市民の安全を守るはずの警察が罪なき人間を逆に追い込んでいく……。赤嶺信勝はどうだったのだろう。当時の記事には自白したと書かれていた。裁判で弁護士が無実を訴えていたことを考えると、無理やり罪を認めさせられた可能性もある。『代用監獄』で徹底的に責められ、洗脳されるように。

「私の家は滅茶苦茶《めちゃくちゃ》」彩は深々とため息を漏らした。「弁護費用もいるのに保釈金は二百万。被害者を怖がらせないように通勤電車も替えろって。それが保釈の条件。犯人じゃないのに。会社はそんな事情を知って痴漢扱い。クビです。一審で有罪になって、新証拠が何も見つからないまま控訴審がはじまって。逆転無罪は千件に一件だっていうし、このままじゃ……」

「裁判の内容から推測すると――」涼子が言った。「三津谷さん側は、被害女性のでっち上げだ、警察は彼女の言い分だけで一方的に犯人だと決めつけた、と主張しているようですね」

「お父さんは証拠もないのに犯人にされたんです。それなのに検察は、捜査は適切だった、徹底した、って。そればっかり」

「だからあなたは痴漢をでっち上げた。警察が被害女性の言い分だけで無実の人間を犯人と決めつけて自白させる、ということを実証するために」

彩は唇を結び、うなだれた。歪《ゆが》んだ顔は垂れ落ちた前髪が隠した。

「『代用監獄』と『人質司法』は無実の人間も犯人にしてしまう。真実も歪めてしまう。あなたはそれを実証しようとした。違いますか？　二階堂さんは痴漢ではなかったんですね」

愕然《がくぜん》とした。信じがたい真相だった。彩は痴漢冤罪の問題点を証明するという目的で、無実の人間を痴漢に仕立て上げたのか。

――正攻法だけで正義が勝てる？　特に痴漢なんて、警察は女の言い分だけで犯人って決めつけるんだから！

二階堂麗香の叫びが耳に蘇《よみがえ》る。彩も麗香と同じ考え方を持っていたのだ。正攻法で無罪は勝ち取れない。とはいえ、〝生贄《いけにえ》〟にされた二階堂隆文は社会的に殺されるところだった。役員でなければ逮捕された時点で解雇されていただろう。

「でも！」彩はがばっと顔を上げた。「全く無関係の人間じゃないんです！　あの二階堂って人は四藤電気の役員で、人事権を持っているんです。無実を訴えていたお父さんをクビにしたんです。信じてくれなかったんです。だから会社のウェブサイトの写真で顔を確認して、同じ電車に乗って——」

洋平は我慢できなくなって踏み出した。

「だからって無実の人間を陥れるのは間違ってる。お父さんが冤罪で人生を狂わされたなら分かるだろ。お父さんの解雇だって二階堂さんの指示とはかぎらない」

「焦っていたんです。何とか主張の証拠を手に入れなきゃ、って」彩は柳本弁護士を見た。「柳本さんにも怒られました。私は無実でも簡単に犯人にされる実態を証明したかったんですけど、そんな馬鹿げた証言はさせられない、そんなまねをしても却《かえ》ってお父さんが不利になるだけだ、って」

なんということだ。

自分の思い込みが引っくり返った。不穏に聞こえた柳本弁護士の言葉の数々は、脅迫ではなく、依頼人である彼女の父親を救うための忠告だったのだ。騒ぎ立てたら困るのは彼女だ、という警告も当然だ。真相が明らかになれば、彩は虚偽告訴罪に問われる。丸く収めるには、告訴を取り下げて、間違いだったと謝罪するしかない。

「三津谷さん」涼子の眼差《まなざ》しは険しかった。「冤罪は、無実の被害者も警察官も検察官も裁判官も、関係者全員が胸を短剣で刺されるような激痛を伴う悪夢です。大勢を苦しめます。あなたの行為は、どんな動機があろうと決して正当化できません」

彩はベンチの上で縮こまっていた。うなだれたまま、消え入りそうな声で「はい」と答えた。伏せられたまつげが痙攣《けいれん》するように震えている。

「あの……」洋平は涼子に訊いた。「この事件、記事にするんですか」

「私の仕事は冤罪《えんざい》疑惑事件の真実を突き止めることです。記事にするのは、冤罪被害者の名誉回復のためでもあります」

「じゃあ、彼女のことも書くんですか」

柳本弁護士は無言で探るような目を涼子に向けた。場合によっては依頼人の家族を守らねばならない、と身構えているようだった。

「愚行や罪には相応の報いがあるべきです」瞳《ひとみ》に表れている怒りに反し、涼子の口調は風のない水面《みなも》のようだった。「他人を傷つけておきながら自分だけは傷つかない——なんて虫がよすぎるとは思いませんか」

彩は自分の罪を嚙《か》み締めるように唇を結んでいた。

「……とはいえ、彼女もまた冤罪被害者の身内です。充分苦しんでいるところに、正義面して罰を与えるべきではありません。今回の件は、誤解が解けて無実が判明した、と書けばすみます」

彩が顔を上げた。口を押さえ、華奢《きやしや》な肩を震わせている。

「あ、ありがとう……ございます。私が馬鹿でした。二階堂さんのご家族には、謝ります。赦《ゆる》してもらえるまで何度でも」

「それがいいですね」涼子は柳本弁護士を一瞥《いちべつ》した後、彩に言った。「弘法《こうぼう》の前で筆の扱い方を助言しますが、控訴審では弁護方針を変更したほうがいいと思います」

柳本弁護士は侮辱を受けたように顔を顰《しか》めた。彩は彼の顔色を窺《うかが》いつつ「なぜですか」と尋ねた。

「決定的な証拠がないかぎり、でっち上げは主張しないほうがベターです。裁判官は極めて難しい判決を強いられますから。無罪を言い渡せば、被害女性の捏造を認めたことになるでしょ」

「でも、柳本さんは殺人事件で無罪判決も勝ち取った人で――」

「痴漢事件は殺人のような重大事件とは違うんです。同じ法廷戦術が通じるわけではありません」

「私はどうすれば……」

「痴漢は事実でも犯人は依頼人ではない――。そう反論したほうがいいでしょう。痴漢冤罪を勝ち取った弁護士の受け売りですが。でっち上げで攻めるかぎり、控訴審でも結果は変わりませんよ」

「でも、相手の女性は何度も痴漢被害で示談金を受け取っていたんです」

「それをでっち上げの根拠と断定するのは早計です。痴漢被害者へのあるアンケートでは、二回から十回被害に遭った女性は全体の八割でした。一度だけの女性は二割です。捕まった犯人の大半は罪を認めて示談金を払うので、裁判になるのはごく一部です。たとえば、五回被害に遭い、そのたび勇気を振り絞って痴漢を捕まえた女性がいるとします。犯人が全員素直に罪を認めてお金を払ったとしたら？」

彩は難問の解き方を教わった生徒のような顔をした。柳本弁護士を見やる。彼は渋面で嘆息した。

「まあ、一理ありますね。どうも、私は男性視点で痴漢事件を考えていたようです。弁護方針の変更も検討しましょう」

板挟みになりそうだった彩の表情が輝いた。

「本当ですか！」

「三津谷氏の無罪判決が大事です」

プライドの塊だと思っていた柳本弁護士の柔軟さを目の当たりにし、洋平は意外に思った。

「では、三津谷さん。弁護方針の件はお父さんと話してみます。二階堂さん宅に謝罪へ伺う際は、私も同行しますよ」

「ありがとうございます。迷惑かけてすみませんでした」

彩の瞳には、涙が光っていた。先ほどまでの思い詰めた絶望感は薄れ、何かを吹っ切ったような安堵《あんど》が滲《にじ》んでいる。

洋平は黙って彼女を見つめ続けた。

告白

1

柳本弁護士は相変わらずの顰《しか》めっ面《つら》のまま、涼子を見た。彩と別れた後、三人で向かい合っている。

「ここまでされると、私も話を聞かないわけにはいかないでしょうね。三津谷氏の件をスクープしないという確約を守ってもらうためにも。〝赤嶺事件〟でしたね」

「はい。私たちは冤罪の可能性を追っています。私より、石黒さんのほうが真剣なようですが――」

意味ありげな眼差しを受け、洋平は息を吐いた。彼女は優秀だ。事件を数日で解決してしまった。しかも、スクープのためには誰を傷つけても構わない、という主義の持ち主ではない。信頼してもいいのではないか。

「あの……僕、夏木さんに謝らなきゃいけません。実は嘘をついていました。僕は冤罪について論文を書いたりはしていないんです」

洋平は深呼吸した。唇は縫い合わされたように開かず、言葉を絞り出すには相当な意志の力を要した。

「僕の母の旧姓は鷹野です。〝赤嶺事件〟の生き残り――鷹野由美の息子です。そして、赤嶺信勝の息子でもあります」

時が凍りついた。鳴き交わす鳥や蟬のけたたましさも、熱風に嬲《なぶ》られる枝葉のざわめきも途絶え、全世界から隔絶された気がした。握り締めた拳《こぶし》の中は汗でぬめり、金臭さが鼻をつく。

柳本弁護士の目玉はこぼれ落ちそうになっていた。

「まさか、そんな……赤嶺に息子がいたなんて……」

一方、涼子の顔に驚きはなかった。

「私は察しがついていました」

予想外の言葉に洋平は啞然《あぜん》とした。

「察しって――」

「石黒さんから電話を貰《もら》った後、気になって調べたんです。前に〝赤嶺事件〟を取材しようとしたとき、実は一度、遺族の女性――つまり、あなたのお母さんを訪ねて、お父さんに追い返されたことがあるんです。息子は事件を知らないんだ、うちはもう忘れたいんだ、蒸し返さないでくれ、と。鷹野由美さんは結婚して石黒姓になっていました。それでぴんときたんです。〝赤嶺事件〟に興味を持っている大学生の姓が石黒――。もしかして、と」

想像以上にたやすく過去を暴かれ、内心では動揺していた。だが、感情は辛うじて押し隠した。彼女が妙に協力的だったり、探るような目や言葉を向けたりしてきたことも腑《ふ》に落ちた。

「……僕は四月に病死した母の遺品を調べていて、小箱の中の手紙で赤嶺信勝という男が実の父だと知りました。ネットで名前を検索したら〝赤嶺事件〟がヒットして……。自分に殺人犯の血が半分流れていると知って、目の前が真っ暗になりました。もう普通には戻れないんだ、って」

否定したくても否定できない現実。振り落とそうとしても、十字架は背中にのしかかっていた。重みで押し潰《つぶ》されそうだった。

「柳本さんは死刑を求刑しましたね、赤嶺信勝に」

「……私は正義をなしました。罪のない夫婦が惨殺されたんです。そもそも、殺されたのはあなたと血の繋《つな》がった祖父母ですよ。遺族は母親です。彼らを傷つけた男を庇《かば》う必要がありますか」

強い台詞《せりふ》と裏腹に、声には若干動揺が滲み出ていた。

「もし実の父が無実なら僕は救われるんです。殺人犯の血は消えてなくなるんです。そのわずかな可能性に縋《すが》りつくことで、今は何とか現実を受け入れているんです」

涼子が柳本弁護士に訊《き》いた。「本当に赤嶺さんが犯人だと確信を持って、死刑を求刑したんですか？」

「それは――」

「不自然さはあったはずです。揃いすぎた証拠、靴跡のサイズ、発見されなかった凶器――。〝赤嶺事件〟の冤罪《えんざい》を証明するため、私たちはあなたから話を聞きたいんです。石黒さんは死刑囚の息子になるか、冤罪被害者の息子になるか、その瀬戸際なんです。転んだ側によって、人生が大きく変わります。検察組織のしがらみから抜け出した今なら、話せることもあるのでは？」

元裁判官や元検察官が当時の自分の担当した案件――主に冤罪が発覚したり判断に迷っていたりした事件――を振り返り、インタビューに答えていたり、本に書いていたり、SNSで語っていたり。そういう告白はしばしば見かけた。二十一年も前の事件なら、彼女の言うとおり、話してくれるのではないか。

洋平は期待を抱きながら、柳本弁護士を見つめた。彼の眉間《みけん》には苦悩が刻まれていた。体じゅうに溜《た》まっていた緊張を一気に吐き出すようなため息をつく。

「……私は〝赤嶺事件〟を忘れたことはありません。死刑確定から十四年――ですか。刑はもういつ執行されてもおかしくありません。この十年間、死刑の執行までの期間は平均約五年六ヵ月です」

「そんなに短いんですか！」洋平は声を上げた。

「あくまで平均です。一年で執行されるケースもありますし、三十年以上収監されているケースもあります」

赤嶺信勝ではなく、自分の首に真っ白いロープが巻きついているような息苦しさと絶望感だった。今にも床板が開きそうな焦燥に胸が掻《か》き毟《むし》られる。

「死刑執行が今日かもしれない、明日《あした》かもしれない――。そう思うたび、当時の裁判を振り返ることが多くなりました。私は本当に罪を確信していたのか。過ちを犯したのではないか、と」

「冤罪を認めるんですか」洋平は一歩彼に迫った。

「そういうわけではありません。疑問点はありました。しかし、物証がそれを上回ったんです。とはいえ、息子のあなたが冤罪を疑う気持ちは理解できます」

敵対する覚悟で向き合ったにもかかわらず、柳本弁護士があまりに誠実で驚いた。

自分自身、思い込みで人を判断していたことに気づいた。彼を二階堂隆文の弁護人だと勘違いしていたから、麗香から聞かされる人物像で勝手に彼に悪印象を抱いていた。実の父を死刑にした元検察官だから一方的に〝敵〟だと決めつけ、発言の全てに悪意を見出《みいだ》していた。これも一種の冤罪かもしれない。

「私は──当時の私は、無罪恐怖症にとり憑《つ》かれていたんです」柳本弁護士は下唇を噛《か》み締め、地面を睨《にら》んだ。見当たらない覚悟を探し求めるように間を置き、口を開く。「大都市だと、刑事部の検察官が起訴した事件を公判部の検察官が引き継いで裁判で闘う、というふうに役割分担がされています。私は公判部で裁判を担当していました。当時の私はもう無罪判決を出されるわけにはいかなかったんです。無罪とは検察官にとっては最大級の悪夢なんです」

淡々と語る彼の目は、すでに過去を見ていた。


「主文。被告人は──」

裁判長が口を開いた瞬間、柳本は拳を握り締めた。自分の顔面から瞬く間に血の気が失せていくのが分かった。裁判官は、有罪なら『被告人〝を〟懲役何年に処す』と言い、無罪なら『被告人〝は〟無罪』と言う。最も聞きたくないのは〝は〟だった。

案の定、裁判長は「無罪」を宣告した。

大厄に襲われてしまった……。

頭の中を駆け巡る『無罪』の文字。これで二度目だ。裁判長が読み上げる判決理由は頭に入ってこない。検察庁は約九十九・九パーセントの有罪率の低下を気にし、絶対に有罪を得られる案件しか起訴しないよう訓告していた。それなのに——。

三回無罪判決を受けた検察官は解雇される。

これは検察庁で囁《ささや》かれるまことしやかな噂だった。三度も恥辱を受けたら針のむしろに座らされ、もう検察庁にいられない、というのが実情かもしれない。大学受験を控えた息子のためにも学費がいる。だが、二度目の無罪判決で昇進は間違いなく遠のいた。

検察庁に帰ると、無罪判決に内部がざわついていた。控訴するしかない。今夜は庁舎に泊まり込んで控訴審査の資料を作成しよう。控訴の有効期限は二週間。悠長にしていられない。

トイレの鏡を覗《のぞ》くと、顔は履き古した革靴のようにくたびれていた。ストレスで抜いてしまうため、右眉《まゆ》が極端に薄くなっている。

毎日、数件の裁判がある。各々の事件で証人の主尋問や反対尋問をし、弁護士と闘い、裁判官に有罪を訴えた。庁舎に戻ると、資料の残りを仕上げ、控訴審査に出た。会議室に集まった検察官たちから責め立てられた。

「適切な証拠を提出したのか」

「証人の請求に落ち度は？」

「君は半年で二度も無罪判決を出してる」

「一人で有罪率を下げる気か」

一言一言が石塊となって胃に蓄積していく。内臓が圧迫感に押し潰されそうだった。法廷で糾弾される被告人になったようだ。

「事実経過や証拠関係を全部説明します」

柳本は作成した資料について語り、控訴の必要性を訴えた。検察官同士で長時間の激論が交わされた後、評決を迎えた。末席の者から控訴に積極か消極か、理由と共に述べていく。

全員一致で『積極』だった。

妻の誕生日を思い出したのは、半日もオーバーしてからだった。帰宅すると、妻が氷の棘《とげ》を思わせる声で言った。

「……無罪は受けるわ、私の誕生日は忘れるわ、能なしね」

彼女は官舎に住む他の検察官の妻たちから皮肉を言われ、屈辱を味わい、肩身の狭い思いをしたという。明け方まで愚痴と不満を聞かされた。柳本は家でも平謝りだった。そんな姿は息子の目にどう映っただろう。

後日、柳本は高等検察庁での審査に出向いた。証拠関連で曖昧《あいまい》な部分に機銃掃射のごとく質問が飛び、公判活動の不手際を非難された。唇を嚙んで耐え忍び、必死で控訴の正当性を説明する。地検より厳しい高検の評決では数人が『消極』だったものの、最終的には『積極』で控訴が決まった。

「ありがとうございました！」

翌日、柳本はB5判の申立書を地裁に提出した。

控訴は決まったが、大仕事がまだ残っている。控訴趣意書の作成だ。原判決のどの部分に誤りがあったのか、なぜ誤りなのか、証拠を引用しつつ詳細に指摘した書類を作り、高等裁判所に提出しなくてはいけない。最低百枚は書く必要がある。何度も徹夜し、休日返上で文章と向かい合い、上司に添削されては修正し、高等検察庁で決裁を貰《もら》うまで馬車馬のごとく働かなくてはいけない。

柳本は拳《こぶし》と共に決意を固めた。

もう無罪判決は許されない。何が何でも、絶対に――。

〝赤嶺事件〟という難しい案件が割り当てられたのは、そんなときだった。検察官による夫婦惨殺事件だ。身内をどう扱うのか。悩むまでもなく、答えは決まっていた。起訴されている以上、公判部の検察官としては有罪をもぎ取るしかない。資料を読み込むかぎり、幸いにも物証は多く、自白調書も完璧《かんぺき》だった。少々気になる点はあるものの、弁護士の追及を躱《かわ》せるだけの自信はあった。

無罪が許されない中で、これは確実に勝てる――。そう思った。

「検察官に無罪判決は許されません」柳本弁護士は青空を見上げ、息を吐いた。「検察は有罪至上主義なんです。狡猾《こうかつ》な犯罪者を刑務所に放り込むには、無実の可能性を疑っていられません。検察官の心が揺らいだら、犯人の思うつぼですから」

洋平は拳を握ったまま柳本弁護士の台詞《せりふ》を聞いていた。

「……少々気になる点って、何だったんですか」

「夏木さんが言ったとおりですよ。現場の靴跡のサイズが赤嶺の足より一センチ大きかったこと、自白調書は完璧なのに凶器の捨て場所の供述が曖昧で発見されていないこと、赤嶺を示す証拠が綺麗《きれい》に揃いすぎていること。それだけです」

「それだけって――どれも大きな不自然さじゃないですか」

「個人的な心証も、数多くの物証の前では意味をなしません。私は有罪だと確信を持って裁判に臨みました」

涼子が「今も確信がありますか」と訊《き》いた。

柳本弁護士は黙り込んだ。それが答えだと思った。

「僕を助けてください！」洋平は縋《すが》りつく勢いで言った。「赤嶺信勝の――実の父の無実を証明したいんです。積み上げた思い出は何一つなくても、唯一生きている血の繫《つな》がった家族なんです」

「唯一――？」柳本弁護士は怪訝《けげん》そうな顔をした。

「はい。母の両親は殺されましたし、その母も病死しました。今の父とは血の繋がりがありません」

「赤嶺の家族も全員亡くなったんですか？」

「あっ」と声が漏れた。「言われたら、そっちにも家族はいますよね、普通」

「私の記憶が確かならば、赤嶺の母親は亡くなっていて、父親が健在でした。といっても、十数年前の話ですが。今は分かりません。当時、毎回傍聴に来ていました。裁かれている息子を訪ねやすいように東京へ引っ越していたようです」

赤嶺信勝の父親――。つまり自分にとっては血の繋がった祖父が東京に住んでいるかもしれないのか。

「住所は分かりませんか」

「調べることは可能でしょうが……」

「お願いします。祖父に会ってみたいんです」

「……分かりました。その程度であれば協力します」

「ありがとうございます！」

洋平は柳本弁護士に頭を下げた。それから涼子に向き直った。

「夏木さん。正体を隠して近づいたことは謝ります。ですから――」

「会ってすぐ正体を話さなかったのは、私が信頼できるか分からなかったからですね」

「すみません」

「謝らないでください。石黒さんの立場なら当然です。で、私はテストには合格しましたか？」

「テストなんてそんな……どうか〝赤嶺事件〟の解明に協力してください」洋平は深々と辞儀をした。「お願いします！」

顔を上げると、涼子は決然たる面持ちを見せていた。

「元よりそのつもりです。望む結果が出る保証はできませんが、それでよければ協力します」

2

見て見ぬふり、気づいて気づかぬふりを続けても、事実は取り除けない。いつか人生の大事な局面で姿を現す。就職活動中か。結婚式か。昇進か。あるいは思わぬ大成功を手にして有頂天になっているとき、赤嶺信勝の存在を誰かに暴かれ、ネットを中心に拡散する。

殺人犯の息子——。

赤嶺信勝が無実だったとしても、死刑が執行されてからでは、汚名はもうすすげない。身内が冤罪《えんざい》の可能性を突然声高に叫びはじめても、一体誰が耳を貸す？ 自己保身の戯言《たわごと》だと一蹴《いっしゅう》されるだけだ。

抱えた罪——正確には赤嶺信勝の罪だが——の重さに苦しみ、発覚を恐れて生きていくのか？ 無実を証明するなら、死刑が執行される前しかない。冤罪が明らかになれば、人生に——現在、過去、未来に平穏が戻ってくる。

柳本弁護士から連絡があったのは、五日後だった。

祖父——赤嶺康夫《やすお》の住所が分かったという。

洋平は涼子に一報を入れ、『話が聞けたら後で報告します』と伝えた。彼女は、『私は別方面から〝赤嶺事件〟を調査します』と答えた。

一人で向かった先は葛飾《かつしか》区小菅《こすげ》のアパートだ。錆《さ》びた鉄柵《てっさく》がもぎ取れそうな木造の廃墟《はいきょ》——打ちっぱなしの板は苔《こけ》むし、雑草が這《は》い回っている——の二軒隣だった。

連絡せずに訪ねたから、留守も覚悟していた。しかし、チャイムを鳴らしたらドアが開いた。枯れ木のような禿頭《とくとう》の老人だった。感情が一切窺《うかが》えない目は、ただただ突然の訪問者を見つめている。唇は一言を発するのも億劫《おっくう》そうに結ばれている。

「あの……赤嶺康夫さんですか」

先に口を開くと、老人は黙諾した。顎《あご》の位置を保っているのに耐えきれず頭が動いただけ、というような反応だった。落ち武者を思わせる悲壮感が滲《にじ》み出ている。無理もない。二十一年間、殺人犯の父親という〝業〟を背負い、たぶん毎日毎日、押し潰《つぶ》されそうになりながら生きてきただろうから。

だからこそ、自分の事情を話せば通じるものがあると思った。

「いきなり訪ねてしまってすみません。僕は――赤嶺信勝の実子で、石黒洋平と言います」

赤嶺康夫の目に感情は宿らなかった。無言で立ち尽くしている。

「交際していた鷹野由美は僕の母です。当時、母は妊娠していたんです」

突然そんな話をしても信用されないだろう。当然だ。長年、批判や中傷に晒《さら》されてきたはずだ。メディア関係者の甘言に騙《だま》され、裏切られた経験もあるかもしれない。

洋平は持参した小箱を開け、写真と手紙を取り出した。「これを見てください」と差し出す。

赤嶺康夫の視線がゆっくりと落ちた。写真と手紙を受け取り、一枚一枚、無限とも思える時間をかけて確認した。顔が持ち上がったとき、目には驚きがあった。

「本当に私の孫――なのか、君は」

今度は洋平が黙諾で応じた。

「信じられん。信勝のやつは何も話さなかった。由美さんが妊娠していたなど……」

「つい最近、母の遺品を整理していて、事実を知りました。今日はお話がしたくて伺いました」

赤嶺康夫はきょろきょろと周辺に目を這わせた。死刑確定から十四年も経った今、死刑囚の父親を尾《つ》け回す記者はいないだろう。たぶん長年染みついた癖なのだ。

「……そうか。入ってくれ」

通されたのは畳敷きの居間だった。天然の木目が粗い座卓には、緑茶が飲み残された湯飲みや煎餅《せんべい》の袋が置かれていた。広げたままの新聞の横には、アンテナがくの字に折れ曲がったラジオがある。大雑把なように見えて、散らかっていないのは、小物類が最小限だからだろう。

洋平は赤嶺康夫と膝《ひざ》を突き合わせて座った。彼は煎餅を取り出し、「食うか?」と訊いた。「お構いなく」と首を振る。

しばらく沈黙が続いた。

「……孫、か」

観察するような目が全身を這い回る。猜疑《さいぎ》は感じない。その存在を確認しながら感慨にふけっているのだと思う。

「はい」洋平はうなずいた。「僕には父が――育ての父がいます。最近までずっと本当の父だと思っていました。いえ、もちろん今でも本当の父だと思っています。でも、血は偽れません」

「そうだな。そうかもしれん。出自を知ったときはさぞ驚いただろう。私の比ではなかったはずだ。君の話を聞かせてくれないか」

洋平は幼いころの思い出から大学時代までを語り聞かせた。育ての父との思い出話——キャッチボールをしていてボールが田んぼに消え、父子で泥だらけになりながら探したことや、ザリガニに手を挟まれた父が大慌てで腕を振っていた笑い話など——は、意図的に避けたのだが、赤嶺康夫はむしろ聞きたがった。田舎の暮らしに飽きて東京の大学に入った話をすると、彼は懐かしむように目を細めた。老人斑《はん》が浮き出た目尻《めじり》に皺《しわ》が寄り集まる。

「……信勝もな、君と同じだったよ。私らは新潟の生まれでな、冬には家屋が雪細工《ゆきざいく》の家と化してしまうほどの猛吹雪になる。雪の壁に挟まれた通学路を歩く毎日だ。雪搔《か》きも欠かせん。信勝は子供のころから都会に憧《あこが》れとった。中卒で農業を継いだ私と違い、信勝は優秀で、成績も一番だった。高校卒業と同時に家を出てな。東京の大学に入った」

血の繋《つな》がりがあるだけで赤の他人だと思っていた男との共通点——些細《ささい》なことかもしれないが——を知り、赤嶺信勝という存在が父親として急に生々しく迫ってきた。

「信勝が小さいころは、雪玉でキャッチボールをしたもんだ。野球ボールを買うほどの余裕がなくてな」

「野球が好きだったんですか」

「野球選手になりたい、と口癖のように言っとったが、中学のころ、野球部で才能のなさに気づいてしまってな。勉強一筋になった」

洋平は自分の高校時代を思い出した。サッカー部に入り、強豪校との試合で力の差をまざまざと見せつけられ、プロという幻想は叶《かな》わぬ夢として捨てた。勉強一筋ではなかったものの、大学の現役合格を目標に頑張った。赤嶺信勝も努力家だったのだ。

「信勝は東京で司法試験に合格し、検察官になった。あいつが家を飛び出したときは、勘当だ、と息巻いたもんだが、私は嬉《うれ》しくてな。トンビが鷹《たか》を産みました、と先祖の墓に報告したほどだった」

話す赤嶺康夫の口調に苦汁が染み込む。眉間《みけん》には縦皺が刻まれ、頬の筋肉が痙攣《けいれん》する。

「自慢の息子だった。近所にも息子の出世を吹聴《ふいちょう》したもんだ。それがまさかあんな事件を起こすとは……」

彼は息子の犯行を信じているのか。

「私の住んでいた村は狭いところでな、噂はあっという間に広がった。まあ、あれだけ息子を自慢しとりゃ、誰でも気づく」

メディアは新潟まで押しかけてきたという。記者たちは近所の家の呼び鈴を鳴らして回った。住人の怒りの矛先は元凶に向く。殺人犯の父親として村八分になった。

警察が詳しい話をしてくれないため、事情がほとんど分からず、否応《いやおう》なくニュースを観るしかなかった。連日、流れてくる息子の顔写真と批判のコメント。目を背けても現実は変わらない。

裁判がはじまるころ、田んぼと実家を売り、故郷を棄てた。東京に居を構えたのは、裁かれる息子のそばで力になりたい、と考えたからだ。傍聴にも面会にも行きやすい。もっとも、面会が許可されたのは死刑が確定してからの一度だけだった。その後は息子のほうが面会を拒否した。

「——私は東京拘置所で信勝に会った。言葉を交わしたのは、ほとんど八年ぶりだった。あいつは、すまない、親父、と。私は互いを遮るガラス板に縋《すが》りつき、涙を流した。信勝が罪を犯したのは、私のせいなのだ。私が……私が……」

赤嶺康夫の目に涙の粒が盛り上がり、静かに頬を伝った。洋平は黙って待った。

「一度、信勝が婚約者を——君のお母さんだな——紹介しに帰省したことがあった。後日、私は息子に黙って上京し、彼女の両親に挨拶《あいさつ》した。だが、彼女の父親は激怒した。暴言を吐いた。私は我慢できず摑《つか》みかかり、大騒動になったよ。次に息子に会ったとき、私は結婚に反対した」

赤嶺康夫は涙を流れるままにした。睨《にら》みつける宙にどんな過去の映像を見ているのか。

「信勝は反論した。『子供ができれば向こうも変わるかもしれない』とな。だが、そんな関係はいかん。子供が平穏の鍵《かぎ》となっている家庭は、子供が自立したとたん、崩れ去る。私がそうだった。女側に我慢を強いる嫁入りでな。私の母は嫁に厳しかった。だが、信勝が生まれてからは、嫁いびりもなりを潜めた。信勝の頭がよく、立派に育てようという目的が一致していたからだ。方法論こそ対立したが、目的が同じならうまくいく。目的が存在しているかぎりにおいては。信勝が家を出て上京するや、日ごろの対立は単なる相手への敵意に変わった。結局、嫁は苦労に苦労を重ね、早死にした」

体験に裏打ちされた話には説得力があり、圧倒された。洋平はうなずくことで理解を示した。

「夫婦は横の繋がりだが、親子は縦だ。縦の繋がりのほうが強い。切ろうとしても切れない。自分たち二人が愛し合っていれば幸せな結婚ができる——というのは幻想だ。だから私は結婚に反対した。相手の家族に罵倒《ばとう》されてまで彼女を選ぶ必要があるとは思わなかったからだ」

赤嶺康夫はシミだらけの拳《こぶし》を握り締めた。

洋平は、苦悩に縁取られた彼の顔をじっと見つめた。思い出すのは高校時代のことだった。二年生のころ、文化祭で出会った他校の女子と仲良くなり、付き合った。しかし、相手の母親は学歴主義者で、通う高校の〝レベル〟が将来を決めるという考え方の持ち主だった。娘の交際を知るや、家に乗り込んできて文句を言った。

『底辺校の生徒と付き合って娘の将来を台なしにしたくないの』

世間一般的に見れば、底辺ではなく、普通の公立高校だった。だが、偏差値は恋人の高校のほうが圧倒的に高く、見下されるのも仕方がなかった。とはいえ、納得できたわけではない。彼女自身、母親の考え方には批判的だった。だから負けじと反論した。

居合わせた母も同じように怒ってくれると信じていた。だが、母は相手の理不尽な言いがかりに黙っていた。彼女の母親が引き揚げていくと、母は悲しげに言った。

『向こうの親の理解を得られない交際はうまくいかない』

そのときは納得できず、口論になった。〝赤嶺事件〟を知った今なら母の考えが理解できる。母は自分の両親が交際に反対し続けたせいで、悲劇が生まれたと考えていたのだ。

反抗した赤嶺信勝の気持ちが痛いほど理解できた。当時の自分は交際を反対され、傷だらけになった。相手の親だけでなく、自分の親からも応援してもらえず、心が切り裂かれた。

家族とは何だろう。血なのか。絆《きずな》なのか。他人同士が結ばれ、血を分け合った子を産む。それだけでは足りないのか。今の自分の中途半端な状態が胸を苛《さいな》む。足元は不安定で、油断したとたん転落しそうだった。

赤嶺康夫は背を丸めると、疲れ切ったようにため息を吐いた。

「相手の親からの罵倒は口にするのもはばかられ、教えなかった。私は息子を傷つけまいとし、結局、傷つけてしまった。双方の家族から結婚を認めてもらえず、苦しんだだろう。あんな凶行に及ぶまで追い詰めたのは、他ならぬ私なのだ」

洋平は切り出すべきかどうか悩んだあげく、口を開いた。

「赤嶺さんは——冤罪《えんざい》を疑ったことはないんですか」

赤嶺康夫は異国の言語を聞かされたような顔をした。

「冤罪？」

「はい。無実の可能性は考えなかったんですか」

「裁判こそ弁護士が無実を主張して闘ったが、最後の意見陳述の場で信勝は、被害者への謝罪を口にした。死刑判決にも控訴しなかった。面会でも罪を否定しなかった」

「何か言わなかったんですか」

「『俺のせいで迷惑かけた。もうこんな親不孝者のことは忘れてくれ。新聞で報じられたことが真実だ』。信勝はそんなふうに語った。『俺は命で罪を償う。覚悟が揺らぐから面会には来ないでくれ』と」

冤罪――というのは幻の希望なのだろうか。蜃気楼《しんきろう》と同じく、目指して一歩一歩進んでも、結局は何も摑めずに終わる。

「なあ、洋平君」赤嶺康夫が言った。「君さえよければ、一度、息子に面会してやってくれないか。あいつも我が子に会いたいと思う。死刑が――執行される前に一度でも」

3

面会――か。

顔を合わせても何を話せばいいのか分からない。向こうは息子をどう思っているだろう。そもそも、自分の存在を知っているのか。

もしかして、と疑心暗鬼になってしまう。赤嶺信勝に面会し、冤罪説を笑い飛ばされたらどうしよう。犯人だと宣言されたらどうしよう。一筋の希望さえ吹き飛んでしまう。アクリル板ごしに向かい合う赤嶺信勝の姿を未来の自分に重ねてしまったら、もう立ち直れないだろう。穢《けが》れた血を見せつけられるのが怖い。

不安や疑念の塊は坂道を転げ、奈落《ならく》まで落ちていく。

駄目だ。やっぱり面会に踏み切る勇気が出ない。もう少し――せめてもう少し情報を集め、冤罪の手応《てごた》えを摑んでからでないと。あるいは自分が赤嶺信勝の罪を受け入れる覚悟ができたときに……。

洋平は特急で千葉へ向かった。自分が何をしているか、ちゃんと父に話そうと思った。父は怒るだろう。悲しむだろう。二十年間育ててもらった恩を顧みず、実の父の影を追い求めているのだから。

恩知らずなのは分かっている。〝赤嶺事件〟など忘れ、平穏な生活を続けるべきだ。一人残された本当の父親を大事にすればいい。だが。だが――。

吹けば消し飛ぶ程度の希望の灯火《ともしび》だとしても、冤罪の可能性があると知ってしまった以上、素知らぬ顔はできない。自分の穢れた血を否定できるかどうかの問題だけではない。見殺しにして死刑が執行されたら一生後悔すると思う。

父と向き合おう。気持ちをぶつけよう。それすらもできなければ、とても赤嶺信勝に面会はできない。

午後八時。いつの間にか雨が降りはじめていた。父のアパートに着くと、チャイムを鳴らした。無反応だった。携帯で電話すると、事務所――父は司法書士だ――に出ているという。折り畳み傘を差して歩いた。土砂降りの中、プラタナスや松の枝葉が雨に叩《たた》きのめされ、謝罪するように頭《こうべ》を垂れている。傘を差した人々が水溜《みずた》まりを踏み抜きながら足早に通りすぎていく。

事務所の前で父は待っていた。招じ入れられるまま応接間に移動し、向き合ってソファに座る。

「今日はどうした」

「……うん」洋平は切り出すきっかけを摑めず、自分の拳を凝視した。「それが――」

「何だ。言いにくい話か。まさか、お前――」

口にしたとたん想像が現実になると恐れたのか、語るに落ちる失態を避けようとしたのか、父は言葉を断った。洋平は意を決し、代わりに言った。

「〝赤嶺事件〟を調べてる」

「何てことを!」父は立ち上がった。「知ったのか、事件を」

「うん。気になってネットで検索したら、ヒットした」

父は愕然《がくぜん》とかぶりを振り、打ちのめされたようにソファに沈み込んだ。窓の外では雨音がいっそう激しくなり、雷光が窓ガラスを白黒に染めた。

「父さんも母さんも隠していたんだ。お前を傷つけたくなくて」

「知ってる。東京の大学に反対したのも、事件から遠ざけるためでしょ」

「そうだ。お前が知ってしまうことだけが心配の種だった」

「何があったか話してくれるよね」

父は闇を映し出す窓ガラスに顔を向け、流れ落ちる雨粒の斑《まだら》模様を見つめた。息子と目を合わせるのが怖いかのように。

「……父さんも母さんも当時は多摩市に住んでいてな。忘れもせん、一九九四年七月十二日、街を震撼《しんかん》させる大事件が起きた。鷹野家――母さんの両親が自宅で惨殺された。帰宅した彼女が第一発見者だった。父さんは野次馬の中で騒動を見ていたよ。彼女は呆然《ぼうぜん》自失の様子で、警察に保護された。一時間帰宅が早かったら巻き添えになっていただろう、と言われていた」

「捕まったのが検察官だった僕の実の父、なんだよね」

「事件の翌日には逮捕されていた。父さんは司法書士として、遺産相続の相談に乗ったことがきっかけで母さんと出会った。結構な資産家だったから、相続の額も多くてな。ただ、彼女はショックが大きく、小難しい法律の話をしても上の空だった」

「父さんはなぜ母さんと結婚したの。そのころはもう僕を妊娠していたんでしょ」

父は窓ガラスから視線を引き剝《は》がした。

「彼女の相談に乗って慰めるうちに情が移った。だが、一番の理由は彼女と腹の中の子――お前を守るためだった。彼女は姓を変え、姿を晦《くら》ませたがっていたんだ。鷹野の姓を背負っているかぎり、将来、お前がいつ事件を知ってしまうか分からない。思い悩む彼女を助けたいと思って、父さんから結婚を切り出した」

胸が詰まり、言葉を返せなかった。

結婚すれば『鷹野姓』を捨てられる。赤嶺信勝の存在も隠せる。全ては息子を守るために――。

洋平は歯嚙《はが》みした。父の忠告を無視して赤嶺信勝の名前を検索し、両親の想いを台なしにしてしまった。だが、知ってしまった以上、記憶を消すことはできない。

「父さんたちは千葉に引っ越し、事件をなかったことにした。母さんは検察官に懇願し、証言も拒絶した。有罪をもぎ取る証拠は充分揃っていたから、母さんは法廷に立たずにすんだ。弁護士のほうも母さんを呼ばなかったしな。だから〝赤嶺事件〟に関係しそうなものは何もかも捨てて、平穏な生活をはじめたんだ」

「でも、僕が小箱を見つけてしまった……」

「母さんも、捨てられん思い出があったんだろう」父は遠い目を見せた。「一度は愛し、結婚まで考えた相手だからな、赤嶺は」

洋平はふと思い出した。母を見舞った帰り際に呼び止められたときのことだ。

「でも、母さん、死ぬ間際に僕に〝赤嶺事件〟を告白しようとしていたんじゃないかな」

「ありえん。秘密は墓場まで持っていく覚悟だった。一生涯、お前には知られたくないと思っていたはずだ。なぜそう思う？」

「前に一度、病室で『もしもお父さんが大きな罪を犯していたとしたらどうする？』って訊《き》かれたんだ」

あれは父のことではなく、赤嶺信勝のことだったのだ。死を前にして〝赤嶺事件〟を告白するかどうか、母は迷っていたのだ。実の父の罪を話すかどうか。あのとき、自分は何て答えただろう。父のことだと思い、『駐車違反さえしない父さんが大きな罪なんて犯すわけないじゃん』と笑った気がする。

母の遠回しな探りは通じなかった。当然だ。自分に実の父がいて、その実の父の話をしているなど、誰に想像できるだろう。母は『そうね……』と儚《はかな》げに微笑した。射し込む夕日を顔に浴び、今にも消えてなくなりそうな表情に見えたのを覚えている。

「僕の答え次第じゃ、話すつもりだったんじゃないかな。自分が死んだ後、いつ息子が知ってしまうか、って考えたら不安に耐えられなくなって、命があるうちに話してしまいたいって」

「……そうだな。そうかもしれんな。だが、結局母さんは話さないまま逝ってしまった。お前もその想いを汲《く》んでやれ」

洋平はガラステーブルが見返す自分の顔を眺めた。決意を語るには自信なげな表情だった。それでも、父を見つめて口を開いた。

「ごめん、父さん。過去をほじくり返してしまって。でも、僕は冤罪《えんざい》を証明したいんだ」

「冤罪——だと？　何を言っているんだ」

真っ黒い窓ガラスが明滅し、続けざまに雷鳴が轟《とどろ》いた。雨樋《あまどい》や屋根を打つ雨音が一瞬だけ掻《か》き消える。

「実は今、冤罪の可能性を調べてる。編集記者の人と一緒に」

「マスコミの甘言など全て売名目的の戯言《たわごと》だ。そんなものを信じてどうする。〝赤嶺事件〟の後、生き残った母さんがどれほど苦しめられたか。執拗《しつよう》な取材という名のハイエナ行為に」

「夏木さんはそんな人じゃないよ。信用できる」

「子供をたぶらかすなんて、朝飯前の連中だ。父さんはお前がボロボロにされるのを見たくない。冤罪なんてありえん。十四年——十四年だぞ。赤嶺は再審請求もせず、罪を受け入れている。無実を主張していたのは弁護士だけだ」

「分かってる。でも、不自然なこともあるんだよ」

洋平は涼子からの受け売りを語った。父はかぶりを振った。天変地異の予言でも聞かされたかのようだった。

「いいか。記者の戯言を信じてこれ以上首を突っ込んだらどうなると思う。特ダネの匂いを嗅《か》ぎつけた連中が押し寄せてきて、表舞台に引きずり出されるぞ。死刑囚の息子を遺族が産んでいた——。そんなネタ、飛びつかんと思うのか？」

「父さんが僕を守りたい気持ちは充分分かってる。でも——でも、血の繋《つな》がった実の父なんだよ。もし無実だったら、冤罪で命を奪われてしまう」

父は露骨に傷ついた表情を見せた。

「僕は真実を知りたいんだ」

4

休めない講義があり、洋平は大学に出た。もうすぐ夏休みに入る。赤嶺信勝の事件に専念できるようになるだろう。

昼休みになると、携帯が振動した。涼子からの連絡だった。赤嶺信勝の裁判を闘った弁護士にアポを取りつけたという。

「明日《あした》、午後から時間取れますか？」

「大丈夫です。大学は途中で抜けます」

洋平は答えると、待ち合わせ場所を相談してから電話を切った。

赤嶺信勝の弁護士か。七年間、無実を信じて闘った人だ。話を聞けば貴重な情報が得られるかもしれない。再審請求に繋がる何か手がかりがあれば――。

期待と興奮、そして若干の不安を抱えたまま一日を過ごした。翌日、約束の時間になると、涼子と合流し、弁護士事務所のドアを開けた。鉄製のノブは陽光で焼けていた。室内はエアコンが効いておらず、熱気がむわっと押し寄せてきて体に纏《まと》わりついた。

応接室のソファに腰掛けると、巨体をYシャツに包んだ弁護士が向かいに座った。丸くせり出した腹が太ももに載っかっている。彼は田渕清輝《たぶちきよてる》と自己紹介した。

「赤嶺さんの息子さんですね」

「はい。石黒洋平です」

「存じています。大きくなりましたね」

予想外の言葉を受け、洋平は目をしばたたいた。

「僕を知っているんですか」

「裁判中、赤嶺さんから預かった謝罪の手紙を届けるため、何度かお宅に伺ったことがあります。お父さんに――石黒さんに手ひどく追い返されましたが」

「全然知りませんでした」

「ご両親は事件の存在も、赤嶺さんの存在も、あなたに隠し通そうとされているようでした。弁護士に訪ねてこられるのはさぞ迷惑だったでしょう。申しわけなく思っています」

「謝罪の手紙——ということは、罪を認めているんですか？」

「……手紙は口実だったと考えています。赤嶺さんは死刑が確定してからも、あなたや由美さんのことを常々気にかけていました。彼女が事件を忘れようとしているなら、気づかれないよう、様子だけでも窺《うかが》って報告してほしい、と頼まれたんです」

赤嶺信勝は息子の存在を知っていたのか。その可能性は想像していたにもかかわらず、実際に聞かされると心が乱れた。二十年間、自分が知らない実の父から一方的に知られていたと分かったからだろうか。

死刑囚としてどんな想いですごしているのか。無実だったらこれほど切ない状況はない。愛する女性も息子も失った。直接会うこともできず、弁護士を通して見守るだけ……。

「赤嶺信勝は当時どんな様子でしたか」

田渕弁護士は、太鼓腹に載せるように腕組みした。Yシャツの両脇には、揚げパンでも挟んでいたかのような汗のシミができている。

「赤嶺さんは取り調べ中は否認していたんですが、いくつもの証拠を提示され、執拗に責め立てられると、諦《あきら》めてしまいました。相当な取り調べだったようです」

「証拠って、何があったんですか。記事にもあまり書かれていなくて――」

「たとえば、現場のソファから見つかった赤嶺さんの血痕《けっこん》です。量から想定して、鼻血程度ではありませんでした。一家を襲ったときに負傷したと考えられたようです。それから、被害者の血が付いたシャツの燃え残りが赤嶺さんの家のトイレから発見されました。何より決定的だったのは――現場に踏み入って、被害者の血痕付きの検察官バッジを拾って隠そうとしたところを、警察官に見咎《みとが》められたことです」

愕然《がくぜん》とした。有罪を示す物証が多すぎる。暗闇の中でわずかに燻《くす》ぶっていた無実の種火を、靴底で踏みにじって消されたような絶望感だった。

「目撃者もいました。ナイフを持って鷹野家を逃げ去る赤嶺さんを目撃した、というのです。犯行時刻は暗かったので、僕は信憑性《しんぴょうせい》を問い詰めましたが、決定打はありませんでした。自白調書の任意性や信用性も覆そうと闘いましたが、駄目でした。物証を否定するだけの反証も見当たらず、七年の長期裁判のすえに死刑判決が下ったんです。赤嶺さんは控訴を拒絶し、判決を受け入れてしまいました」

「再審請求を一度もしていないみたいですが……」

「そうですね。ただ、赤嶺さんは一度だけ再審を望んだことがあります。今年の一月ごろの話です」

「本当ですか！」

無実なら再審請求するはずだと思っていた。一時《いっとき》は諦めや絶望の気持ちでいっぱいでも、時間が経ったら冷静になるし、冤罪を訴えるはずだ。だが、赤嶺信勝が再審請求したというニュースがなく、それが気がかりだった。

「再審を望んだってことは無実ですよね！」

「落ち着いてください。再審請求中は死刑の執行が停止される傾向にあるので、死刑囚の三分の二が無駄を承知で再審請求するんです。裁判官も、よほどの新証拠がないかぎり、再審を認めません」

「そうなんですか……」悲嘆のため息が漏れる。「それにしても、なぜ今ごろになって再審請求を――。何か言いましたか？」

「心変わりの理由は教えてもらえませんでした。何か新証拠があるんですか、と尋ねたら、赤嶺さんは一晩考えると答えました。現状では再審は不可能でしたから。次に接見したとき、彼は思い悩んだ様子で、〝覚せい剤使用疑惑事件〟について僕に訊《き》きました」

「何ですか、それ」

「新聞にも出ていますが、警察署の裏金問題を告発した警察官が覚せい剤取締法違反で裁かれている冤罪疑惑事件です」

涼子が怪訝《けげん》そうな顔で口を挟んだ。「赤嶺さんはなぜそんな事件を気にされていたんでしょう？」

「詳しい話はしてくれませんでした。元々、その事件は、年末の接見時、世間話として僕が話したんです。死刑囚は死が罰なので労働もありませんし、読書やテレビなど、ある程度自由ですが、新聞の犯罪関連の箇所は黒塗りで渡されることも多いので、ちょっとした話題として。赤嶺さんは妙にその事件の顚末《てんまつ》を気にしていました。再審の話をしたとき、彼は——その事件の真相次第で再審請求の芽が出てくるかもしれない、と言いました。そして付け加えるように、覚せい剤の使用発覚前後の署内の動きが気がかりだが、とも」

警察官による〝覚せい剤使用疑惑事件〟が再審請求の芽になる？　どういうことだろう。

「理由を教えてもらえたら調べますよ、と言ったんですが、赤嶺さんはしばらく悩んだ後、やっぱり再審請求はしない、と。説得しても無駄でした」

〝覚せい剤使用疑惑事件〟——。冤罪《えんざい》疑惑があるその事件が赤嶺信勝の再審請求の『鍵《かぎ》』になるのだろうか。素人の自分には全く繫がりが分からない。

「石黒さん」涼子が言った。「私たちで〝覚せい剤使用疑惑事件〟を調べましょう。遠回りに見えて近道になる可能性もありますから」

第二章　覚せい剤使用疑惑事件

1

大学が夏休みになると、朝から千葉県いすみ市の実家に帰省し、遺品整理の続きを行った。化粧棚を調べていて、沖縄旅行で母にプレゼントしたガラスの一輪挿しを見つけたときは目頭が熱くなった。後生大事に飾っておいてくれたのだ。

寝室の押し入れには、幼いころ寝る前に母が読み聞かせてくれた『日本昔話』や『世界昔話』がしまってあった。怖い物語のときは眠れなくなったっけ、と懐かしむ。父が得意げに披露していた『ダジャレ百科』や、父の名前が書かれた高校時代のアルバム、衣装ケースにしまわれた七五三の着物などを発見した。脇に置き、順番に整理していく。

洋平は先ほどのアルバムを開いた。セーラー服姿で笑顔を見せる母の写真、奈良の大仏の前でポーズをとっている写真、友人と笑い合う教室の写真——。様々だった。母の若いころを眺めているうち、胸が詰まった。

アルバムを閉じ、赤嶺信勝のことを想った。

面会に行くべきかどうか。

それはこの前からずっと葛藤《かっとう》していることだった。

冤罪の可能性に縋《すが》りつき、無実を証明することだけが穢《けが》れた血の否定になると思って〝赤嶺事件〟を調べている。それなのに、罪を認められてしまったら？　この先、何を支えに生きていけばいいか分からなくなる。それが怖い。

死刑囚への面会方法を調べようとしては躊躇《ちゅうちょ》し、ノートパソコンを閉じてしまう。

もし面会の許可が下りたとして、赤嶺信勝は何を語るだろう。第一声は？　〝赤嶺事件〟への言い分はあるのだろうか。

携帯電話が鳴ったのはそのときだった。涼子だ。

「例の〝覚せい剤使用疑惑事件〟、調べる準備ができました」

死刑事件で再審請求を通すには決定的な新証拠が必要だが、今さら何をどうすればいいのか何も分からなかった。だからこそ、この〝覚せい剤使用疑惑事件〟が手がかりになるなら、調べるべきだと思う。

「起訴されているのは警察官ですよね」

「はい」と涼子が答えた。「第五回公判が明後日《あさって》開かれます。傍聴に行きましょう」

洋平は『久瀬出版』のビルを訪ねると、受付で名前を記入して入館証を受け取り、エレベーターで八階に上がった。第二編集部に入ると、涼子に歩み寄った。彼女の栗色の髪は心なしか乱れ気味で、大きな目を際立たせるいつもの化粧も今日は薄い。服装は黒を基調としたジャケットとスカートの組み合わせだ。挨拶《あいさつ》を交わし、揃って出版社を出た。

電車で移動し、東京地方裁判所の目当ての法廷に入った。居並ぶ法曹関係者たちの顔つきは一様に厳しい。少しでも気を抜いたとたんその場が喜劇の舞台に変わるとでも懸念しているかのようだ。空咳《からせき》一つでも叱責《しっせき》されそうな緊張が張り詰めていた。〝赤嶺事件〟を知らなければ、一生無縁の場所だったと思う。

傍聴席の最前列には、腕章を巻いた記者数人が陣取っている。洋平は二列目の席に涼子と隣り合って腰掛けた。被告人席に座っているのは、原勇作《はらゆうさく》という男性だった。鼠色のシャツと土色のズボン。事前の情報がないと、元警察官には見えない。三十六歳らしい。

「被告人は証言台へ」

裁判長が口を開いた。原は立ち上がると、法廷の真ん中に向かった。足取りは、闘技場に引っ張り出された奴隷のそれだった。赤嶺信勝も法廷では同じように進み出たのだろうか。

原が証人席に座ると、裁判長が黙秘権を告知した。

「あなたには供述を拒否する権利があります。当法廷で述べたことは有利にも不利にもなります。では、弁護人。主質問を」

水泳選手を思わせる短髪の青年が立ち上がった。足で弁護材料を掻《か》き集めるほうが得意なのか、顔は日焼けしている。六法全書よりも情熱が依頼人を救うと信じていそうな弁護士だった。

彼は警察官になったきっかけや生い立ちを原に語らせた後、本題に入った。

「原さんは覚せい剤を自ら打ったり飲んだりしましたか」

「まさか!」原はきっぱりと答えた。「ドラッグの類《たぐ》いには一度も手を出したことがありません。煙草すら喫いません」

「煙草も、ですか。原さんは嫌煙派なんですね」

「はい。署内での禁煙が当たり前になって、喜んでいたくらいです。警察官は激務ですし、身体を大事にしていました。覚せい剤なんてとんでもない。ジャンキーの――あっ、すみません、麻薬中毒者の末路は何度も目にしていますから」

「しかし、尿検査では陽性だったそうですが」

「耳を疑いました。何かの間違いだと思いました」

「陽性反応が出た理由に心当たりはありますか」

「……飲み物に盛られたんだと思います。あの夜、非番だった私は街中で女性に声を掛けられ、一杯付き合ったんです。気づいたら警察署内で寝かされていました」

「それは恐ろしい話ですね。警察官として、そのような手口を聞いたことがありますか」

「あります。数年前、飲食店の女性店員二人が知らぬ間に焼酎《しょうちゅう》に覚せい剤を混入されて、一人が意識不明に陥って命を落とした事件がありました。暴力団組員が覚せい剤取締法違反で逮捕されています。他にも同様の例はいくつもあります」

その後、青年弁護士は当夜の話を具体的に聞き出すと、主質問を終えた。洋平は証言の一言一句に耳を澄ませた。この事件が再審請求の糸口になるのなら、関係者の言葉は極めて重要だ。だが――去年の十一月に起きたこの事件が二十一年前の〝赤嶺事件〟にどう関係してくるのだろう。

裁判長が検察官席を見やり、「反対質問を」と言った。壮年の検察官が立ち上がった。鋭角的な輪郭に神経質そうなぎょろ目、粘土に切れ込みを入れたように血の気がなく薄い唇――。親しみがたい顔つきだ。そんな悪印象を和らげようとしているのか、紫紺の背広に臙脂色《えんじいろ》のネクタイを合わせている。正義を追求する誠実な法の番人に見せようとしても、あまり成功していない。

「興味深い推測でした。ところで、先ほどのケースと逆の事件があったことはご存じですか」

「逆――ですか？」

「知り合った巡査長と大阪のバーで飲食した韓国籍の女性が覚せい剤取締法違反で逮捕されるや、『巡査長に覚せい剤を混入された』と言い張った事件です。後の調査で巡査長の関与は否定されました。さてさて、覚せい剤を使用して捕まった人間は、大抵、往生際が悪く、このように言い逃れをするのでは？」

「それは……何とも言えません。事例によるとしか」

「しかし、誰かに混入されたと訴える被疑者もいますよね」

「……はい、たしかにいるといえば、います」

「混入が明らかになった事例と、中毒者の言い逃れだった事例。どちらが多いですか」

原は逃げ場を探すように法廷内を見回した。だが、弁護士の『異議』もなく、肩を落とした。

「言い逃れだった例が多いと思います」

「そうでしょうね。捕まった以上、駄目元で言い逃れる――。その心理は大いに理解できます」

「わ、私は嘘をついていません！　正直に事実を証言しています！」

検察官は呆《あき》れ顔に嘲笑《ちょうしょう》さえ刻み、かぶりを振った。

「あなたが嘘をついても罰せられない立場に立っている以上、根拠のない陳述に説得力はありません。混入したという女性は証言できるんですか？」

「……いえ、まだ見つかっていません」

「見つかっていない！」既知の事実だろうに、検察官は大袈裟《おおげさ》な驚きの形相を作ってみせた。「まあ、空想の女性は見つからないでしょうね。その女性が初対面のあなたに覚せい剤を盛って、一体何のメリットがあるというんですか」

「それは――」

青年弁護士が手を挙げ、「異議あり。感想を求めています」と指摘した。

「質問を変えます。財布は盗《と》られましたか？」

「いえ、盗られていません」

「警察手帳は？」

「盗られていません」

「何かなくなっていたものは？」

「何も――ありません」

「何もありません、というのは、何もかも盗まれてありません、という意味ではなく、何も盗まれていない、という意味ですね？　陳述は法廷記録のために正確な表現をお願いします」

「……はい」

「まあ、物盗りなら睡眠薬を使うでしょうしね。リスクが高い覚せい剤をわざわざ売人から買って、初対面の人間に盛ったと？」

「ど、どうか信じてください！」原が声を張り上げた。揺るぎない訴えが法廷内に響き渡る。「私は覚せい剤を使用したことはありません。あの女に嵌《は》められたんです！」

裁判長は、凶悪犯を見る目で原を睨《にら》みつけている。必死の嘆願は全く耳に届いていないようだった。

被告人質問は原に不利なまま終了した。

閉廷後、東京地方裁判所を出ると、洋平は青空を仰いだ。鉛の棺《ひつぎ》に閉じ込められたような息苦しさから解放され、深呼吸した。排ガス混じりの空気も今ではありがたい。

「石黒さんはどう感じました？」

涼子に尋ねられ、洋平は彼女に目を向けた。

「〝赤嶺事件〟との接点は何も摑《つか》めませんでした」

「ああ、いえ、そっちの話じゃなく、この事件そのものについて」

「そうですね……僕は原さんの話に信憑性《しんぴょうせい》を感じたんですけど、思いのほか裁判長の眼差《まなざ》しが冷たくて、意外でした」

「被告人質問はいつもこんな感じなんです。被告人の弁解や反省はまともに聞き入れてもらえません」

「でも、本人の生の供述は重要じゃないですか」

「法律も被告人が自らの罪を正直に告白することは期待していません。裁判所が『真実を語れ』と命じても、自分の人生がかかっているから、嘘を並べ立てるのが当然という考え方なんです」

「でも、嘘をついたら偽証罪になりますよね？」

「偽証罪は、『嘘偽りなく真実を述べることを誓います』って、例の宣誓をして法廷に立つ〝証人〟にのみ適用されるんです。日本では、アメリカと違って被告人には宣誓させません。不利益になる事柄は喋《しゃべ》らなくてもいいように、黙秘権もあります。要するに、被告人は法廷で嘘八百を口にしても罰せられないんです。被告人質問は『当事者の弁解を聞かないのはまずいし、陳述の機会を与え、裁判所も一応は言い分を聞いてやろう』と実施している〝弁解の場〟なんです。だから、厳しく反対質問するのは原則禁じられているほどです」

初耳だった。被告人の言い分に対し、偽証罪だ、偽証罪だ、とネットで声高に叫ぶ人々がいる。証人と同じく嘘は罰せられると思っていた。先ほどの検察官の発言——あなたが嘘をついても罰せられない立場に立っている以上、根拠のない陳述に説得力はありません——の意味が理解できた。誰もが被告人の訴えを信じないはずだ。

冤罪《えんざい》が生み出される原因の一つが分かった気がする。きっと赤嶺信勝も同じように誰にも信じてもらえず、有罪死刑を言い渡されたのだ。

「夏木さんは、これ、冤罪だと思いますか」

「はい、おそらく。誰かに嵌められたのだと思います」

「誰が何のために?」

「その辺りの事情を調べるために、明日《あした》の夜、付き合ってください」

2

夜の新宿《しんじゅく》は、時刻を錯覚させるほどの光に満ちあふれていた。煌々《こうこう》と輝く電飾看板で着飾った雑居ビルが密集し、大通りを行き来する車のヘッドライトすら薄めている。コンビニ、カラオケ店、パチンコ店などのガラス戸やウインドウからは、白光が漏れていた。闇は黒大理石を貼りつけたような夜空にしか存在しない。

洋平は涼子に付き従って歌舞伎町《かぶきちょう》に行き、人波が流れる東通りを歩いた。誰もがこの街に慣れ親しんで見えた。建ち並ぶ風俗店、ホストクラブ、キャバクラ——。未成年お断りの店の数々。だが、行き交う人々の大半は普通の男女だった。

歩いていると、美容室と貸衣装店が並んでいた。壁にはポーズをとったモデルのパネルが貼られている。ホストやキャバクラ嬢が出勤前に利用する専門店だろう。駅と夜の店のあいだに建っている。

一帯にはアップテンポの音楽が漏れていた。それを遮るようにどこからかスピーカーの音声が流れてくる。

「——歌舞伎町は客引き禁止です。ご注意ください。歌舞伎町は客引き禁止です」

しかし、従っている者は少ない。サラリーマン風の男や青年グループなど、次々に声をかけられている。洋平は警戒しながら歩いた。だが、幸い誰も声をかけてこなかった。

「大丈夫ですよ」涼子が笑った。「女性連れだと客引きはほとんど寄ってきませんから」

辺りを観察しながら歩いた。喧騒《けんそう》の中には、当たり前のように中国語や韓国語が交じっていた。アフリカ系や南米系の外国人は一目で分かる。

「たしかこの辺りに——」涼子が通りを見回し、インターネットカフェを指差した。

「ありました。待ち合わせ場所です」

店の前に移動し、五分ほど待ったときだった。隣の雑居ビルの地下階段から声が聞こえてきた。

「いやいや、悪かったねえ、明日菜《あすな》ちゃん。次は指名すっからさ」

「風華《ふうか》ちゃんは裏っぴきしてるし、深入りしちゃ駄目だよぉ」

「客が本強しただけって聞いたけどねえ」

「信じちゃ駄目だって。天然嘘つきっ子だし」

薄着の女性を引き連れた男が地上に現れた。サングラスをかけ、Tシャツの上に枯れ葉色のパーカーを羽織っている。濃紺のジーンズは膝頭《ひざがしら》が薄く変色していた。女性の肩に回された右手は、体に張りついたワンピースの上から乳房を鷲摑《わしづか》みにしている。生々しい大人の世界を垣間《かいま》見た思いで、洋平は視線を外した。

男は涼子に目を留めると、「おっ、おっ、おっ」と言いながら歩み寄ってきた。親指でサングラスを持ち上げる。威圧的な目玉が現れた。「ひょっとして『久瀬出版』の人？」

「はい」涼子がうなずいた。「夏木です。堂園《どうぞの》さんですね」

「へえ、声のとおり美人だねえ」

涼子は彼の賛辞を受け流した。「こちらは風俗ライターの堂園さん。原さんの告発を元に警察の裏金問題をスクープされたんです」

「風俗ライターはやめてほしいなあ。今回のスクープで大手新聞社の社会部と契約して、今は花形部署でバリバリなんだからさあ」

洋平は堂園に頭を下げた。「石黒です。夏木さんと一緒に事件を調べている大学生です」

「男女は二人きりのほうが間違いが起こるから好きなんだけどなあ。コブつきか」彼は風俗嬢に向かい、「次は来週の火曜にでも来っからさ」と言い残して背を向けた。

「とりあえずついて来な」

歩きはじめた堂園を追い、居酒屋に入店した。木目が鮮やかな床に宝箱形の椅子が置かれている。木製の棚には数々の酒瓶が陳列されていた。洋平は涼子と並んで座った。

堂園はコース料理を注文し、おしぼりで顔を拭《ふ》いた。運ばれてきた刺身を摘《つま》みながら、芋焼酎《いもじょうちゅう》を呷《あお》る。

「いやあ、美味《うま》いね」煙草を抜き出し、ライターで火をつけた。先端の赤い火がサングラスに映り込んだ。「で、スクープの件だっけ」

涼子は「はい」とうなずいた。「原さんに実名での告発を決意させたのは、堂園さんのお手柄だと聞いています」

「おかげで俺も一躍社会派さ。風俗嬢やジャンキーの取材ばかりでうんざりだったよ。

覚せい剤絡みの〝チンケ〟な事件じゃなく、警察絡みの特ダネを摑んだんだ。最高だろ。詳しくは俺の本を読んでよ——って言いたいけど、ま、晩飯分くらいは喋んなきゃねえ」

堂園は紫煙を天井まで吐き出すと、東京の複数の警察署で行われていた不正を語りはじめた。警察には、捜査に協力してくれた一般市民に支払う『捜査用報償費』があるという。謝礼を払うと、相手の住所氏名、受け渡し金額、捜査官の氏名階級を会計書類に記載する。だが、警察署はそれを悪用して組織的に裏金を作っていた。主導は会計担当だ。署内に保管されている印鑑と同じ苗字《みょうじ》を捜査官に電話帳で探させ、『雛《ひな》形《がた》』を見本にして書類の空欄を埋めさせる。

つまり、書類上は一般市民に謝礼を払ったことにし、経費で裏金を作るのだ。

「信じられません」洋平は呆《あき》れて首を振った。「警察がそんな……」

「疑惑だけなら青森県警、宮城県警、静岡県警、香川県警、愛媛県警、警視庁——。全国の警察にあった。だが、それが発覚して大問題になったのは二〇〇三年でね。坊主が小学生のころだな。同様の手口で裏金を作っていた道警の不正がスクープされた。公文書偽造、詐欺、横領——。結構な罪だよ。各警察署で裏金作りが行われていたから、口頭注意まで含めれば、処分者は三千人を超える一大不祥事だった。自殺者も出てる」

「道警って北海道警察ですよね。そのときはなぜ発覚したんですか」

「極秘の会計書類が流出した。ま、普通は情報開示請求をしても、捜査協力者を守るという名目で個人情報欄が黒塗りにされたもんしか入手できないんだがね。謝礼を受け取ったとされる市民の名前と住所がばっちりのモノホン。その市民を記者らが捜し出して取材したところ――三分の一が報償金なんて受け取っていなかった。中には、死者が謝礼を受け取っていたケースすらあった。今回の場合、極秘の会計書類を持ち出したのが原さんでね。道警裏金事件の東京版が起きたってわけ。俺が入手した三ヵ月分でも約百万の裏金だ」

「大変な騒動になったでしょうね。ニュースで観た気がします」

「警視総監が会見したくらいだからな。ま、全面否定したがね。怪文書扱いさ」

「告発した原さんは――」

「当時、原さんが会計書類の持ち出しを飲み屋の女将《おかみ》に匂わせてさ、それで俺の耳に入ったんだ。俺は接触して告発を促した。ためらう原さんを説得しまくったさ。で、その気になったとき、〝口封じ〟のように覚せい剤取締法違反で逮捕されちまった。原さんが起訴されて拘置所に移されても、俺は諦《あきら》めず面会に行ってな。裏金の証拠書類の保管場所を聞き出して、スクープした」堂園は煙草を灰皿に押しつけると、にじり消した。「ったくよ、警察も汚いまねしやがる。原さんをジャンキーに仕立て上げて、その告発に信憑性《しんぴょうせい》をなくさせようって腹積もりさ」

「やっぱり冤罪《えんざい》だと思いますか」

「当たり前だろうがよ。警察の不正を告発しようとした矢先、女に覚せい剤盛られて、即座に匿名のタレコミがあって、逮捕されて、起訴。子供《ガキ》でも分かるわな。だけどよ、嵌《は》められた証拠を探し出そうってんなら諦めな。警察が仕組んだなら証拠なんて出ねえよ、絶対」

3

告発を決意した警察官が嵌められ、犯罪者に仕立てられた——。

赤嶺信勝はこの〃覚せい剤使用疑惑事件〃がどう自分の再審請求の『鍵《かぎ》』になると考えたのか。検察官を排除したい敵対勢力に嵌められたのか。あるいは、覚せい剤絡みで嵌められたのか。

夕暮れ時、洋平は涼子と待ち合わせて隅田《すみだ》川《がわ》沿いの公園に入った。嵩張《かさば》り雲が一面に垂れ込めた空は黒みがかっており、誰も使用していない野球場が物悲しい。遊具場では、枝葉を伸ばしたケヤキやシラカシ、武骨なジャングルジムや滑り台が真っ黒い影と化している。無人のブランコがキーッキーッと鉄錆《さ》びた音を立てながら揺れていた。全てが去っていくこの時間帯は、希望も沈んでしまうようで嫌いだ。

奥に進むと、白のシャツとズボンの清掃員が公衆トイレの前を箒《ほうき》で掃いていた。麦《むぎ》藁《わら》帽子を目深に被《かぶ》っている。

「平野《ひらの》健二郎《けんじろう》さんですね」

涼子が声をかけると、男は麦藁帽子で隠された顔を上げた。赤銅色の肌が印象的だ。健康的というより、錆びた鉄を連想させる。四十歳前後だろう。事前に聞いていた話だと、元警察官らしい。原の告発後、裏金問題の責任を取らされる形で退職を余儀なくされた。形式上は過去の不倫行為による処分だったという。

彼女が自己紹介して話を聞かせてほしいと頼むや、平野は小粒の目を猛然と見開き、箒を振り回した。

「糞《くそ》にたかる蠅《はえ》どもが。消えろ消えろマスコミ。消えねえなら便所に突っ込んで流してやるぞ」

平野は吐き捨てると、公衆トイレの中に姿を消した。

洋平は涼子の顔を窺《うかが》った。「取りつく島もありませんね。ひどい言われようでした。大丈夫ですか」

「慣れっこですから。基本、週刊誌の記者は嫌われるんです。文芸に異動した友人は、『相手にすんなり名刺を受け取ってもらえることがこんなに嬉《うれ》しいなんて』と感動していたほどです。週刊誌の名前が入っていると警戒されますし、目の前で名刺を破られたり——。会話まで持っていくだけでも一苦労なんです」

「大変なんですね」

「『社会の風』はそれなりに硬派で有名で、比較的ましですけど、やっぱり塩対応は
デフォですね」

「塩対応って——夏木さんもそんな言葉を使うんですね」

意外に思いながら言うと、彼女は至って真面目な顔で答えた。

「場を和ませようと、あえてです」

澄ました口ぶりで言われ、笑ってしまった。気遣ったつもりで気遣われた。

「こんな程度で引き下がっていられません」

涼子はおどけるように胸の前でファイティングポーズを作り、公衆トイレに踏み込んだ。

「平野さん。私たちはあなたを批判しようと思っているわけではありません。警察の問題を追及するつもりなんです」

彼女は彼の背中に説得を続けた。やがて平野は振り返ると、公衆トイレを出た。涼子を睨《にら》みつけ、煽《あお》られるように警察組織を痛罵《つうば》した。日本社会への不満をまくし立てたうえ、首相への暴論や誹謗《ひぼう》中傷まで展開した。地面に押しつけられた箒の先は折れ

曲がっている。

「――俺だけじゃねえよ。上から命じられたことやって、何で俺一人が責任被らなきゃならねえんだ。畜生」

「あの……」洋平は恐る恐る口を挟んだ。「警察をクビになったから今は……その、清掃員の仕事を？」

「誰が好き好んで便器なんぞ拭《ふ》くか！　裏金作りは俺が生まれる前から組織的に行われてたんだ。しかも下っ端は一銭だって貰《もら》っちゃいない。全部、上が吸い上げてんだ。それなのに何で俺が――」

「原さんの告発を知ったとき、警察の反応はどうでしたか」

「裏切りもん扱いだよ、当然だろ。俺だって耳を疑ったさ。馬鹿なまねを――って思ったよ」

「その原さんは今、覚せい剤取締法違反で裁判中ですよね」

「記者連中もヤク中の戯言《たわごと》なんざ、取り上げやがって。手を嚙《か》んだ飼い犬どもは、金輪際、記者クラブを出禁にしてやりゃいい」

「警察は〝口封じ〟で原さんを嵌めたんでしょうか」

「さあな。俺は知らねえな。知っていたとしても話すもんか。警察の不義理も腹立つが、元凶は原だからな。裏切り者め。ムショにぶち込まれて後悔を嚙み締めりゃいい。

いい気味だ」

平野はゴミが溜《た》まった地面を睨み、くっくっくと忍び笑いを漏らした。麦藁帽子の鍔《つば》が影を作っているせいで、その面持ちは薄闇に溶け込んで判然としない。緩めた唇だけが覗《のぞ》いている。

「えっと……」涼子が言った。「突然伺ったにもかかわらず、今日は貴重なお話、どうもありがとうございました」

「へっ。社交辞令なんていらねえよ。別に俺は何も話しちゃいねえ」

千代田区丸《まる》の内《うち》のビル内にあるレストランに入ると、洋平は涼子と並んでテーブル席に着いた。対面には彼女と顔馴染《かおなじ》みの男性記者が座っている。縦長の鼻の上に黒縁眼鏡が載り、知的な印象が醸し出されていた。

彼も原の覚せい剤事件を取材しているらしく、話を聞いた。メディアは警察官の不祥事として大々的に報じているという。彼がスペイン風オムレツ《トルティージャ》を注文すると、洋平は手渡された数紙の新聞に目を通した。

『またもや警察の不祥事！』

『減らぬ警察官犯罪』

有罪前提のタイトルが躍っている。本人が無実を主張していることは、記事の最後におまけ程度の一、二行があるだけだ。

トルティージャが置かれると、三人で切り分けて食べた。

「警察もさ、さっさと臭いものに蓋《ふた》をしたがってる」男性記者はスプーンを口に運んだ。

「原が冤罪を訴えて裁判が長引くと、注目が集まるから困るんだろうな。身内でも厳正に捜査しています、ってアピールしたいのか、不祥事の発覚後は積極的に情報を公表してる」

公正さのアピールのためではなく、口封じではないのか。警察署の裏金問題を告発した原を貶《おとし》め、話に信憑性《しんぴょうせい》をなくさせるための。そんな疑惑に触れている記事はない。

そのことを口にすると、男性記者はうなずいた。

「こっち側の人間が言うのもあれだけどさ、メディアの報道のあり方が問題なんだよ。記者クラブの加盟記者は警察発表をそのまま垂れ流すだけ。独自の取材なんかしちゃいない。〝御上《おかみ》〟の機嫌を損ねる記事を書けば、出禁になるから完全に言いなりだ。足を使わなくても警察署の記者室に行けば情報が得られるから、楽なもんだ」

差し出された週刊誌を見ると、原のプライバシーが暴き立てられていた。信憑性もない匿名の元同僚の話として、原が不審だったエピソードが書き立てられている。

〝正義の告発者〟だった彼は、今や〝堕落した悪徳警察官〟の代名詞となっていた。

携帯でネットを見ると、原批判一色だった。警察の口封じ説は陰謀論者の妄言として笑われている。

男性記者はコーヒーを飲み干した。

「匿名の世界じゃ、自作自演や成りすましで他人を陥れたり、印象操作したり、扇動したり、何でも容易にできてしまう。既存メディアとネットが同じ方向を向いたとき、世論は一方的に誘導される。真実を知るには、互いが反対方向を向いているくらいがちょうどいいんだよ。権力の暴走を監視するのがマスコミの役目なら、マスコミの暴走を監視するのは一般市民の役目だ」

三十分ほど話を聞いた後、洋平と涼子はレストランを出た。夕日はすでに沈み、夜の闇が丸の内を覆っていた。彼女は地面を睨みつけている。まるで掘られた自分の墓を見つめているようだった。

「どうか――しましたか？」

涼子は顔を上げた。「すみません。昔のことを少し思い出してしまいました……」

静かに長息を吐く。「移動しましょうか」

洋平はうなずくと、彼女に付き従って和田倉《わだくら》噴水公園に移動した。石畳を歩きながら涼子が口を開いた。

「ペンは剣よりも強しって、聞いたことあります？」

「はい。ジャーナリストが独裁的な政治家とか暴力的な悪党を記事で批判するときの決まり文句、ですよね。正義を訴える言葉はどんな暴力にも勝る、みたいな意味の」

「言論の強さを訴える名言として使われていますけど、実際は違うんです。原典は十九世紀の戯曲『リシュリュー』に登場するフランスの枢機卿《すうききょう》リシュリューの台詞《せりふ》です。権力者にとっては、ペン一本あれば逮捕状にも死刑執行令状にもサインできるから、自分がわざわざ剣で戦うよりも強い、という民衆への脅迫なんです」

「え！」驚きの声が漏れた。「それじゃ意味が逆転しますよ」

「一般市民にとって、マスコミは圧倒的権力者です。ペン一本で社会的に殺すことができてしまいます。だからこそ、ジャーナリストは一字一句に責任を持ち、慎重にならなければいけません」涼子は遠方を睨んだ。スレートのような濃紺の夜空を背景に、聡明かりがきらめく高層の建物が並んでいる。「前に少し話しましたよね。私は大手新聞社で記者として情熱を持っていました。でも、その炎は向ける方向を誤ると、他人を火傷《やけど》させてしまいます」

彼女はライトアップされた噴水の前で立ち止まった。円形の台から三本の水が巨大な白銀の剣のように噴き上がっている。

「あるとき、都内で双子の惨殺事件が起きたんです。メディアは実母を疑いました。アリバイ、家族関係、近所の評判——。疑わしい要素が揃っていたから、視聴者に怪しく見える報道を繰り返しました。そんな中、私は特ダネを手に入れたんです。警察も発見できなかった目撃者を突き止め、興奮しました。もちろん記事にしました。でも——後に間違いだったと判明しました。目撃者は実母を見たと勘違いしていたんです」

目撃証言は当てにならない、と彼女は語った。ある誤判の研究によると、不当な判決に至った二百五件のうち、半数が『目撃者の識別の誤り』だったという。アメリカの別の研究では、服役後に無実が判明した四十件のうち、九割に『目撃者による犯人識別の誤り』が関係していたらしい。

「アメリカの大学に一年間留学していたとき、ある授業中、不意打ちの実験を経験したんです。凶器を持った暴漢が教室に押し入ってきて先生に襲いかかるんですけど、傷つける前に押さえ込まれて連れて行かれるんです。翌日、学生たちは犯人について訊《き》かれます。そうしたら、身長も体重もバラバラで、年齢も上下十五歳の幅があったんです。四十人の目撃者のうち、面通しで八人の容疑者の中から犯人を言い当てたのは——何人だと思いますか」

彼女に視線を向けられ、洋平は少し考えてから答えた。

「十五人くらいですか」

「たった五人です。別人を犯人と証言した生徒は二十人。私もその中の一人でした。残りの十五人は、八人の中に犯人はいないと断言しました。目撃証言というものは、それほど当てになりません」

彼女は語った。犯人が凶器を持っていた場合、それに意識が集中するため、素手の犯罪に比べると、容疑者の特徴がほとんど記憶されないという。凶器や暴力が目撃証言の正確さを低下させる。そもそも、記憶というのは常に作り変えられる。事件後に見た映像、捜査官から聞かされた話、インターネットの書き込み——。いろんな情報に接し、経験していないことを経験したように、見ていないものを見たように思い込む。

彼女の話を聞き、ナイフを持って鷹野家から逃げ去る赤嶺信勝を目撃したという証言は懐疑的だと思った。目撃者に悪意はなく、逮捕写真を見て自分自身で信じ込んでしまった可能性はある。目撃証言があるからといって、犯人とはかぎらない。

「私は留学時代の大事な教訓も忘れ、突っ走ってしまいました。濡《ぬ》れ衣《ぎぬ》でメディアと世論に叩《たた》かれた実母は自殺しました。その二週間後、従兄弟《いとこ》の男が逮捕され、DNA鑑定で犯人と判明したんです」涼子は首のチェーンに通した指輪を握り締めた。サザンカの花弁を模したようなダイヤだった。「思い悩んだ私は、結婚直前だった婚約者とも別れ、新聞社を退社しました」

月が黒雲に隠れるように涼子の表情がふっと消えた。ツリー形に噴き上がる水はライトアップされて純白に輝いているが、背景の闇が透けているせいで、夜空から吊《つる》される薄汚れたウエディングドレスにも見えた。

　涼子は池を見下ろした。さざ波立った水面に映る自身の歪《ゆが》んだ顔を覗《のぞ》き込むことで、心の奥底に沈む感情を見つけ出そうとしているかのようだった。瞳《ひとみ》が噴水のライトを吸収し、濡れ光っている。

　話し続ける彼女の声は苦悩にひび割れていた。遺族を犯人扱いして死に追いやった精神的ショックが大きく、贖罪《しょくざい》の意識もあり、反動で冤罪《えんざい》疑惑事件の追及に傾くようになったという。逆に冤罪と信じて突っ走り、有罪の決定的物証が見つかった事件もある。しかし、それでも疑惑を追うことはやめなかった——。彼女はそう語った。

「人々にとって、〝正義〟は快楽であり、娯楽なんです。自分を正しいと信じたら、どんな行為も正当化できますし、その倫理で他人を断罪すると、高揚感に支配されます。たとえば、不道徳な言動や差別的な言動を断罪することは正しいと思いますか？」

「……それは、正しいんじゃないですか？」

「では、市民が組織を作って人々を監視し、不道徳な言動や差別的な言動をした者のリストを作って吊し上げていくのはどうでしょう？」

「……何だか秘密警察の私刑、って感じで怖いですね」

「〝正しさ〟はどこまでなら許されるのか。その線引きは難しいです。〝正義〟という快楽に酔い、娯楽に溺《おぼ》れたら、その〃ライン〃が見えなくなってしまいます。それが私の病《やまい》なんです。立ち位置が変わっても、〃正義〃に酔って溺れています。犯罪者と一方的に認定した人間を追及していたころと同じです」

「同じって——冤罪の追究は正しいことでしょう?」

「パラドックスのようですが、冤罪が絶対確実であるなら、そもそも追究の必要はないんです。私が追っているのは冤罪疑惑です。つまり冤罪ではない可能性もある、ということです。真相を追った結果、本当に正しい結末が訪れるのか、それは誰にも分かりません。そもそも何が正しい結末なのか」

「それは——」

「でも、私はそれを受け入れました。〃正義は不治の病だ〃と認めたとき、心がふっと軽くなったんです。だから私は自分のために多くの冤罪疑惑を追い続けているのかもしれません」

涼子の表情には、ただただ苦悩があった。

4

涼子が雑誌の仕事で同行が難しい日も、洋平は一人で行動した。柳本弁護士に連絡をとり、会う約束をした。今なら原の事件の相談ができるかもしれない。

提案された待ち合わせ場所は多摩市だった。

多摩市――。

〝赤嶺事件〟が起きた場所。両親が二十一年間、避けていた土地。母にとっては忌まわしい過去が眠る土地。赤嶺信勝の冤罪を調べるなら避けては通れない。

夕方まで時間を潰《つぶ》し、身支度をして寮を出た。

多摩市に着くと、駅を出た。長身の柳本弁護士はすぐ見つかった。相変わらず鉄灰色のスリーピース・スーツを身に着けている。

洋平は柳本弁護士に付き従って歩いた。樹木がそこかしこに生い茂る中、築数十年は経っていそうな瓦葺《かわらぶ》きの住宅が点在している。高層ビルや邸宅が密集している都心と違い、杖《つえ》をつきながら歩く老人ののどかさを感じる。二十一年も前の凶悪事件の影は見当たらない。

団地の前を通ると、中型のトラックが停車しており、その横にラックや台車がコの字形に広がっていた。惣菜《そうざい》や飲料が詰められた段ボール箱や籠《かご》が置かれている。バッグを提げた老女たちが列を作り、買い物をしていた。商店街や大型スーパーまで歩くのが大変な年寄りのために移動販売が行われているらしい。

「私は年に一度、こっちへ来ています」柳本弁護士が言った。「死刑が確定して世間的には事件は終わりましたが、私にとっては──」

「終わっていないんですか」

「……分かりません。裁判中は一度も足を運びませんでした。充分な証拠が揃っていたので、必要がなかったんです。もっとも、捜査され尽くした現場を訪ねる意味も見《み》出《いだ》せませんでした。裁判が終わってから、妙に気になり、忘れられず訪ねています」

「やっぱり冤罪の可能性があるんですね」

「明言はできません。しかし、このまま死刑が執行されるのが正しいかと言えば──

──」

柳本弁護士に案内されたのは、更地だった。後ろでは、緑に覆い尽くされた丘がのしかかるように盛り上がっている。

「鷹野家があった場所です」

「取り潰されたんですね。殺人事件があった家なんて、誰も住みたがらないだろうし、当然だと思いますけど」

「平気ですか？」

自分が生まれる前の事件だ。現場に立っても非現実感のほうが強い。ただ、赤嶺信勝が無実なら昔の実家で何か見つかるかもしれない──という思惑は外れてしまった。

「……柳本さん。〝赤嶺事件〟以外の事件なんですけど、少し相談しても構いませんか」

「助言程度なら相談料は取りませんよ」

ジョークなのかどうか、表情や口調からは窺《うかが》い知れなかった。

「ありがとうございます。今裁判中の警察官の〝覚せい剤使用疑惑事件〟なんですけど……」

「知っています。警察署の裏金問題を告発した警察官だそうですね。たしか被告人は原——勇作という名前だったと記憶していますが」

「はい。混入を訴えているのに起訴するなんて、検察は一方的すぎませんか。やっぱり罠《わな》に嵌《は》めたんでしょうか。警察とグルで……」

「いや、さすがにそれはないでしょう」

「でも、口封じする動機はありますよね。複数の警察署が裏金を作っていたなんて、一大不祥事ですから」

「検察官もある程度は組織に縛られますが、警察官ほどではありません。グルになって陰謀を巡らせるなど、考えにくいです」

「状況を見れば、原さんは嵌められた可能性が高いですよ。それなのにろくに捜査せず起訴してしまうなんて……」

「検察官は多忙なんです。本来なら警察の捜査の〝監視役〟になるべきなのに、そんなことは忘れ、流れ作業で有罪を作り出していくんです。多くの検察官は真面目で正義感が強く、市民の安全のために日夜闘っていますが、取り巻く状況が冤罪を作ってしまうんです」

柳本弁護士は、東京地方検察庁の刑事部時代の体験談を語った。公判部で二度無罪判決を受けた後、〝赤嶺事件〟で有罪死刑をもぎ取るも、異動になった。珍しいことではないが、法廷に立つには技量不足と言われたようで悔しかった。

異動後は、起訴担当の検察官として一日じゅう何人もの被疑者を取り調べた。警察に事実関係を問い合わせ、文献や判例を漁《あさ》り、事件記録を精査し、裁判官から保釈請求の電話を受ける。起訴状を見直し、これから取り調べる予定の事件の背景を確認する。説明用の資料と図を作成し、地検のナンバー2である次席検事と地検のトップである検事正を順に訪ね、自分の判断に決裁を貰《もら》う。

いい加減にしてくれ！　怒鳴り散らしたくなる。被害者と共に泣く涙も涸《か》れ果てそうだ。

デスクにはA4サイズの資料が積み重なっていた。一冊一冊が辞書並みの厚さだ。一件につき、同量の書類を読み込まねばならない。難解な事件だと、辞書二十冊分もの捜査資料が送られてくる。にもかかわらず、検察官は一人で百件近い事件を抱えている。

昼からは何人もの弁護士が面談を求めて検察庁にやって来た。示談書などの書面を得意顔で振りかざし、起訴に不満を垂れる。起訴猶予に持ち込めれば依頼人から成功報酬を貰えるため、些細《ささい》な問題点をあげつらう。

一つ一つの事件を丁寧に調べている時間は皆無だった。被疑者の言い分を充分に聞けないまま起訴した案件も少なくない。

否認事件に遭遇すると、腹立たしく感じる。罪を認めている者からは犯行状況や動機を聞き出すだけでいいが、否認している者の取り調べはどうしても長引く。だが何より、罪を逃れようとする卑劣な根性が気に食わない。

検察官バッジは、白菊の花弁と中央の赤い旭日《きょくじつ》が霜と日射しに見えるため、『秋霜烈日』と呼ばれている。

秋の冷たい霜や夏の烈《はげ》しい日射しさながら、刑罰を厳しくすべし——。

信念に基づき、否認し続ける被疑者を責め立てた。

だが——。

柳本弁護士は渋面を作った。

「私が起訴までを担当したある事件で無罪判決が出ました。共犯者の嘘の供述が判明したんです」

「じゃあ、その冤罪《えんざい》の責任を取って検察官を……？」

柳本弁護士は唇の片端を吊《つ》り上げ、自嘲《じちょう》の息を漏らした。

「――それなら私も少しは自分を誇れるんでしょうがね。転身は、家族サービスもできないほど多忙だったうえ、組織の中で無罪判決の責任がのしかかってきたからです。私には冤罪への罪悪感はなく、無罪判決を作り出してしまった自分への苛立《いらだ》ちがあるのみでした」

降りてきた沈黙をしばらく甘受してから、洋平は言った。

「やっぱり原さんの事件、無罪は無理そうですか？」

「私は裁判を見ていないので断言はできませんが、起訴された以上、終着駅が『有罪』の列車に乗り、一直線のレール上を高速で走っている状況です。線路の変更も脱線もありえないでしょう。それが日本の司法の現実です」

洋平は拳《こぶし》を握り締め、写真で見た赤嶺信勝の顔を思い浮かべた。現職の検察官でありながら、そうして同じく『終着駅』まで運ばれてしまったのか。

冤罪だとしたら、真実をどう突き止めればいいのだろう。

ふと思い出したのは、田渕弁護士が口にした赤嶺信勝の言葉だった。

覚せい剤の使用発覚前後の署内の動きが気がかりだが――。

どういう意味だろう。署内の動き？　警察署の動きが何か『鍵《かぎ》』になるのだろうか。

警察の動きを知るには――心当たりは一人だけだった。

5

涼子と一緒に夕方の公園に足を運ぶと、平野健二郎が公衆トイレを清掃していた。ゴム手袋を嵌め、デッキブラシでタイルをこすっている。麦藁《むぎわら》帽子は背中側に垂らしていた。

洋平は「あの……」と声をかけた。平野は億劫《おっくう》そうに顔を上げ、また掃除に戻った。鬱陶《うっとう》しげな摩擦音がトイレ内に籠《こも》っている。

「平野さん、お話が……」

原の告発で辞職に追い込まれた元警察官なら、何か知っているかもしれない。

「裏金の話はもう思い出したくもねえ」平野はデッキブラシで掃除し続けている。

「帰れ」

「裏金の話じゃないんです。原さんが覚せい剤を使ったことが発覚したときの署内の動きを知りたいんです」

平野は掃除を中断すると、顔を上げ、槍《やり》を携えた門番のようにデッキブラシを立てて脇に抱え込んだ。

「なぜそんなことを知りたがる」

原の無実を証明するため——と正直に答えたら、彼に恨みを持つ平野は教えてくれないだろう。

洋平は答えずに質問を返した。

「警察はどういう動きをしたんですか」

「なぜ俺が警察内部の秘密をピーピー囀《さえず》ると思う」

縦社会の警察組織は警察学校で新人を徹底して教育し、半ば洗脳的に従順な警察官に育て上げる、と聞いたことがある。平野も刷り込まれた教えがまだ抜け切らないのだろうか。

涼子が言った。

「平野さんは警察に切り捨てられました。トカゲの尻尾切《しっぽき》りです。切り落とされた尻尾にも感情があるはずです。平然としている頭に切り傷くらい、つけたくありませんか?」

一瞬の間を置き、平野の顔に薄笑みが広がった。

「あんたが刃《やいば》を振り回してくれるのか」

涼子が躊躇《ちゅうちょ》なく「刀を貫えれば」と答える。

平野は煙草を取り出すと、火を点《つ》けて一服した。吐き出した紫煙はシミだらけの天井に纏《まと》わりつき、やがて霧散した。

「原の奴がラリってる、なんてタレコミが本庁にあってな。匿名の電話だよ。出鱈目《でたらめ》とは思えないディテールだったんで、本部長が即座に現場へ捜査官を走らせた。実際、原はラリってたそうだ。尿検査で陽性反応が出たからな」

平野の話によると、上層部は隠蔽《いんぺい》を指示したという。大物芸能人を覚せい剤取締法違反で逮捕したばかりだったため、取り締まる側の薬物使用が発覚してはまずいと考えた。報告を受けた監察官もグルになり、体内から薬が抜けるまで原をホテルに軟禁した。

「信じられない話です」

「神奈川県警の不祥事の再来ですね」涼子が言った。「警察官が薬物を使用したんですけど、県警ぐるみで揉《も》み消そうとしたんです」

涼子が当時の事件を語った。発端は神奈川県警外事課の警部補が自ら出頭し、覚せい剤の使用を告白したことだった。警察署内の不祥事を取り締まるはずの監察官は、報告を受けて駆けつけ、薬物や注射器などの証拠物を見つけた。

『鑑識には回さず保管しておけ』

薬物乱用防止キャンペーン中だったため、警察官の麻薬使用は致命的になる。隠蔽に走るのは当然だった。

県警の本部長室に監察官室の幹部が集まり、密議がなされた。

『不倫を理由に例の警部補をすぐに退職させろ』

監察官たちは、警部補の麻薬反応が陰性になるまで待ってから薬物対策課に引き継ぎ、尿検査をクリアさせた。

「結局、発覚して当時の本部長、警務部長、監察官室長、監察官が有罪判決を受けました。警察史に残る汚点です」

「ま、本庁も神奈川県警と同じだったってことさ」平野が嘲笑気味に吐き捨てた。

「官民問わず組織は組織。都合の悪いことは隠す。一連のスキャンダルじゃ、神奈川県警に代々伝わる『不祥事隠蔽マニュアル』という極秘文書が新聞にスクープされてな。知ってるか？」

洋平は「いえ」と答えた。

「〝不祥事は積極的に公表せず、組織の防衛を最優先し、知る者を最小限に抑え、免職した警察官には再就職を斡旋《あっせん》して警察の中に入れておくべし〟」平野は煙草を床に落とすと、靴底で踏みにじった。「へっ、どうせ掃除すんのは俺さ」二本目に火を点ける。「俺のことは守ってくんなかったがね。おかげでトイレ掃除だ」

「メディアに密告があったって聞きました」

「タレコミのせいでさすがに隠し通せなくなった。原は否定しているから、無実の可能性はあるかもな。俺としちゃ、冤罪だろうと何だろうと懲役かっ食らってほしいもんだ」

話が終わると、洋平は涼子と隣り合ってベンチに腰を下ろした。公園を覆う雲は茜《あかね》色《いろ》に染まり、滑り台やブランコの影が長く伸びていた。カラスの鳴き声が夕空に吸い込まれていく。

赤嶺信勝の言葉を手がかりに、署内の動きを聞き出した。告発を考えていた原。街で知り合った女性と飲みに行き、覚せい剤を盛られた。タレコミによって本庁が動き、逮捕された。何十年も前から脈々と続く裏金問題を暴露しようとした結果、口封じされたのだろう。

「犯罪を暴露しようとして覚せい剤を飲まされるなんて……」洋平はため息混じりに言った。「それにしても——わけが分かりません。警察も口封じで原さんに覚せい剤を飲ませたくせに、隠蔽しようとするなんて。矛盾ですよ」

「……石黒さんの疑問、鋭いところを突いているかもしれません。たしかに変なんです。そもそも、身内を嵌《は》める手段としてはリスクも高すぎます」

「ですよね。なかったことにしたら、覚せい剤を飲ませた意味がないですし。次は本当にやるぞって脅しでしょうか？」

「脅しで女性まで雇って覚せい剤を飲ませるとは思えません。警察にとっては、原さんの覚せい剤事件は想定外だったんじゃないでしょうか。だからこそ、警察官の不祥事はまずい、と隠蔽しようとしたんです」

「筋は通りますけど、じゃあ、誰が原さんを嵌めたんですか」

涼子はしばらく夕闇を睨《にら》み据え、黙考した。

洋平も頭を絞った。原を嵌めて得をする人間がいるだろうか。一体誰が――。

先に声を上げたのは涼子だった。

「真相が分かったかもしれません」

6

歌舞伎町は相変わらずネオンがけばけばしかった。繁華街に不慣れだと、目がちかちかする。洋平は涼子とインターネットカフェの前に立っていた。

時間が経過しても夜の闇は深まらず、むしろますます光を増した。人々も爛々《らんらん》と目を輝かせながらこの街を楽しんでいる。やがて堂園が現れた。咥《くわ》え煙草で両手をジーンズのポケットに突っ込み、蒸し暑い夏の夜にもかかわらず、寒そうに背を丸めている。

涼子は堂園に声をかけた。

「何だ、あんたか。俺をずっと待ってたのか」

「はい。この前、今週の火曜日に店に来るとおっしゃっていたので」

「そういや、そうだったな。よく覚えてたな」

「原さんの告発の件で話をしに来ました」

「……話ねえ。聞きたいことがあんなら手短にな」堂園は身をかがめ、電飾看板の中でライトアップされている『サービス内容』を眺め回した。「一発ヌイちまいたいんでね」

明け透けな物言いだったが、涼子は顔を赤らめもせずに言った。

「原さんが女性に覚せい剤を盛られた件です」

「警察に嵌められたんだよ。間違いない」

「いえ。それだと変なんです。警察は問題を隠蔽しようとしたそうです。罠《わな》に嵌めておきながら庇《かば》うなんて、ありえません」

堂園は身を起こすと、煙草の白煙を吐き出した。彼女が顔の周りに纏わりついた煙を軽く払う。

「警察以外に動機はないだろ」

「動機のある人物は他にもいます」

「誰だ」

「……あなたです。堂園さん」

堂園は右頬を吊《つ》り上げると、唇を歪《ゆが》めたまま煙草を吐き捨てた。電飾看板に手を載せる。

「俺は原さんの味方だぞ。彼の告発のおかげでスクープをモノにできた」

「そうですね。原さんの告発のおかげです」

「そらみろ。俺が原さんを嵌めてどうする？　動機は何だ」

「告発を決意させるためです。堂園さんは、告発をためらう原さんを説得し続けたそうですね」

「正義のためさ。それが悪いのか？」

「原さんは裏切りを躊躇《ちゅうちょ》していました。公務員として保身の気持ちもあったと思います。そんな彼は、やっぱり告発はできないと言い出したんじゃないでしょうか。でも、〝実名の告発〟と〝証拠品〟――あなたはスクープのためにどうしてもそれが必要だった」

堂園が何も答えなかったので、涼子は続けた。

「あなたは原さんに覚せい剤を盛り、匿名で通報しました。そうすれば、原さんは警察組織を追われます。守るべき地位はなくなります。嵌めたのが警察だと信じ込ませれば、復讐《ふくしゅう》心で告発してくれる――。そう考えたんです。事実、あなたは拘置所で面会して証拠品の在《あ》り処《か》を聞き出しています」

他人を踏み台にしても成り上がりたい——。堂園の言葉の端々にそんな功名心と自尊心が滲《にじ》んでいた。風俗ライターから大手新聞社の花形部署『社会部』へ。彼は底辺から抜け出すために、スクープが欲しかったのだ。喉《のど》から手が出るほどに。

「混入したのは女だろ。俺に共犯者がいるってか？　他人にそんな危ないことを頼むかよ。頼んだとしても誰が引き受ける？」

「風俗と覚せい剤絡みの記事を長年書き続けていたあなたなら、協力してくれる女性を雇うくらい、簡単でしょう？　取材を通じて知り合った麻薬中毒の女性に、お金を渡せばいいんです。麻薬を買うお金欲しさに何でもします。自分自身、尿検査されたら困るから、犯罪行為を頼まれても通報したりしません」

堂園は二本目に火を点《つ》けようと煙草のパッケージを取り出し、空なのに気づいてくしゃっと握り潰《つぶ》した。

「で？　証拠は？　俺が雇ったっていう女、見つけたのか？」

「それは——」

「甘ちゃんだねえ。対象を追い詰めるにゃ、証拠を固めなきゃ。裏金作りの領収書みたいな、さ」

堂園は高笑いしながら背を向けると、手をひらひらさせながら風俗店に入っていった。

　便所掃除用の雑巾《ぞうきん》を顔面に叩《たた》きつけられたような気分だった。屈辱と怒りが綯《な》い交《ま》ぜになり、拳《こぶし》が打ち震えた。

「夏木さん、このこと、担当の検事さんに伝えましょう！」

「いえ。検察官に訴えても無意味です」

「なぜですか」

「絶対的な証拠がなければ妄想と同じです。起訴した以上、検察は手段を選ばず有罪をもぎ取ろうとしますから」

「でも冤罪《えんざい》の可能性が出てきたんだから、起訴取り下げとか――」

「公訴を取り下げるには、高等検察庁の検事長に決済を貰《もら》う必要があるんです。大事《おおごと》なんですよ。ほいほい取り下げるわけにはいかないんです。無罪判決の一大事、前に柳本さんが話したでしょう？」

　彼の話を思い出し、暗澹《あんたん》たる気持ちになった。無罪判決は検察内で大問題になる。

「どうすればいいんでしょう？」洋平は歯噛《はが》みした。「このままじゃ、逃げられてしまいます」

「堂園さんの策謀を伝えるなら、検察官ではなく、弁護士です。弁護士にとっては、有罪率九十九・九パーセントの刑事裁判で――しかも注目度の高い事件で無罪判決を勝ち取れば、奇跡の大逆転勝利です。下世話な話をすれば、一躍名が売れます。奇跡を起こす可能性があるなら、何にでも飛びつき、死に物狂いで証拠を探しますよ」

希望の芽を見た思いだった。

無実の証明は極めて難しいが、諦めなければ真実はいつか必ず顔を出すのだ。

洋平はぐっと拳を固めた。

〝覚せい剤使用疑惑事件〟の真相は突き止めた。だが、それがどう〝赤嶺事件〟の再審請求に繋《つな》がるのか、結局何も分からなかった。原を嵌《は》めたのは警察ではなく、堂園――一人のジャーナリストだった。警察は隠蔽《いんぺい》に動いた。それが署内の動きだ。

赤嶺信勝は一体何が『気がかり』だったのだろう。

洋平は悩み続けた。

追究

「父のことをもっと知りたいんです」

洋平は祖父の赤嶺康夫と膝《ひざ》を突き合わせていた。彼は顔のシミを歪めるように苦悩混じりの微笑を浮かべている。死刑判決を受けた息子の話は、苦痛が伴うのだろう。

「すみません」洋平は頭を下げた。「不躾《ぶしつけ》なお願いをしてしまって」

「いや。私も話したい。君は孫だからな。信勝を――君の父親を知ってほしい。世間じゃ、悪鬼羅刹《らせつ》のごとく罵倒《ばとう》されているが、人一倍真面目で、何事にも一生懸命な奴だった」

彼にとって〝赤嶺事件〟は否定しようがない事実なのだろう。無責任に冤罪の可能性は主張できなかった。前回は、それで傷つけ、動揺させてしまった。

赤嶺康夫は茶を啜《すす》りながら、遠くを――過去を見る目で語った。

「信勝は昔っから本が好きでな。図書館で借りてはよく読んどった。野球にのめり込んでからも、特に日本の歴史がお気に入りでな。京都への修学旅行は本当に楽しみにしとったもんだが、風邪をひいて参加できなくなってな。直前に家の雪掻《ゆきか》きを手伝ったのが祟《たた》ったんだろう。悲しかっただろうに、文句も言わなかった。それどころか、父さんと母さんにお土産を買ってきたかったのに、と悔やんどった。自分より家族、家族、家族——。そんな子だった」

意外な素顔だった。死刑囚として報じられた記事でしか知らない赤嶺信勝像とはかけ離れている。

「信勝は、幸せな家族を作りたいと思っとったんだ。うちが貧しくて、息子にも苦労を背負わせてしまったせいだろう。前にも話したように、キャッチボールは雪玉だった。バットで打てば散る。野球の自主練も難しかった。だからこそ——」赤嶺康夫は言葉を呑《の》み込み、「いや」と首を振った。「もしかすると、あれか。同級生の親が起こした事件がきっかけだったかもしれんな」

「何があったんですか」

「中学のころだったかな。隣の村で強盗殺人が起きてな。就寝中の夫婦が殺された。逮捕されたのは——信勝の友達の父親だ。近年稀《まれ》に見る凶作で首が回らんようになっての犯行だった。残された母子は地元に残って生活しとったが、殺人犯の身内として、誹謗《ひぼう》中傷の的になっとった。家の壁には『人殺し』とペンキで書き殴られ、表札はへし折られていた。信勝は家族に罪はないと主張し、普段どおり友達に接しようとした。

だが、周りがそれを許さんかったようだ。一緒に仲間外れにされてな」

子供ながらの正義感だったのだろう、と赤嶺康夫は語った。結局、加害者家族の母親が首を吊《つ》り、残された友達は誰にも引き取ってもらえず、施設に預けられたという。

「信勝の友達の一家は仲がよくてな。毎回、誕生日の祝い事に信勝が招待されとった。だが、一つの不幸が——凶作が引き金となって崩壊した。家族というものの脆《もろ》さを目の当たりにしたのだろう。そんな体験が幸せな家庭を追い求める原動力になったのかもしれん。だが、不幸なことにあいつが愛した女性の両親は、結婚に猛反対した。結ばれん運命だったが……それでは諦められんかったんだろう。あんな事件を引き起こしおった」

洋平は自分の眉間《みけん》に力が入っているのに気づいた。話を聞くうち、全身が強張《こわば》っていた。

「母さんの父親は、そこまで偏屈で歪《ゆが》んだ価値観を持っていたんですか。検察官を悪者扱いするなんて……」

「なにせ、筋金入りの死刑反対派だったのでな。部屋の片隅には、過激なビラが山積みにされていたよ。交際の挨拶《あいさつ》に出向いた私に、『日本は罪深い国だ。そんな国家のしもべなど辞めるよう、父親から命じるべきだ』と主張した。啞然《あぜん》として言葉を返せなかった。『息子を誇りに思っている』ときっぱり告げると、『あんたは息子を恥じるべきなんだ』と言われた」

信じられない非礼の数々だと思った。貧しい農家で育った息子が上京し、東京で検察官になったら父親としては誇らしいだろう。それなのに罵倒され、はらわたが煮えくり返る思いだったに違いない。

「あまつさえ、人殺し呼ばわりだ。私は我を失い、摑《つか》みかかり、息子を人殺しとは何事だ、と怒鳴り散らした」

「なぜ検察官が人殺しなんですか」

「何とかヨシエという女性を殺したとかどうとか」

「苗字《みょうじ》は分かりませんか」

「ヨシノ、ヨシムラ――」赤嶺康夫はうなった。「ヨシ――ヨシカワだ。たぶんそんな名前だったと思う。間違いない。誰だか分からず、当時は図書館に通いつめ、新聞でその名前を探したもんだ」

ヨシカワヨシエ――誰だろう。

「人殺し呼ばわりの件、父には尋ねなかったんですか」

「面会のとき、思い切って訊《き》いた。新聞記事では、人殺し呼ばわりされて我を忘れた、と動機が報じられていたからだ。無理もない、と思った。父親である私でさえカッとなったのだ。本人はどれほど激怒しただろう」

「父は何て？」

「『俺の罪なんだよ、親父』と言った。悔恨が滲《にじ》む口ぶりだった」

「俺の罪——ですか」

「うむ。何のことか尋ねると、信勝は自嘲《じちょう》気味に笑って、『自分が死刑になることが償いかもしれない』と」

「何か変ですよね、その言い方」

本当に母の両親を殺したなら死刑は仕方がない刑罰なのに、まるでヨシカワヨシエという女性の事件こそ自分の死刑の理由であるかのような——。

赤嶺信勝は一体何をしてしまったのか。死刑が償いになるほどの罪とは何なのか。

答えの出ない難問について思案していると、赤嶺康夫がつぶやくように言った。

「……洋平君。前に私が言ったことは忘れてくれんか」

「え？」

「面会してやってほしい、と言っただろう。だが、信勝は君を巻き添えにしないよう、息子の存在を私にも隠していたのかもしれん。罪を犯した事実は変えられん、ならば息子だけは守ろう、と、そう考えとったのだとしたら……孤独な死を覚悟した人間に今さら息子を引き合わせるのは、残酷なことではないか」

そんな想いは想像しなかった。本人は息子に会いたいだろうし、後は自分の心構えと決断の問題だと思っていた。実の父自身が対面を望んでいない可能性もあるのだ。

しかし——。

「……僕には何が正しいか分かりません。でも、決意が固まれば会ってみたいと思っています」

「君のお父さんは知っているのか？」

「正直に言えば、父も忘れてほしがっています」

「そうだろうな。ご両親が事件を隠し続けていたのも、君に平穏な人生を送ってほしかったからだろう。君も——信勝のことは忘れたほうが幸せかもしれん。お父さんはよい人か？」

「はい」それだけは迷わず答えられる。「実の息子として二十年間、育ててくれました。僕が母の遺品を見つけなければ、きっと一生本当の父親だと信じていたと思います。それほど当たり前に僕を育ててくれたんです」

「立派な人なんだな」

「曲がったことが嫌いで、『警察の世話になるようなまねは絶対にするな』が口癖でした。今思うと、僕の穢《けが》れた血を——あっ、すみません、その……僕の血を恐れて、道徳教育を徹底していたのかな、とも思ったんですけど、でも、父自身、真面目で、自らその言葉を実践してるような人です」

「大したもんだ。子というのは、親の言葉より行動を見て育つもんだからな。親が思っとるより子ははるかによく観察しとる」赤嶺康夫は、枝に一枚残った葉のように、今にも吹き飛びそうな微笑を見せた。「信勝があんな事件を起こしたのは、私が見せる背がどこか間違っとったのかもしれんな」

長年、自問自答して導き出した後悔なのだろう。曖昧《あいまい》な言い回しの中にも断固とした罪悪感と苦しみがあった。あまりにも強すぎ、それを否定する言葉を何も見出《みいだ》せない。

「どんな理由であれ、息子が父親より先に死ぬ、というのは不幸だ。おそらく、信勝は私より先に――」彼は息子の墓石を見つめる眼差《まなざ》しをしていた。「君が面会に行くかどうか、私に選択を強いる権利はない。自分で考え、答えを出してくれ」

大学の寮に帰ると、ノートパソコンを開き、『ヨシカワヨシエ』の名前を検索した。〝ヒ素混入無差別殺人事件〟の名前がトップに表示された。二十五年前に発生した事件だった。吉川芳江《よしかわよしえ》は犯人として死刑になった主婦らしい。冤罪《えんざい》疑惑があるという。吉川芳江の息子は、母親の死刑後もずっと無実を訴えて活動している、と書かれていた。

死刑と検察官。少し事情が見えてきた気がする。

洋平は涼子に電話し、分かった事実と自分の推測を告げた。彼女はしばらく思案げに黙り込んだ後、言った。

「その事件なら半年前、弊誌で特集したことがあります。同僚の仕事でした。私のほうでも改めて情報を集めてみます」

「〝ヒ素混入無差別殺人事件〟を調べるんですか」

「はい。私の想像が正しければ、その事件の真相如何《いかん》で赤嶺さんを救う道が開けるかどうか、変わってくると思います」

第三章　ヒ素混入無差別殺人事件

1

樹木が生い茂る山道は、剣山のような雑草で覆い尽くされていた。枝葉が重なって陽光を遮っているため、真昼なのに薄暗く、奥の木々は黒い影も同然だ。

洋平は、落ち葉まみれの土を踏み締めながら歩いていた。目の前には涼子の背中がある。栗色の髪を一纏《ひとまと》めにした彼女は、小型のリュックを背負っていた。腕に紫外線対策のアームカバーを嵌《は》めているらしく、長袖《ながそで》の裾《すそ》から覗《のぞ》いている。

涼子は山道を登っていく。巨岩を迂回《うかい》し、倒木を乗り越える。そこで立ち止まり、ふうと一息ついた。

「そうそう。私からも新情報があります」彼女が言った。「〝ヒ素混入無差別殺人事件〟は、吉川夫人に死刑判決が出た後、石黒さんの母方の父親の市民団体が執行停止を訴えて抗議していたようです」

人殺しに娘はやれん――。

祖父が言い放った台詞《せりふ》が蘇《よみがえ》る。記事によると、吉川芳江の死刑が執行されたのは、〝赤嶺事件〟が起きる約半年前だ。

「赤嶺信勝は吉川芳江に死刑を求刑したんでしょうか」

「それが……担当検察官は赤嶺さんではありませんでした」

ではどんな接点があるのか。いや、待てよ、と思う。この前、柳本弁護士が教えてくれた。大都市の検察庁では、起訴担当と公判担当の検察官がいるという。

「刑事部の検察官として吉川芳江を取り調べたとか。検察官の有罪至上主義で、強制的に自白させたとしたら……」

巨木の根元に居座る岩石は、影の中で黒い塊と化している。枝葉がこすれ合い、うめき声じみた音を立てた。

「たしかに赤嶺さんは刑事部の検察官でした。法務省検事局に勤務した後、異動したそうです。ですが、吉川夫人を取り調べた刑事部の検察官も、赤嶺さんではありませんでした。そもそも、赤嶺さんが東京地検の刑事部に異動したのは、吉川夫人の死刑執行後なんです」

「じゃあ、何の接点もないじゃないですか。検察官ってだけで人殺し扱いされたってことですか」

「うーん、どうでしょう。問題の市民団体はもう存在しないんですけど、調べたかぎり、検察官への抗議活動は見当たりませんでした。メンバーのインタビューでも、死刑判決を出した裁判官への批判は頻出していましたが、検察官への批判はありません」

「だったら何で人殺し扱いされたんでしょう。まさか、検察官になる前に何か犯罪を犯していて、それを知ったとか」

「禁錮《きんこ》以上の刑を受けた者は検察官になれません。検察庁法第二十条でそう定められているんです。赤嶺さんに犯罪歴はないはずです。それに赤嶺さんのお父さんのお話じゃ、吉川芳江を殺した、と責められたんでしょう？　赤嶺さんが〝ヒ素混入無差別殺人事件〟に何か関わりがあることは間違いありません」彼女は山頂のほうへ顔を向けた。「当事者に話を聞けば手がかりが得られるかもしれません」

洋平は涼子と山道を歩き続けた。半ば切り開かれているので、目的地まで迷うことはないだろう。

途中で触手じみた枝が行く手を遮っていた。腐葉土の臭いが鼻をつく。涼子が障害物を掻《か》き分け、先へ進もうとしたそのとき――。

彼女の姿がふっと雑草の中に消えた。悲鳴が落ちていく。

洋平は慌てて駆け寄った。枝を握り締め、顔を突き出した。急斜面が数メートル下まで落ちていた。涼子は途中の木の根元に引っかかるように倒れ伏していた。

「大丈夫ですか!」

洋平は自分が滑り落ちないように注意しながら呼びかけた。彼女は身を起こし、

「何とか……」と答えた。ほっと胸を撫《な》で下ろす。リュックからロープを取り出すと、端を巨木の幹にくくり、投げ落とした。彼女はそれを摑《つか》み、急斜面を登ってきた。山道に戻って息をつく。

「すみません」涼子は一歩を踏み出そうとし、顔を顰《しか》めた。「痛っ」

「どこか怪我したんですか!」

「……右足首を軽く捻《ひね》ったみたいです」

涼子は片膝《かたひざ》をつき、ジーンズの裾をまくり上げた。ソックスを引き下げると、足首が腫《は》れていた。

「あ、歩けますか? 何とか下山を――」

「いえ。登りましょう。目的地はもうすぐです」

「でも――」

「下りるより登るほうが近いです。冷静に判断しましょう」

距離的にはたしかにそうだ。登った先で助けてもらえたら――。

「……分かりました。僕が肩を貸します」

「すみません」

涼子は再び謝り、身を寄せた。密着すると、汗がかすかに香った。何げなく視線を落とすと、Tシャツが汗で湿っていて、体の線を浮き彫りにしていた。彼女の腰に回した腕に柔らかさとウエストの細さを感じた。女性を意識してしまい、目を逸《そ》らした。

前方を見据え、彼女を支えながら山道を進んだ。両側から低木の枝葉がせり出し、雑草と絡み合っている。迂回して一歩一歩登る。彼女に頼ってばかりだったから、こうして役に立てるのは嬉《うれ》しくもある。

やがて開かれた雑草地に木造の山小屋が見えてきた。丸太を組み合わせた壁に三角屋根だ。側面にはガスボンベが立てかけてある。

洋平は涼子を待たせ、ノックした。「すみません！」と何度も呼びかける。すると、扉が開いた。顔を出したのは、枯れ草色の作務衣《さむえ》を着た老人だった。側頭部に残った黒髪と黒髭《ひげ》が繋《つな》がっている。達磨《だるま》大師のような風貌《ふうぼう》だ。

「何だ、あんた」錆《さ》びた鉄パイプから発せられたような声だった。敵意が滲《にじ》んでいる。

「わしは誰とも話さん。帰ってくれ」

「ま、待ってください！　連れが足を怪我してしまって……小屋で休ませていただけませんか」

「断る」

「お願いします。少しだけでも――」

洋平は頭を下げた。頭頂部に刺すような視線を感じた。壊れた笛にも似た鳥の鳴き声が響き渡っている。

数秒の沈黙の後、ため息が降ってきた。

「……入れ。手当てしてやる」

洋平は感謝を述べると、涼子に肩を貸して山小屋に入った。中央に囲炉裏があり、鉤《かぎ》に吊《つ》り下げられた鍋《なべ》が火にかけられている。老人の指示で切り株の椅子に涼子が腰掛け、ジーンズの裾をまくった。

「待ってろ」老人はすり鉢を取り出すと、すりこぎで野草をすり潰《つぶ》しはじめた。しばらく木と木がこすれる音が続いた。「……あんたら、こんな山の中に何しに来た？」

洋平は涼子と顔を見合わせた。正直に話すべきかどうか。タイミングは彼女に任せることにした。

黙っていると、老人はふんっと鼻を鳴らした。すり潰した野草を涼子の足首に塗りつける。

「話したくなきゃ、話さんでもええ。わしも聞きたいと思わん」

涼子は、包帯を巻く老人を眺めながら口を開いた。

「吉川駿一郎《しゅんいちろう》さん――ですよね」

老人は包帯を巻くのを中断し、顔を上げた。

「なぜわしの名を？」

「申し遅れました。私、『久瀬出版』の夏木涼子と申します。二十五年前の事件でお話を――」

「追い出されたくなければその話をするな」

「奥さんはもう帰ってきませんが、真犯人が逃げ延びているなら刑罰を与えるべきです」

黒髭が割れたかと思うや、吉川は喉仏《のどぼとけ》が見えそうなほど大口を開けて笑った。

「真犯人だと？　わしは何度も訴えた。だが、法廷は聞く耳を持たんかったではないか。芳江は絶望し、控訴することなく判決を受け入れてしまった。芳江は国に殺された。そしてもう時効が成立しとる。何を叫んでも無駄だ」

一九九〇年、東京の郊外で町内の親睦《しんぼく》会中、キムチ鍋にヒ素が混入されて十二名が倒れ、そのうち三名が死亡する事件が起きた。逮捕されたのは吉川の妻――芳江。自らもヒ素入りの鍋を食べて病院に搬送されていたので、『彼女が混入したなら自分で食べるはずがない』と弁護士が主張した。だが、被害者を装うために自ら致死量に至らない分量を食べたのだ、と検察が反論し、目撃証言などもあって死刑判決が出た。

涼子によると、上訴せず死刑を受け入れてしまう死刑囚は意外にも多く、一九七七年からの約三十年間で二割――二十八人もいるという。吉川芳江の刑は九四年に――確定から一年という早さで――執行された。

「手遅れではありません」涼子が言った。「二〇〇五年に刑事訴訟法が改正され、殺人の公訴時効が十五年から二十五年に延長されました。〝ヒ素混入無差別殺人事件〟は九〇年に起きたので、まだ時効は成立していません」

「法律は過去に遡《さかのぼ》って適用されんだろ。弁護士が言っとった」

「〝遡及《そきゅう》処罰禁止〟のことですね。今まで合法だった行為がある日突然法の改正で違法になっても、改正前の行為では罰せられることがない――。それは刑罰についてであって、時効は別、という考え方なんです。ですから二〇一〇年には殺人罪の時効が撤廃されましたが、改正時点で時効が未成立の事件には遡って適用されます」

「つまり、犯人はまだ罰せられると？」

「はい」

吉川は禿《は》げ上がった額を掻き、鼻息を漏らした。囲炉裏の薪《まき》が爆《は》ぜる。

「……何が聞きたい？」

「ありがとうございます」涼子は頭を下げると、自分で包帯を巻いて縛り、吉川に目を向けた。「当時の話を」

　吉川は追想するように目を閉じると、静かに口を開いた。

「……盆栽に水をやっとったときだ。公園で大勢が倒れたと聞いた。芳江が準備に行っとったから、わしは慌てて駆けつけた。近隣の住民たちが悶《もだ》え苦しんどったよ。わしは妻を見つけ、抱え上げた。死ぬな、死ぬな、と呼びかけた」

　奈落《ならく》に落ちていくような声だった。苦悩の響きが強く、胸を叩《たた》かれた気分になる。

「一命を取り留め、安堵《あんど》したのもつかの間、芳江は鍋にヒ素を混入したとして逮捕された。わしは何かの間違いだと訴えた。だが、警察は馬の耳に念仏だ。目撃者がいるとか、動機があるとか、自宅からヒ素が発見されたとか」

「鑑定で同一のヒ素と認定されたんですか」

「知らん。当時は近隣の家じゃ、誰もがヒ素入りの殺鼠《さっそ》剤《ざい》を使っとった。わしらの家だけじゃない。だが、警察はわしに言いよった。物置の殺鼠剤が減っていると証言しろ、妻に不利な証言をしたらあんたは無関係と分かる、とな。連日連夜、事情聴取を受けた。マスコミも最初から結論ありきでな。夜遅くまで照明を煌々《こうこう》と点《つ》けてわしらの家を撮影しとった」

　涼子と冤罪《えんざい》疑惑事件を調べるうち、警察の取り調べやマスコミの報道の問題を学んだ。吉川が語る理不尽さや怒りはよく理解できる。妻の死刑執行後、彼は世間の目を恐れ、こうして埼玉秩父《ちちぶ》の山奥で隠遁《いんとん》生活を送っているという。

「マスコミは中学生の息子たちにもマイクとカメラを向けおった。おかげで学校じゃ、殺人犯の息子、殺人犯の息子、といじめられた。我慢できずいじめっ子と喧嘩《けんか》になったら、それを嗅《か》ぎつけた記者が『無差別殺人犯の息子の暴力性』などと書き立ておってな」

殺人犯の息子――。

胸が圧迫された。自分の未来を聞かされている気になる。現代は人権が叫ばれているから、死刑囚の身内といえども週刊誌でそこまで糾弾されはしないだろう。しかし、今は当時にはなかったもの――インターネットがある。誰かが面白半分や正義感で写真を拡散したら、日本じゅうに知れ渡ってしまう。

涼子が尋ねた。「最初は保険金詐欺を疑われましたよね？」

「馬鹿馬鹿しい。わしらの家は貧しくてな。息子たちの高校進学も難しいほどだった。保険は事件の前に解約しとる。無駄金は払ってられん。千円、二千円が貴重だったのだ」

「司法や報道が暴走したんですね」涼子は小型のリュックを開け、中身をまさぐった。

「あれ？　真犯人に繋がる情報が入ったUSBがあったんですけど――」

「ユー何だと？」

「USBです」涼子は黒いUSBメモリを取り出した。「こういうものです。パソコンに接続して、データをやり取りできるんです。赤色のＵＳＢを持参したんですけど、水筒を出したときに落としたみたいで」

「それに真犯人に繋《つな》がる情報が入っとるのか？」

「未確認なんですけど、そうなんです。唯一のデータなのでなくしたら困るんです。石黒さん、探してきてくれませんか」

洋平は「は、はい」と立ち上がった。「そんなものがあったなんて。必ず見つけてきます！」

山小屋を出て行こうとしたとき、涼子に呼び止められた。

「不慣れな場所なので、石黒さんだと難しいかもしれません」涼子は吉川に目を向けた。「こんなことをお願いするのは大変申しわけないんですが、大事な証拠なんです。探してきてもらえませんか」

さすがに厚かましすぎるのではないかと心配したものの、彼女が推測した落とし場所を説明すると、吉川は腰を上げた。

「仕方ないな。まあ、待っとれ」

吉川は山小屋を出て行くと、十分も経たずに戻ってきた。ビニール袋に入ったＵＳＢメモリを持っている。

「ほれ。これだろ。草むらの陰に落ちとったぞ」

涼子は受け取り、「ありがとうございます」と頭を下げた。「足を痛めていなければ私が探しに行ったんですけど……」

「気にするな。中身は今見られるのか？」

「すみません。パソコンを持参していないので今は――」

「……そうか。仕方ないな。何にしても、今日明日は下山できんだろ。治るまでは置いてやる。救助隊でも呼ぶなら別だがな」

2

一昨日《おととい》のうちから関係者たちにアポを取っていた涼子は、山小屋からキャンセルの電話をしようとした。だが、洋平は数日の遅れで死刑が執行されるおそれを抱き、一人でも調査したいと彼女に訴えた。彼女は単独行動を渋ったものの、焦燥感を理解してくれたのか、怪我をした自責の念があったのか、最終的には了承してくれた。

涼子は関係者たちに電話で自分の怪我の事実を告げ、代わりの者が伺います、と伝えた。

洋平は山小屋に彼女を残して単身下山し、涼子から受け取ったメモを頼りに元弁護士宅を訪ねた。

庭園付きの邸宅は、神木のような松の大樹に見下ろされている。チャイムを鳴らすのも躊躇《ちゅうちょ》してしまう。腕時計を確認し、涼子がアポを取っていた午後一時ぴったりに押した。家政婦に出迎えられそうな雰囲気だったが、ドアを開けたのは白髪の老人だった。仕込み刀を連想させる樫《かし》の杖《つえ》をついていた。老眼鏡の奥の目は、歴戦の検察官すら怯《ひる》ませそうな鋭さを残している。吉川芳江を弁護した元弁護士だという。名前は西郷鉄一《さいごうてついち》。

「『久瀬出版』の方かな？」

「あ、いえ……」洋平は一瞬、返事に詰まった。「僕は石黒洋平と言います。彼女に協力している大学生です」

正確には彼女が協力してくれている。

「つまり、取材はなくなったということかな」

「いえ。彼女がお電話したとおり、僕が代わりに話を――」

「記者でも編集者でもない大学生に話した内容が記事になるか？」

思いのほか拒絶の色合いが強く、洋平は反論できなかった。

「私はね、裁判官批判の記事を掲載する、と彼女が約束したから、時間を作ったんだよ。約束が違うんじゃないか。代理を寄越《よこ》すなら〝記事を執筆できる者〟であるべきだろう」

「すみません。でも、僕はあの事件を調べなきゃならないんです」

吹聴《ふいちょう》はしたくないが、事実を隠したまま信頼は得られない。

洋平は全ての事情を話した。〝赤嶺事件〟の死刑囚が自分の実の父であること。〝ヒ素混入無差別殺人事件〟をその実の父が気にしていたこと。市民団体の祖父が生前、吉川芳江の死刑執行停止を求めて抗議デモを行っていたこと——。

話し終えると、西郷元弁護士は白髪頭をぼりぼりと掻《か》いた。

「熱意は分かった。だが、君に話したことは記事になるのか？」

洋平は準備してきたICレコーダーと涼子の名刺を取り出した。

「お話は録音させていただき、彼女に渡して記事にしてもらいます」

「……そうか。分かった。まあ、入りなさい」

洋平は「失礼します」と頭を下げた。案内されるまま畳敷きの居間に進んだ。木製のテーブルを挟み、座布団に座る。ICレコーダーのスイッチを入れた。

「お忙しい中、時間を取ってくださってありがとうございます」

「さっきはすまなかったね」西郷元弁護士はテーブルの上で指を絡めた。干からびたソーセージのような指だった。だが、爪は綺麗《きれい》に手入れされている。「〝ヒ素混入無差別殺人事件〟の話だったね」

「はい。事件について教えていただけますか」

「……当時、起訴状に目を通した私は、勝機を見出《みいだ》した。中身を要約すると、被告人が保険金目当てで自らヒ素入りキムチ鍋《なべ》を口にした、住民はその巻き添えになった、と記載されていたからだ。私は裁判で夫の駿一郎氏に、『保険は事件の前に解約していた』と証言させ、その証拠も提出した。すると、どうだ、検察は『近所の住民たちとのいざこざが動機だ』と主張を変更した。近所付き合いは悪くなく、むしろ、良好だったのだがな」

「検察側はぐらぐらですね」

「検察は動機を証明できず、絶対的な証拠もなかった。しかし、裁判官は、『住民が口にする鍋にヒ素を混入している以上、殺意に繫がる恨みなどがなかったとは言い切れず、結果の重大性を鑑《かんが》みて死刑判決が妥当』という馬鹿げた判決理由で、死刑を認めた」

「え？　それ、順番が変じゃないですか？」

「そのとおりだ。ヒ素を混入したのだから殺意があったに違いない――。そんな理屈があるか。常識で考えれば、ヒ素混入の動機がない以上、無実を疑うのが筋ではないか」

「どうしてそんな無茶苦茶な判決が……」

「法曹界にはこんな警句がある。〝裁判官の常識は世間の非常識〟」

彼は実例を挙げた。強姦《ごうかん》事件で『女性の衣服を破って性交に及ぶ程度は日常茶飯事であり、強姦とは認められない』『俺は前科者だ、従わないと親兄弟も殺す、と脅されているが、女性は強く抵抗せず性交に応じ、逃げ出すなどの行動をとらなかったため、強姦とは認められない』という内容の判決文を読み上げた裁判官もいる。

「人間としての深みは、水瓶《みずがめ》に溜《た》めた〝人生経験という水〟の量で決まる。多くの人間は学生時代、人付き合いやバイトや色恋を経験し、水瓶を豊かにする。だが、裁判官を目指す者は勉強、勉強、勉強。法律や判例の書かれた紙束で水瓶を埋める」西郷元弁護士は呆《あき》れ顔でかぶりを振った。「雑誌で裁判官と対談したとき、私は『人間的な判決を書くには、人間としての基礎が大事だ』と言った。裁判官は何と答えたか。『そりゃあ、起訴がなければ判決を書くどころか、公判もはじまりませんよ』」大笑いする。「私は〝人間としての基礎〟と言ったのに勘違いした。裁判官の頭の中を覗《のぞ》いた気がしたよ。脳みその代わりに六法全書が詰まっとるに違いない」

「冤罪《えんざい》だとお考えですか」

「……分からん。少なくとも絶対的な証拠は何もなかった。推定無罪の原則をトイレットペーパーに包んで流してしまったような裁判官によって、安易に有罪にされた。それだけだ」

「日本の裁判は推定有罪だ——なんて言葉を聞いたことがあります」

「それは的確だ。そもそも刑事裁判は天秤《てんびん》なのだ。検察側と弁護側の双方が証拠を積み上げ、どちらに傾くか。推定無罪の原則を遵守するなら、天秤が検察側に沈み切らないかぎり有罪にできないはずだが、逆に弁護側に沈み切るまで反証の重みを載せないと有罪になる。東京タワーを蹴倒《けたお》そうとするような徒労感だ」西郷元弁護士は悔しげにため息を漏らした。「芳江さんは死刑判決を受けてからも、息子たちのことばかり気にしていた。金がなく高校に進学させてやれないばかりか、自分の逮捕で迷惑をかけてしまった、二人の人生が心配だ、と。逮捕から三年が経ってようやく接見禁止が解かれ、息子たちが面会した。ちょうど芳江さんの誕生日でな。息子たちのハッピーバースデーを聞いて、彼女が涙したのが印象的だった」

逮捕後の写真でしか見たことがない吉川芳江の顔を思い浮かべた。目の下にクマがあり、眼窩《がんか》は落ち窪《くぼ》み、全世界を敵視しているような眼光で睨《にら》みつけていた。思わぬ一面を知った気がした。

「芳江さんは、ごめんね、ごめんね、学費も出してやれないどころか迷惑かけちゃって……と繰り返しとったよ」

死刑が執行されている以上、冤罪だったら取り返しがつかない。

「あの……」洋平は駄目元で訊《き》いてみることにした。「赤嶺信勝と吉川さんの事件の関係について何か心当たりがないでしょうか」

母方の祖父が『人殺しに娘はやれん』と罵倒《ばとう》し、結婚に猛反対していたことを話した。事件当時、法務省刑事局の検察官だった赤嶺信勝は法廷に立ったことがなく、死刑を求刑した事実もない、と伝える。

「法廷に立たず、死刑に関わるなんてあるんでしょうか」

西郷元弁護士は白いもみあげを引っ張った。

「……まあ、あると言えばある」

意外な答えだった。洋平は思わず座布団から尻《しり》を浮かせた。

「法務省刑事局に出向していたなら、可能性は一つしかない。おそらく、芳江さんの『死刑執行起案書』を作成したのだろう」

「死刑執行——」

「起案書、だ。法務省刑事局の検察官は、死刑判決が出た裁判の確定記録を精査し、死刑執行を停止する理由があるかどうか判断して起案書を作成する。それは刑事局と矯正局《きょうせい》と保護局で決裁され、『死刑執行命令書』となって法務大臣官房に送達される。死刑執行の手続きだよ」

「つまり——」洋平は緊張が絡みつく息を吐いた。「赤嶺信勝は死刑囚の吉川芳江さんを死刑にしても問題ない、って書面を作成したということですか」

「平たく言えばそうなる」

脳天を電撃に打たれたようだった。なんということだ。『死刑執行起案書』――か。

それは裁判官の判決よりもよっぽど重い。死刑囚を刑場に送り込む直接の許可を出したも同然だ。〝ヒ素混入無差別殺人事件〟が冤罪だったなら、赤嶺信勝は無実の主婦の命を奪ったことになる。

俺の罪なんだよ、親父――。

そのつぶやきの意味が分かった。赤嶺信勝は吉川芳江の『死刑執行起案書』を作成したことを悔やんでいたのだ。

謎が一つ解けた気がする。無実ならなぜそう主張しないのか。

取り調べで自白したり、控訴を断念したりしたのは、言い分に耳を貸してくれない司法に絶望し、諦《あきら》めたからだろう。しかし、死刑確定後、十四年も再審を訴えない理由だけが分からなかった。まるで死刑を待ち望んでいるようでさえあった。

冤罪疑惑がある主婦を死刑にしてしまったのだとしたら、贖《しょく》罪《ざい》意識で無実の罪に甘んじたくもなるだろう。

推測どおりだとすれば、〝赤嶺事件〟の真相を突き止めるだけでは駄目だ。本人が助かりたいと願わなければ、再審請求はできない。

洋平は西郷元弁護士から司法の問題を聞いた後、辞去した。

『死刑執行起案書』の件はたぶん極秘事項だろう。どこから母方の祖父に漏れたのか。

赤嶺信勝が自ら話したのか。あるいは団体の活動柄、特別なつてがあったのか。いずれにしても、無実の可能性がある人の命を奪ったことに赤嶺信勝は苦しんでいたのだ。

洋平は涼子に電話した。山小屋に残された彼女を気遣ってから、西郷元弁護士に話を聞いたと報告する。

「冤罪疑惑に関しては？」

「それが——」洋平は躊躇《ちゅうちょ》した。

無実の赤嶺信勝が死刑判決を受け入れているのは、吉川芳江への贖罪意識があるからだろう。罪のない主婦を死に追いやった自分も命で償うべきではないか、という贖罪意識——。

赤嶺信勝に真実を語ってもらうには、吉川芳江が冤罪だったと証明してしまってはいけない。苦しみが増すだけだ。

「……まだ何も」

幸か不幸か、今回は冤罪が判明しても、釈放される〝生きた犠牲者〟は存在しない。終わった事件を蒸し返しても、傷つく人が生まれるだけではないか。吉川は妻が無実で処刑されたと嘆き、遺族は真犯人が逮捕されていないことにショックを受け、法曹関係者は失態を悔やむ。誰もが苦しむ。冤罪は明らかにしないほうがいい——。

自分に弁解しても、彼女に嘘をついた罪悪感は薄れなかった。

「赤嶺さんと今回の事件の接点については？」

「……それもまだ」

話したら彼女は事情を察してしまうだろう。

「残念です」涼子は落胆の声色を滲《にじ》ませた。「明日《あした》の調査で何か分かればいいですね」

何かが分かったとしても、彼女に伝えるかどうか。

正直でいる自信がない。

3

鉛色の雲が重々しく垂れ込め、今にも雨が降りそうだった。一帯が影に覆いかぶされている。

洋平は杉並《すぎなみ》区荻窪《おぎくぼ》に足を運ぶと、約束の時間に邸宅のチャイムを鳴らした。姿を現した室瀬《むろせ》好嗣《よしつぐ》に自己紹介する。

買い物袋を提げた近所の主婦が邸宅前を通るや、室瀬は日焼けした顔に笑みを浮かべ、「やあやあ、おはようございます」と遠くから辞儀をした。主婦もにこやかに挨《あい》拶《さつ》を返し、去っていく。

無駄な脂肪がなさそうな長身を水色系のYシャツとベージュのズボンで包んでいる。

元裁判官とは思えない快活さが窺《うかが》える。ファミレスに移動するあいだ、室瀬は数人と挨拶を交わした。法の番人というより親しみやすい町内会長のイメージだ。

ファミレス内は冷房が効き、アイドルの最新曲が流れていた。重厚な法壇ではなく、安物のテーブルを挟んで向き合っていることが何だか不思議だった。

注文したアイスコーヒーが届いてから話をはじめた。涼子から事前に聞いていた情報によると、数ヵ月前、過去の死刑事件を振り返る特集番組が報道され、〝ヒ素混入無差別殺人事件〟がその中の一つとして扱われたという。室瀬は吉川芳江に死刑判決を出した当時の左陪席裁判官として登場し、『裁判員裁判なら判決は違っていたかもしれない』と驚きのコメントを口にした。彼は自分が関わった死刑判決が誤りだった可能性を示唆したのだ。

〝赤嶺事件〟で死刑と冤罪《えんざい》の問題に興味を持ち、自分なりに調べているうち、冤罪で有名な〝袴田《はかまだ》事件〟を知った。当時の左陪席裁判官が守秘義務を破り、記者会見で合議の内容を告白したという。室瀬も同じ心境なのだろう。

「室瀬さんは冤罪だったとお考えですか」洋平は切り出した。

「……納得できない部分が残っていたのは事実です」

「なのに死刑判決を出したんですか」

批判の響きを感じ取ったはずだが、室瀬は顔に怒りを滲ませることはなく、むしろ苦悩の皺《しわ》を作った。

「重大事件の裁判は『合議体』――裁判官三人で行われるのはご存じですね？　裁判長から見て右が右陪席裁判官、左が左陪席裁判官です。三人のうち、左陪席裁判官が最もキャリアの少ない新人です。右陪席裁判官は中堅ですね。あのころの私は左でした。判決を起案するのは、基本的にその左陪席の役目です。経験を積むためです。右陪席がそれを添削し、裁判長が最終案を書きます。私は証拠不充分で無罪の判決を書きましたが、有罪死刑を譲らない右陪席と裁判長を説得できず、押し切られる形で書き直さざるを得ませんでした」

「無実の可能性があったなら、無罪にするべきだったのでは――」

赤嶺信勝は法廷で出された有罪判決を信じ、『死刑執行起案書』を作成した。結果、無実かもしれない主婦が命を奪われたのだ。司法が機能し、推定無罪の原則を貫いてくれていたら――と思わずにはいられない。

「私は『単独審』で無罪判決を立て続けに出したことがあります。すると、一部の週刊誌で『無罪病判事』と叩《たた》かれました。恥を掻《か》かされた検察が報復でマスコミに手を回したのでしょう。こんな現実があるから、裁判官は無罪判決を躊躇するんです。まあ、有罪判決を書く者ほど出世するからでしょうが。そのため、判決文で有罪の理由をこじつけている者も少なくありません」

洋平は西郷元弁護士から聞かされた『トンデモ判決』の実例を思い出し、語った。

「そうですね。否定はできません。最近も非常識な判決が目につきます。それは裁判官に問題があります。裁判官社会は閉鎖的すぎるんですよ。裁判官は裁判官ばかり集合している公務員住宅に住み、公的施設や居酒屋などはほとんど利用せず、官用車で送り迎えされます。自宅では判決起案に勤《いそ》しむ毎日です。一泊以上の旅行は『旅行届』の提出が義務付けられています」

「……たしかに閉鎖的ですね」

「そうなんです。そんな生活を送っていると、一般市民と交流する機会はありません。そもそも、三、四年で転勤するので、親しくなっている時間もないんです。むしろ、公平さを貫くため、〝隔離された生活〟が勧められているほどです。結果、市民感覚とかけ離れた判決を書くようになります」

室瀬は裁判官批判をまくし立てると、一冊の文庫本を取り出した。風刺画風の滑稽《こっけい》な裁判官のイラストがあり、『あほうな裁判官』と攻撃的なタイトルが躍っている。

著者名は——室瀬好嗣。

「退官後に執筆した私の著書です」

洋平は促され、文庫本に目を通した。

裁判官は予断と偏見で有罪の心証を持ったまま裁判をし、自分の判断に不都合な証拠は信じない。証人尋問や検証や鑑定は時間も手間もかかるから採用せず、書類を重視する。自説に都合の悪い証拠は『信じられない』と言うだけで排除できる。自由心証主義（裁判官の自由な判断を許す主義）は誤判の原因だ。これは裁判官の判断能力が優れているという根拠のない前提に立っている——。

四ページにわたる批判的な序文に続き、目次があり、体験に基づいた裁判官の現実が書かれている。著書によると、若いころの正義感や意欲は法壇の高みから人々を見下ろすうちに失われ、機械的に事件を処理するようになったという。

裁判官時代は休日などなかった。午前十時の開廷時刻に間に合うように登庁し、午後五時の退庁時刻がすぎてから帰宅する。書斎に直行し、段ボール数箱分の訴訟記録を読み、夜遅くまで真相の見極めに悩む。妻子が寝静まると、判決を書く。毛筆の楷《かい》書《しょ》で一字一句丁寧に書く。ワープロを使う裁判官が多いが、それだと簡単に打てる分、間違いが起きやすい。踏み車《トレドミル》の上で走り続けるような毎日だ。幸い、妻は会話がなくても文句を言わない。彼女は事務一般や裁判官の補佐を黙々とこなす書記官だった。仕事と同じく決して出しゃばらない。

ある日、室瀬は廊下の白壁に背中をもたせ、一覧表を握り潰《つぶ》した。

あれだけ判決を書いたのに赤字——。

皺くちゃの一覧表を広げ、もう一度確認してみた。配布された成績表だ。何度見ても見間違いではない。

「大変だねえ」

粘つく低い声がした。顔を向けると、同期の裁判官がいた。紺の背広を身に纏《まと》い、優越感たっぷりの薄笑いを浮かべている。

「室瀬さん、赤字だってねえ。僕は今月も黒だよ、真っ黒。法服と同じ色」

裁判官は常時三百件もの訴訟を抱えている。そんな中、毎月三十件ほど新しい事件が回されてくる。その新規事件数を上回る件数を処理できた月は『黒字』、下回った月は『赤字』と呼ばれる。裁判官の成績とも言えるこの事件数の統計は、最高裁判所事務総局が司法統計として公表していた。

室瀬は歯軋《はぎし》りし、同期の裁判官を睨《にら》みつけた。

「今月は複雑な事件が多かったんだ」

「僕もそうだよ。それでも黒字だ」

赤字が続き、事件を停滞させたら部内で評価が下がる。『事件を溜《た》めた』として人事上で不利益をこうむる。民事訴訟で裁判官があの手この手で和解を勧めるのも、面倒な判決文を書きたくないからだ。和解で決着すれば、上訴されず、判決が引っくり返ることもない。

「来月は必ず黒字にしてみせる！」

　室瀬は裁判官室に入り、椅子に腰を落とした。

　転勤の際は、どこの都道府県に送られるか分からない。書類に希望地を記載しても聞いてもらえない。だが、人事評価さえよければ、すぐ大都市に戻れる。日本の隅っこを行き来して人生を終えないためには、評価がマイナスになる『赤字』を避けなくてはいけない。何が何でも黒字にするのだ。

　処理件数を増やす方法は二つ。過重労働するか、手抜きするか。前者に限界がある以上、後者しかない。

　裁判官が一人で担当する『単独審』のときは起訴状を読み、裁判の前に有罪の判決書を書いた。起訴状に記載されているのは被告人が〝犯したとする〟犯罪内容だが、日本の裁判の有罪率は九十九・九パーセント。検察官は勝てる事件しか起訴しない。無罪などありえない。開廷前に判決起案をしておけば、審理を見て量刑を決めるだけですむ。時間を短縮できる。

　被告人が否認したときは、舌打ちが漏れた。自白事件なら最低限の証人尋問で終了する。問題は量刑だけだ。だが、否認事件は時間がかかる。双方の言い分が真っ向から対立し、激論が交わされる。

　証拠調べ請求では、検察側が立証に欠かせない証人や証拠の申請をした。弁護側も無実の証明のために相当数の申請をした。室瀬は弁護人の反論を無視し、証人を数人却下した。裁判では、警察職員や検察官が作成した供述調書を読めば事足りる。そう思っていた。

無罪判決を出せば巨大な検察組織を敵に回すことになる。当然、控訴されるだろう。二審で判決が覆り、有罪が出されたら一体どうなる？　敵が個人営業のちっぽけな弁護士なら怖くはない。

何より、検察官は担当の裁判部が決まっているから、毎回、同じ人物と顔を合わせる。裁判を重ねるたび、互いに信頼が積み上がっていく。好感も抱く。名前も覚えていない弁護士とは違う。

普段どおり法廷を指揮し、普段どおり有罪判決を出した。だが、高裁で引っくり返った。

信じられなかった。逆転無罪が――ではない。〝ヒ素混入無差別殺人事件〟の裁判で軽蔑《けいべつ》した裁判長と同じことをしていた自分が、だ。今さらながら気づいた。気づいてしまった。

これ以上、法壇に座るべきではない。そう決意し、退官した。そして裁判官の問題を世間に訴えていくようになった。自らの恥部を包み隠さず――。

洋平は『あほうな裁判官』の主要な部分に目を通し終えた。

「信じられない現実でした。まさかここまで……」洋平は喉《のど》の渇きを覚え、アイスコーヒーを一気飲みした。「裁判官はもっと誠実で、厳格で、公平で——真実を見抜けるものだとばかり」

赤嶺信勝が死刑判決を受けたのも当然だ。不自然な物証があっても、証拠調べを却下されたり、裁判官が耳を貸さなければ、存在しないも同然だ。

「幻想ですよ」室瀬が言った。「過大評価です。私は退官して、自分がどれほど世間の常識から離れているか実感しました」

彼が住民たちに愛想よく挨拶《あいさつ》していた姿を思い出す。近所付き合いを重視しているのは、裁判官時代にはみ出していた世間に少しでも溶け込もうとしているのではないか。それが室瀬なりの世の中との関わり方なのだ。

「司法がそれだけ信用できないなら、死刑制度は廃止すべきじゃないでしょうか」

写真で見た赤嶺信勝の顔が脳裏に浮かび上がる。今、冤罪《えんざい》で国に命を奪われようとしている。吉川芳江は殺された。

「……司法の問題は重々承知していますが、私は死刑反対論者ではないんですよ」

「冤罪だった場合、取り返しがつかないですよね？」

「それはどの刑罰も同じです」

「でも、死刑は残酷ですよ。国が命を奪うなんて、非人道的で。国による殺人では？」

「死刑が国による殺人なら、懲役刑は国による監禁です。懲役刑も廃止しますか？」

「いや、でも、死刑を廃止している欧米だって日本を非難していますし……」

「欧米、ですか。死刑反対派が大好きなロジックですね。欧米は人権が守られているように思われていますが、果たしてそうでしょうか。銃社会のアメリカでは、一介の警察官がその場の独断で容疑者を、一般市民が侵入者を、特殊部隊がテロリストを射殺しています。裁判も行わず、容疑者や犯人——時には勘違いで無辜《むこ》の市民を殺している国々と、地裁、高裁、最高裁と審理を重ね、極刑やむなしと判断された極悪人のみ、死刑に処する日本。どちらが非人道的か。現在、日本の確定死刑囚は約百三十人です。しかも執行は年にわずか数人。一方、アメリカでは、公務中の警察官が半年で四百人も射殺しています。銃乱射犯のような、日本なら死刑が間違いない凶悪犯は、欧米だと、ほとんど射殺か自殺で決着がついています。海外のほうが野蛮でしょう？裁判もせず〝死刑〟ですよ。国が違えば考え方や価値観も違います。日本は日本です」

「で、でも——」

洋平は必死で反論の材料を探した。〝赤嶺事件〟を知ってから、死刑問題に関心を抱き、専門家の意見をネットで読み漁《あさ》った。その中で説得力のある論理を思い出す。

「それは死刑を他人事《ひとごと》だと考えているからだと思うんです。執行の現場を知らないから、安易に死を望めるのではないか、と。もし死刑執行の見学が義務付けられたら、人一人の命が奪われる光景にショックを受けて、賛成派も考えを改めるのではないでしょうか」

「うーん、現場の見学、ですか。片手落ちの論理ですね。そんな仮定の話を持ち出すなら、逆の場面――殺人犯による惨殺シーンの見学も持ち出すべきでしょう。家族想いの罪なき女性が見知らぬ男たちに拉致《らち》され、廃墟《はいきょ》で縛られ、遊び半分で暴行を受け、泣きながらの命乞《いのちご》いも聞き入れられず、最期は電気のこぎりで生きたまま……もしそんな現場を覗《のぞ》き見たとしたら、それでも遺族の前でその犯人の人権尊重や死刑反対を唱えられますか？」

　室瀬の生々しい表現におぞけ立った。付け焼き刃の知識ではぐうの音も出なかった。室瀬の論理には説得力がある。人間一人の命が奪われる死刑執行の現場を見て制度の賛否を決めろ、というなら、同じく惨殺現場を見て制度の賛否を決めるべき――か。

死刑反対派の祖父ならどう反論しただろう。黙り込むしかなかっただろうか。そして母は死刑をどう考えていたのか。両親を殺され、犯人の――逮捕された恋人の死を望んでいたのだろうか。

「あの……」洋平は話を変えた。「〝ヒ素混入無差別殺人事件〟で吉川芳江さんが無実なら、真犯人は誰だとお考えですか」

「……私は被告人の夫を疑っていました」

ハンマーで後頭部を殴られたような衝撃だった。

「吉川駿一郎さん――ですか？」

「はい。現場に駆けつけた彼は、倒れ伏した妻の姿を見つけるや、『間に合わなかった……』とつぶやいたそうです。住民の一人が耳にしていました。自分がヒ素を混入した鍋《なべ》で妻も死んだと思い、食べないように警告するのが間に合わなかった、という意味で思わず漏らしたのだろう――。私はそう考えています」

4

雨が降る中、洋平は傘を差し、メモ帳に記してある市民会館を目指した。玄関口で見取り図を確認し、廊下を進む。目的のホールのドアをそっと開ける。

百席ほど並んでいるものの、数席しか埋まっていない。演壇上には教卓があり、四十代の男が講演していた。中肉中背、短髪。頬骨が張り出し、顎《あご》は斧《おの》のような形をしている。

「――母は司法に殺されました」中年男は教卓に手のひらをつき、身を乗り出した。「死刑執行から二十年経った去年の末、担当裁判官の一人がテレビで判決の過ちを認めました。しかし、死刑になった母はもう帰ってきません。現在、死刑判決を受けた確定死刑囚の中に冤罪被害者は何人いるでしょう」

聴衆は講演が行われていようといまいと特に関心がないらしく、退屈そうに座っていた。

洋平は真ん中の席に座った。講師は吉川駿一郎の長男だ。涼子の話によると、彼にアポを取ろうとして肩書きを名乗ったとたん、電話を切られたという。創刊十周年の『社会の風』が吉川芳江の批判記事を書いた事実はないものの、彼にとってマスコミは全て敵なのだろう。吉川駿一郎の話では、二人の息子は記者に追い回され、人生を踏みにじられたそうだから。しかし、涼子は一度では諦《あきら》めず、再度電話した。死刑が迫っている死刑囚に息子がいて、冤罪を信じる彼と一緒に再審請求のための証拠を探している、と正直に語ったらしい。説得が通じ、講演の後に時間を貰《もら》えることになった。

吉川の長男は十五分ほど喋《しゃべ》り続けた。重々しげにため息を漏らし、「終わります。ご清聴ありがとうございました」と辞儀をする。彼が演壇を下りたので、洋平は立ち上がり、歩み寄った。

自己紹介すると、彼は表情を和らげた。

「その辺に座るか。どうせ誰も気にしないしな」

吉川の長男は適当な椅子を持って来て対面に置き、腰掛けた。長テーブルを挟んで向き合う。

「……父親が死刑囚なんだって？」

彼は前置き抜きで本題に入ってきた。講演後も残っている聴衆は一人だけで、しかも居眠りしており、声を潜める必要はなかった。

「有名な事件か？」

「そうだと思います。〝赤嶺事件〟って呼ばれています」

「赤嶺って――検察官の夫婦殺人事件か」

「はい。ご存じでしたか」

「そりゃ、冤罪事件に関わっていたら、すぐ知る事件だろ。名前は何だっけ。赤嶺――」

「信勝です」

「ああ、そんな名前だったな」

「最近までその存在を知りませんでしたが、僕は冤罪《えんざい》だと信じています。だから、死刑や冤罪について活動されている吉川さんからお話を聞きたいと思って、訪ねてきました」

洋平は講演で語られなかったこと——二十五年前の司法の現実や吉川が受けた仕打ちなど——を尋ねた。彼は拳《こぶし》を握ると、表情に怒りを滲《にじ》ませながら語った。

「——裁判官は物証もなく死刑を言い渡しやがった。おかげで俺らの家は滅茶苦茶《めちゃくちゃ》だ。ブロック塀に落書きされるわ、学校でいじめられるわ、就職の面接で落とされるわ……事件を忘れることにした弟は何とか幸せを摑《つか》んだが、いつ自分の家族に過去が知られるか怯《おび》えて暮らしてる。冤罪を証明しなきゃ、解放されない」

「だから、今でも活動されているんですね」

「たった一人でな。終わった事件には誰一人見向きもしない。年末の特番がきっかけになるかと思ったが、無駄だった」

彼は未来の自分だった。もし冤罪が証明できないまま死刑が執行されてしまったら、自分も同じように悔恨に囚《とら》われて生きていかなければならないだろう。

「お袋は司法に絶望して一審で死刑判決を受け入れてしまったけど、俺らとの面会じゃ、無実だと言い続けたよ。俺はその言葉を信じて活動してる」

「お父さんを疑ったことは——」

口が滑り、洋平は慌てて唇を引き結んだ。あっと思ったときには手遅れだった。一瞬で吉川の長男の顔色が変わった。眉《まゆ》を吊《つ》り上げ、頰を引き攣《つ》らせている。親の仇《かたき》に遭遇した遺族のような顔つきだ。

「は？　何言ってんだ、お前」

本当なら吉川芳江の話をしながら、探りを入れるつもりだった。だが、涼子の真似はできなかった。口にしてしまった以上、もう正直に話すしかない。

「……現場に駆けつけた吉川駿一郎さんは、『間に合わなかった……』と漏らしたそうです。裁判官はその話が気になっていて、吉川さんを疑っていたんです」

殴りかかられる覚悟もしていたが、吉川の長男は目を泳がせ、腰を浮かせた。

「お、親父は――」

吉川の長男は言いよどみ、拳をねめつけた。

予想外の反応だった。思い当たる節があるのだと直感した。事件が起きたとき、中学生だったのだから何か覚えていて当然だ。きっと父親の不審な言動を目の当たりにしたのだ。

「何かあったんですね！」

「何もない」

「……では、お父さんの無実は信じられますか？」

吉川の長男は顔を歪《ゆが》め、しばらく沈黙した。やがて立ち上がると、「もう話は終わりだ」と言い残し、そのまま横のドアから出て行った。答えなかったのが答えだと思った。やはり、吉川駿一郎は無関係ではない。息子も内心では疑っているのだ。

洋平は市民会館を出ると、携帯を取り出し、涼子に電話をかけた。通じるなり、彼女より先に言い立てた。

「吉川さんが真犯人かもしれません。USBは大丈夫ですか？　夏木さんも気をつけてください！」

返事は何もなく、事切れるように突然、電話が切れた。怪訝《けげん》に思いつつかけ直した。

今度はコール音が続くだけだった。

蜘蛛《くも》の巣に捕らわれた蝶《ちょう》を見たようなおぞけが這《は》い上がってきた。

彼女はなぜ何も喋らなかったのか。

いや――。

そもそも電話に出たのは本当に彼女だったのか。

早鐘を打つ心臓の鼓動が雨音よりもうるさい。体内で痛いほど音が響いている。鉄錆《さび》のような金臭い汗が滲み出た。

電話に出たのが吉川駿一郎だったとしたら？　疑っていることを教えてしまったことになる。

彼女が危ない――。

洋平は警察に通報し、事情を話した。だが、証拠がなく、大雨も原因で、すぐには動けないと言われた。

コンビニで懐中電灯と雨合羽《あまがっぱ》、長靴を買い、埼玉県秩父市に向かう。電車で移動中は、車内で駆け出したいほどの焦燥感だった。駅に着くなり、タクシーで目的の山の麓《ふもと》まで行き、山道に踏み入った。枝葉の天井を破った雨粒が雨合羽を打つ。落ち葉が浮いた水溜《みずた》まりを長靴で踏み抜きながら走った。

昨日、自分が調べたことを隠さず話していれば、涼子は真犯人を見破ってうまく逃げられたのではないか。私情を挟み、嘘をついたせいで彼女を危険に晒《さら》してしまったのかもしれない。独りよがりな行動が何を招くか、改めて思い知らされた。

反省は後からしよう。まずは彼女を助ける。

どうか無事でいてほしい。

5

土砂降りの山中では、木々も黒い影となっていた。のたうつ枝や巨木の剝《む》き出しの根は、メデューサの頭髪に見えた。樹木や草花の香りも雨で流れ落ち、濡《ぬ》れた腐葉土の臭いが強まっている。

洋平は何度も躓《つまず》き、ズボンの膝《ひざ》や裾《すそ》を濡らしながら山道を駆けた。握り締めた懐中電灯が上下左右に揺れ動き、金色の光の中に浮かび上がっては闇に消える枝葉が蠢《うごめ》く。

枝を広げた低木を人影と見間違い、そのたび心臓が跳びはねた。濡れそぼった下生えは地面にへばりついている。

登り続けると、吉川の山小屋にたどり着いた。闇夜の底で大雨に打ちのめされ、三角屋根から滝のように水が流れ落ちている。木製扉は半開きになっていた。

洋平は高鳴る心臓を雨合羽の上から押さえつけ、恐る恐る山小屋に歩み寄った。深呼吸し、ノブを引いた。錆《さ》びた蝶番《ちょうつがい》が軋《きし》み、真っ暗な室内に迎えられた。懐中電灯の光を這わせると、囲炉裏の真上の鉤《かぎ》に引っ掛けられた鉄製の鍋《なべ》、灯油缶、切り株の椅子、毛布が順番に浮き上がった。

涼子の姿も吉川の姿もない。

なぜ？　二人揃って消える理由がない。胸騒ぎがおさまらない。二人はどこにいるのか。下山したなら連絡があるはずだ。だが、彼女から電話はない。

洋平は山小屋を飛び出すと、山道に戻った。樹木間には暗闇が吹き溜まり、魂を吸い取られそうだった。枝葉の群れが雨風に煽《あお》られ、不吉なカラスの大群が一斉に羽ばたくような音を立てている。

懐中電灯を握り締めたまま、山道から脇へ踏み入った。黒い岩に見える草むらがあちこちに繁茂している。脛《すね》で蹴《け》り抜くように割って入り、左右に光を走らせた。

鳴が轟《とどろ》く。

　十五分ほど歩き回ったときだった。突然、白光が辺りを塗り替え、密林さながらの樹木群が明滅した。その中に幽鬼じみた人影があった。間違いなく吉川駿一郎だった。右手には大鉈《おおなた》が握り締められていた。彼はすぐさま闇に融《と》けて消えた。続けざまに雷鳴が轟《とどろ》く。

　洋平は懐中電灯を消し、草むらの陰に潜んだ。吉川の真っ黒な影は周囲を見渡している。涼子を捜しているのだ。大雨の底でも、暴れ回る心臓の音を聞き取られそうだ。喘《あえ》ぐ息遣いも耳障りだった。

　どうする？　吉川より先に彼女を見つけなければ――。

　洋平は屈《かが》んだまま藪《やぶ》の裏側を移動した。猛雨に滲んだ真っ暗闇は、仄《ほの》かな月明かりもない。小枝を踏み折ったときには心臓が喉《のど》までせり上がり、全身が硬直した。周囲に目を這わせる。人影は見当たらない。吉川はどこを捜しているのだろう。

　稲光が走った。複雑に絡み合った無数の枝が真っ白に染まり、白骨の群れのように見えた。

　這うように進むと、闇に広がる雨音の奥から誰かの声がした。彼女だ！　洋平は声の方向を目指し、眼前で黒い壁となっている草葉を掻《か》き分け、巨木の幹に寄り添う岩を乗り越えた。触手を思わせる茨《いばら》が蜘蛛の巣状に張り巡らされている。

　洋平は深呼吸すると、茨を掴《つか》んで上下に分けた。棘《とげ》が手のひらに刺さり、痛みが走る。顔の皮膚を切らないよう注意した。頭を下げて通り抜けるとき、引っかかった雨合羽が裂けた。

涼子の声は地の底から這い上がってくるかのようだった。

洋平は奥へ進んだ。大地が消えていた。奈落《ならく》じみた闇の大穴が広がっている。彼女の声は下から聞こえてくる。懐中電灯を点《つ》け、谷底に向けた。数メートル下で涼子が蔓《つる》に摑まり、急斜面にへばりついていた。

「だ、誰！」光を浴びた涼子が眩《まぶ》しそうに顔を背けた。

「僕です」洋平は叫び返した。「待っててください。今助けますから」

――とは言ったものの、救助する術《すべ》が思いつかない。太い蔓草《つるくさ》をロープ代わりにして彼女のところまで降りるか？　いや、駄目だ。途中で切断されないともかぎらない。そもそも、適度な長さの蔓草が見当たらない。

「お、お願い！」涼子の声はほとんど大雨に掻き消されている。「も、もう落ちそう……」

爪先が蹴飛ばした小石が斜面を転がり落ち、闇の底に消えた。洋平は焦燥感に追い立てられ、辺りを見回した。

何かないのか。何か――。

そのときだった。背後の草むらがガサッと音を立てた。振り返ると、闇の中に人影が立っていた。心臓が凍りついた。吉川だった。大鉈が振り上げられている。叫び声を上げようとしたものの、舌が口蓋《こうがい》に貼りつき、喉も塞《ふさ》がっていた。

殺される——。

死を覚悟した瞬間、大鉈が振り下ろされた。目を閉じた。真っ暗闇の中、切断音が鼓膜を打った。

まぶたは縫い合わされたように持ち上がらない。

二度、三度と切断音がした。離れた場所から聞こえる。洋平はおずおずと目を開けた。吉川は大鉈を振り回し、這い回る枝葉や茨を切り落としていた。

「——馬鹿もんが。道具も持たず走り回るからだ」

吉川は自然の障害を取り除くと、木の幹にロープを結び、急斜面の前まで進み出た。

「ほれ、摑まれ!」

吉川はロープの一端を谷に投げ落とした。洋平は彼の顔を見つめた後、懐中電灯で彼女の手元を照らした。

涼子は腕を伸ばし、指先でまさぐるようにしてロープを引き寄せ、鷲摑《わしづか》みにした。

「よし。引き上げるぞ!」

吉川の声で我に返り、ロープに飛びついた。綱引きの要領で引っ張り上げる。

やがて、涼子が姿を現した。

彼女が急斜面の上に登り切るのを確かめると、洋平は腰が抜け、雑草だらけの水溜まりに尻餅《しりもち》をついた。

6

山小屋に戻ると、洋平は二日間で調べたことを話し、吉川を疑った理由を語った。黙って聞いていた吉川が突然、土下座した。濡れた側頭部の黒髪がてかてかと光る頭頂部に貼りついている。

「憶測を——憶測を書き立てんでくれ。子供たちの生活を掻き乱さんでくれ」

洋平はびしょ濡れのまま、吉川を見下ろした。前髪から水滴が滴り落ちている。

「あなたがヒ素を混入した真犯人なんですか」

「わしは……わしは……」

「石黒さん」涼子が口を挟んだ。「吉川さんは犯人じゃありません」

「え？　そんなまさか——」

「確証があるわけではないですが、おそらく」涼子は片膝をつき、吉川の肩に手を添えた。「どうか頭を上げてください。私たちは吉川さん一家の平穏を乱したいわけではありません」

吉川は立ち上がると、切り株の椅子に力なく尻を落とした。

「吉川さんはUSBを拾ってきてくれました。真犯人に繋《つな》がる証拠が入っている、私もまだ確認していない、と説明したのに。真犯人なら拾ってくるはずがありません。一人だったんですから、谷底にでも投げ捨てて『見当たらなかった』と嘘をつけばすみます」

「まさか――夏木さん、吉川さんを試すために？」

涼子は申しわけなさそうな顔を見せた。

「わざと落としてきました。すみません。あのUSBは空なんです。そもそも真犯人に繋がる証拠なんて存在しないんです」

彼女が吉川に一人で探しに行かせた理由が理解できた。足首を捻挫《ねんざ》しているとはいえ、あまりに不躾《ぶしつけ》な頼み事だったから、不自然には思ったのだ。USBメモリの中身に興味を持つ吉川に対し、涼子は『パソコンを持参していないので今は見られない』と言った。しかし、考えてみれば、彼女はスマートフォンを持っているのだから、本当に必要な情報が入っているならいつでも確認できただろう。

「実はもう一つ、謝ることがあります。私が話した時効の件、半分は嘘なんです。〝遡及《そきゅう》処罰禁止〟は、新しい法律を作ったときに遡《さかのぼ》って罰を与えることが禁じられているのであって、時効は別問題、という論はそのとおりで、実際、二〇一〇年の改正時に時効が未成立の殺人事件には、時効撤廃が適用されます。しかし、二〇〇五年の改正では、改正後に発生した殺人事件にしか、時効の延長は適用されません。ややこしいですが、つまり、九〇年の〝ヒ素混入無差別殺人事件〟は、十五年で時効が切れているので、真犯人がいたとしても、もう罰せられないんです」

USBメモリが自分の首を絞める、と吉川に信じさせるため、彼女はそんな嘘をついたのか。

話を聞いていた吉川は、ただうなずいただけだった。山小屋を揺さぶるような雷鳴が炸裂《さくれつ》する。

涼子は彼の顔をじっと窺《うかが》った後、言った。

「悪質な嘘をついた私を咎《とが》めないんですね」

「……わしを試したかったという動機は理解できる」

「違います。芳江さんが無実で死刑になったなら、私の時効の作り話は、冤罪《えんざい》被害者の家族には残酷すぎる嘘です。今からでもまだ真犯人に罰を与えられる、と偽りの希望を与えたんですから。吉川さんとしては私に怒って当然なんです」

「何が――言いたい？」

「時効の成立不成立にかかわらず犯人にもあなたにも何一つ影響がないから、私の嘘に腹が立たないのでは？」

不可解な論に洋平は「え？」と声を漏らした。「時効の成立不成立が何も関係ないなんて、そんな変な話、あるんですか」

「そうなるケースが一つだけあります。死刑になった芳江さんがやっぱり犯人で、それを吉川さんが知っていた場合です」

あっ、と思った。吉川に目を向けると、彼はうなだれていた。

「私は過去をほじくり返して、無実を信じている息子さんたちを傷つけたいと思っているわけではないんです。ただ——真実だけ教えていただけませんか」

吉川は古い木彫りの人形のように、身じろぎひとつしなかった。

「僕からもお願いします！」洋平は頭を下げた。「僕の実の父の判断が正しかったのかどうか、知りたいんです！」

洋平は〝赤嶺事件〟について語った。死刑判決を受けた赤嶺信勝は〝ヒ素混入無差別殺人事件〟で無実の人間を死刑にしたかもしれないと悩み、死で償おうとしているのではないか。検察官時代に作成した『死刑執行起案書』が間違いではなかったと証明できれば、赤嶺信勝を救う第一歩になるかもしれない。

真剣な訴えが通じたらしく、吉川は顔を上げ、語りはじめた。

吉川は自営業で、妻はそれを手伝っていた。家は貧しく、息子たちの進学費用すら捻出《ねんしゅつ》が難しいありさまだ。

「──自殺したら保険金、おりるのかしら」

「いや、無理じゃないか」

目線を伏せて二人で黙々と食事を続けながら、八百屋の特売日について話すような口ぶりでそんな会話が交わされる日々だった。

物置から殺鼠剤《さっそざい》が消えているのに気づいたのは、町内の親睦《しんぼく》会当日だ。

そのとき、町内が慌ただしくなり、誰もが駆け出した。一人を引き止めて何事か問い詰めたところ、公園でキムチ鍋《なべ》を食べた者たちが倒れたという。

吉川は胆を潰《つぶ》し、駆けつけた。そこで見たものは──嘔吐《おうと》しながらのたうちまわる住民たちだった。

「──それが真実だ」

洋平は元裁判官の室瀬から聞いた話をふと思い出した。

『吉川さんが現場に駆けつけたとき、『間に合わなかった』ってつぶやいたのはもしかして……」

「わしは芳江の愚行を危惧《きぐ》し、保険を解約することにした。保険金が下りないならば、自らを犠牲にする〝愚かな企《たくら》み〟は何の意味もないからだ。だが、ほんの数時間、遅かった。その話をする前に事件は起きた。芳江に保険金がもう出ないことを伝えられていれば、悲劇は防げただろう。わしは後悔した」

事件は無差別殺人ではなかったのだ。保険金を詐取するため、自分を被害者の一人に見せようとした結果の悲劇だった。

冤罪ではなかったのか。

赤嶺信勝が無実の人間を死刑台に送り込んだのではないと分かり、安堵《あんど》が胸に広がった。

「あんたは——」吉川が涼子を見た。「薄々察しておったのか」

「はい。担当裁判官が公の場で冤罪の可能性を口にしたとき、弊誌が特集を組みました。その執筆者の同僚から話を聞いて事件を再検討したところ、『夫婦のどちらかが犯人の可能性が高い』と考えたんです。ですから、あんな方法であなたを試しました。すみません」

吉川は黙諾しただけで、咎め立てはしなかった。

「あの……」洋平は涼子に訊《き》いた。「吉川さんを疑っていなかったなら、何でこんな大雨の中、山を逃げ回っていたんですか」

「急に自分の判断に自信が持てなくなってしまって……。私がトイレから戻ると、私のスマホを握り締めた吉川さんが恐ろしい顔で『お前ら、わしを探りに来たのか』って。雷が鳴る中で詰め寄られると、怖くなって、思わず逃げてしまいました。で、足を滑らせたんです」

吉川によると、逃げ出した彼女が山小屋の裏手方向に向かったため、慌てて後を追ったらしい。そちら側は茨《いばら》や蔓草《つるくさ》が這《は》い回っていて、鉈《なた》で切り開かねば進むことができない樹林帯だという。彼女を襲うための鉈ではなかったのだ。

涼子は吉川に向き直った。

「一つ疑問があります。裁判でなぜ真実を話さなかったんですか」

「なぜ――とは？」

「保険金目的の混入なら、死刑を回避できたかもしれません。無罪判決に賭《か》けるより、罪を認めて殺意を否定したほうがよかったのでは？」

吉川が沈黙した。山小屋に叩《たた》きつける大雨の音が大きくなった。彼の代わりに天が大泣きしている――。そう感じた。

「たぶん……」洋平は言った。「吉川さんは、子供たちに自分の母親が無実だと信じて生きてほしかったんだと思います」

吉川の顔の苦悩の度合いが強まる。

「……そうだ。そのとおりだ。わしらは子供たちを守りたかった。母親が三人も死なせた殺人者だと確定したら、心のよりどころを失う。真相を話せば死刑を回避できるかもしれないと知りながら、芳江が一貫して罪を認めなかったのは、自己保身ではなく、子供たちのためだった。芳江は許されない罪を犯してしまったが、後悔していた。

控訴しなかったのも、高裁にもつれこんだら検察側が新証拠を持ち出してくる、との情報を得たからだ。言い逃れできない証拠が出てきたら、息子たちは——無実を信じられなくなる。だから妻は一審の死刑判決を受け入れたんだ」

三人が命を落とし、大勢がヒ素中毒で後遺症に苦しんだ。引き起こした惨状を考えれば、決して許されることではない。だが、子供を守りたい親心は、良くも悪くも胸に迫ってくる。

吉川は子供たちのために妻の罪を隠し続けてきたのだ。もし彼の長男や次男が真相を知ってしまったらどうなるか。

実の父の殺人事件を知って動揺し、冤罪の可能性に取り縋《すが》ることで辛うじて平常心を保っている自分には、真実がどれほどの重みを持つか痛いほど理解できる。両親が〝赤嶺事件〟を隠していたのも、息子に殺人犯の血が流れていると知られないように、という善意からだろう。

母が抱えていた苦悩を想像してみた。母は全てを胸の中に抱えたまま逝ってしまった。ただ息子を守るために。

母さん——。

7

下山した洋平と涼子は、駅構内のカフェに移動した。一人で調べた情報を隠していたことを謝罪し、その理由を説明した。彼女は非難しなかった。

「赤嶺さんが無実の人を死刑にしたわけじゃなく、幸いでしたね」

「……はい」

「何か引っかかりますか？」

「犯人は判決のとおりでしたけど、量刑が――死刑が適切だったかと言われたら分かりません。殺意がなかったなら無期懲役が妥当――って言ったら遺族や被害者は納得できないでしょうけど、複雑です。殺意を勝手に認定した裁判官には問題があった気がします」

裁判官の問題は、警察やマスコミ、検察が抱える問題と同じく、対策と改善が必要だと思う。真の動機が明らかになっていれば、無期懲役だったかもしれない。

それにしても、『間に合わなかった』の意味は予想外だった。

間に合わなかった――か。

記憶の底に眠っていた何かが刺激された。

「ふと思い出したんですけど、そういえば母も入院中、何度か『間に合わなかった……』って口にしていたんです」

「石黒さんのお母さんも？」

「はい。あれは何だったんだろう、と」

取り返しのつかない悔恨を抱えている口ぶりだった。何のことなのか尋ねても、母は言葉を濁すだけだった。

一体何が間に合わなかったのか――。

母は何を抱えていたのだろう。

洋平は涼子と別れると、彼女から聞いた吉川の長男のアパートを訪ねた。市民会館では不躾《ぶしつけ》な発言で不快にさせてしまった。けじめとして謝罪はしておかねばならない。

二〇三号室のチャイムを鳴らすと、ドアが開いた。

「――あんた、また来たのか」吉川の長男は鼻の頭に横皺《じわ》を作り、口角を吊《つ》り上げた。

「親父もお袋も無実だ。言いがかりはやめてくれ」

洋平は「すみませんでした」と頭を下げた。「全部僕の誤解でした。吉川さんは無実だと分かりました」

顔を上げると、吉川の長男は面食らったように目を瞠《みは》っていた。

「な、何だ急に。俺の親父を疑ってたろ」

「吉川さんは家族想いで、山で怪我した僕らも助けてくれて――。いい人でした」

「……分かってくれたらいいんだけどよ。あんたも冤罪《えんざい》被害者の息子なら、疑われる苦しみは分かるだろう?」

「はい。僕が無神経だったんです。同じ立場なのに、吉川さんの気持ちを考えられませんでした。すみませんでした」

「謝罪は受け入れるよ。冤罪被害者の身内同士だしな。相談事があったら遠慮なく連絡してくれ。『被害者の会』の紹介もできる」

「ありがとうございます」洋平はもう一度頭を下げた。「謝罪に来て図々《ずうずう》しいかもしれませんが、一つお聞きしたいことがあるんです」

「気にすんな。切羽詰まってんだろ」

「はい。実は僕、死刑囚の父にまだ会っていないんです。面会が怖くて。顔を合わせて、もし罪を認められてしまったら――」洋平は拳《こぶし》を握り締めた。爪が手のひらに食い込む。「あなたは怖くありませんでしたか?」

「……家族でも信頼し続けるのは難しいからな。疑わなかった日のほうが少ないくらいだったよ。大事件だったから、いやでもニュースが目に入ってくる。そのたび、疑った」

「どう気持ちの整理をつけたんですか」

「整理なんかつかないさ。何ヵ月待っても。ただ——全てを受け止める覚悟を決めるだけだよ」

「それは……難しいです。会って後悔はしなかったんですか」

「会わずに後悔するほうが怖かった。いいか。何をして後悔するかは自分で選べる。俺は会って話すことを選んだ」

経験者の語る言葉は重く、説得力があった。信じることは難しいからこそ、間に合ううちに会わなければいけない。今回の事件で、赤嶺信勝は無実の人間を死刑にしていないと分かった。本人がそれを気に病んでいるのだとしたら、吉報を手土産にできる。

「起きた事件は変わらないんだ。だったら、逃げていても解決しないだろ。むしろ避けているほうが苦しむ。疑心暗鬼の種は、撒《ま》かれたらあっという間にむくむく育ってしまう。会って話さなきゃ、前には進めないぞ。話す前に死刑が執行されたら、もう一生、疑心暗鬼と共に生きていかなきゃならなくなる。手遅れになる前に行動を起こすべきだ」

吉川の長男の目は純粋なほど真っすぐだった。死刑囚の息子として自分の人生に折り合いをつけるのは難しかっただろう。それでも彼はもがきながら生きている。

洋平は拳を握り込んだ。

彼に勇気づけられた。〝赤嶺事件〟を知ってしまった以上、もう逃げてはいられない。

実の父に——面会しよう。

面会

1

洋平は葛飾区小菅の東京拘置所を見上げた。屹立《きつりつ》した庁舎が威圧するように広がっている。

果たして会ってくれるだろうか。二〇〇六年に制限が大幅に緩和されたらしく、親族や弁護士以外でも、死刑囚の心情を乱さないのであれば面会できるようになったという。しかし、当人に拒否されたら誰であれ会うことはできない。

覚悟を決めて建物に入り、面会受付窓口に向かった。筆記スペースで申込用紙に記入した。ペン先が緊張で少し震え、文字が歪《ゆが》んだ。深呼吸し、数拍間を置いてから残りを書いた。

職員に死刑囚との関係や面会の目的を尋ねられたので、赤嶺信勝の実子だと話した。

目的に関しては、実の親と話がしたい、と説明した。しばらく待つと、無事に許可が下りた。

洋平は職員に案内されて面会室に入った。パイプ椅子に座り、眼前のアクリル板を見据える。中央には錐《きり》を刺したような穴が集まっていた。向こう側には、制帽を被《かぶ》った刑務官が座っている。

ようやく。

ようやくだ。

初対面が何をもたらすのか、不安と期待が混じり合っていた。重病を疑って病院に行って診断を待つときのような……。聞かされる話次第では、安堵《あんど》を得られるか絶望のどん底に突き落とされるか。

一秒一秒が一分のように長い。無意味に拳を握ったり開いたりした。気がつくと、手のひらが汗ばんでいた。ジーンズの太ももにこすりつけて拭《ぬぐ》う。

左胸を押さえると、強い鼓動が感じられた。立ち上がって辺りを見回し、再び座る。貧乏揺すりをはじめた膝頭《ひざがしら》を握り締める。押さえ込もうとしても無駄だった。手も一緒に上下した。

やがて向こう側の扉が開いた。暗色のトレーナーとズボン姿の男が入ってきた。生え際が後退気味の髪に白髪が混じっている。伏し目がちの目の奥には、底知れぬ闇が感じられた。母と写っていた写真とは別人のように老けていた。顔には長い歳月を塀の中で過ごしてきた苦みが走っている。

赤嶺信勝——実父だ。

彼は夢遊病者のように歩き、椅子に腰を落とした。そして静かに顔を上げた。

洋平は喉《のど》を鳴らすと、アクリル板ごしに赤嶺信勝を真正面から見返した。膝の上で拳を握り締める。直接顔を合わせれば、親子と分かる何かがあると思っていた。そして感情が込み上げ、涙があふれるのではないか、と。だが、拘置所暮らしでやつれた赤嶺信勝の顔に自分との共通点は見つけられなかった。

それでも実の父には違いない。

洋平は思いの丈をぶつけようとした。声は喉の奥に貼りつき、口から出てこない。赤嶺信勝の存在を知ってからずっと想像していた場面なのに、いざ本人を前にしたら緊張が上回った。

唾《つば》を飲み込み、静かに息を吐いた。

「……父さん」実際に口にしたら、素人演劇の棒読み台詞《ぜりふ》を耳にしたような違和感だった。「面会、応じてくれてありがとう」

赤嶺信勝はアクリル板に顔を近づけたそうに若干身を乗り出したが、自分の立場と状況が衝動を抑えつけたのか、すぐに体を引いた。過去を見る目で深呼吸する。

「洋平——だな」

面会の申込用紙に名前を記載している。刑務官から聞かされて知っているのだろう。あるいは、田渕弁護士に様子見を頼んだときに知ったのかもしれない。

「由美が名付けたのか？」

洋平は黙ってうなずいた。気まずい沈黙が降りてきた。慌てて言葉を付け加える。

「縁起がいい画数を調べたんだって」

「……俺だ。俺が望んだ名前だ。妊娠が分かったとき、息子なら洋平と名付けよう、と提案した」

懐かしむ眼差《まなざ》しを見せた。それを見て、無実の心証が強まった。恋人の両親を殺した犯人に、これほど愛情深い目ができるだろうか。

「由美は元気か？」

知らないのだ。当然だ。死刑判決が確定してから十四年、拘置所に収監され続けているのだから。

「母さんは四月にがんで死んだよ」

剝《む》かれた目に伴って眉《まゆ》が跳ね上がった。歯を嚙《か》み締めたらしく、頰が小さく痙攣《けいれん》している。

「由美は——由美は死んだのか」

「うん。何ヵ月も闘病していたんだけど……」

「そんな話は全く聞かされなかった」

「誰から？」

「いや、何でもない」

赤嶺信勝は瞳《ひとみ》に渦巻く感情を隠すようにまぶたを伏せた。

「死刑判決を受けた俺より早く逝くなんてな……神も残酷だ。俺のことは死に際の告白で知ったのか？」

「違う。母さんは最期まで何も言ってくれなかった。たまたま遺品を整理していたら、二人の写真と父さんの手紙を見つけて。名前で調べたら、〝赤嶺事件〟が見つかったんだ」

赤嶺信勝は遠くの絞首刑用ロープを見つめるような目をしていた。唇の片端に皺《しわ》が寄り、引き攣《つ》っている。

「……お前はもう、帰ったほうがいい。俺のことは忘れろ。そして平穏な暮らしを送れ」

拒絶の響きがあまりに強く、一瞬気圧《けお》された。

洋平は拳《こぶし》に力を込めた。

「何でそんなこと言うのさ。やっと――やっと会えたのに。話したいことはたくさんあるのに」

「俺の存在はお前を苦しめるだけだ。だからこそ、由美も最期まで隠し通したんだろう」

洋平は、パイプ椅子に腰掛けている刑務官を一瞥《いちべつ》した後、思い切って赤嶺信勝に言った。

「本当は無実なんでしょ」

刑務官が緊張したのが見て取れた。制帽の鍔《つば》に隠れている目には、一体どんな表情が浮かんでいるのだろう。

「父さんが無実を訴えない理由、知ってるよ。二十五年前の〝ヒ素混入無差別殺人事件〟が原因でしょ。死刑が執行された吉川芳江。父さんが『死刑執行起案書』を作成したんでしょ」

赤嶺信勝は驚きの顔を見せた。

「なぜそれを……？」

洋平は〝赤嶺事件〟を知ってからの全てを語った。編集記者の夏木涼子に協力を仰ぎ、実の父の無実を証明するために、『鍵《かぎ》』になりそうな冤罪《えんざい》疑惑事件を順番に調べていったこと——。

「吉川芳江は無実じゃなかった」洋平は立ち上がり、アクリル板に手のひらを押しつけた。こんなに近いのに触れ合えない。板の厚さ以上に距離を感じる。「彼女は毒を盛った犯人だった。夫の吉川駿一郎さんがそれを告白したんだ。だから、父さんが責任を感じる必要はないんだよ」

〝ヒ素混入無差別殺人事件〟の真相を説明した。赤嶺信勝は驚きと安堵が混在した瞳をしていた。

「そうか。俺は人殺しじゃなかったのか……」

漏れたつぶやきを聞き逃さなかった。

「人殺しじゃないって、やっぱり無実なんだ！」

赤嶺信勝は一瞬顔を歪《ゆが》めたものの、深呼吸した。

「……お前の言うとおり、俺は罪深さを感じていた。吉川芳江が無実かもしれない可能性に恐れおののいた。重石《おもし》に耐えきれず、由美に話してしまった。『死刑執行起案書』の件を。由美も悪気がなく自分の父親に口を滑らせた。彼から、人殺し、と罵倒《ばとう》されたときは、心を抉《えぐ》られたよ。俺は我を忘れ、由美の両親を――殺してしまった」

「嘘だ。嘘だ。嘘だ」恐れていた言葉を聞かされ、パニックに陥った。「お願いだから嘘だと言って！」

「……犯した罪は消せん。俺のことは忘れろ。お前のためだ。二十年間普通に暮らしてきたんだろ。今さら傷だらけになる必要はない」

「冤罪が証明されたら、誰も傷つかないよ。父さんだって助かる」

「冤罪じゃない。お前は〝望む真実〟を欲しがるあまり、目が曇っている。すまないな。俺は彼女の両親を殺した」

「そんな――」

「お前には父親がいるんだろう？　俺の代わりに――」赤嶺信勝はその一言のために血潮を絞り出すような苦渋の形相になった。「お前を育ててくれた立派な父親が」

「……うん」

「どんな人だ？」

「真面目で、規則違反が大嫌いで、実の子として僕を育ててくれた。母さんはおなかの中の子を――僕を守るために結婚を決めたんだ。姓を変えられるし、事件も捨てられるから」

「……そう、か」赤嶺信勝は宝物を横取りされたような一抹の寂しさを表情に滲《にじ》ませていた。「いい父親だな。その人のためにも、俺にはもう関わらないほうがいい。何が大切か、見誤るな。血より絆《きずな》を選べ。由美の妊娠も歯止めにならなかった愚かな男など、忘れろ」

「父さんは父さんだ。血だって繋《つな》がってる。忘れろなんて無理だよ」

「忘れようと努力すれば、遠からず死刑が執行され、俺は消える。いずれ過去になる。

お前は幸せな人生を送ればいい。過ちを犯した俺の唯一の願いだ」

刑場に立たされ、後は床が開くのを待つだけというような——そんな諦念《ていねん》と悲観が籠《こも》った目と口調だった。

刑務官が立ち上がった。

「面会の時間は終わりです」

赤嶺信勝の腕を引っ張り上げる。

「父さん！」洋平は叫んだ。「お願い。無実だと言ってよ！　そうしたら——そうしたら迷いなく進めるから！」

赤嶺信勝が立ち上がると、刑務官は「さあ」と命じながらトレーナーの生地が伸びるほど強引に引っ張った。

「父さん！　無実でしょ」アクリル板に圧力をかけた。「無実なんでしょ！　〝覚せい剤使用疑惑事件〟がどう再審の『鍵』になるの？」

背を向けた赤嶺信勝は、引き立てられながら振り返った。

「忘れろ。間違った希望に縋《すが》りつくな」

洋平はパイプ椅子にへたり込んだ。アクリル板から手のひらを離すと、手形は融《と》けるように消えた。

赤嶺信勝が連れ去られていき、硬質な音と共に鉄扉が閉ざされた。

2

家族とは何なのだろう。育ててくれた父は、血の繋がりがなくても本当の父親だと思っている。だが、二十年間、その存在を知らなかった赤嶺信勝も、やはり本当の父親なのだ。

家族——か。

血なのか絆なのか。どちらも否定できない。もしも一方だけを選べと言われたら自分はどうするだろう。

千葉へ向かう特急電車に揺られながら、洋平は自問した。

「石黒さん」隣の涼子が言った。「あまり思い詰めないでください」

「でも、面会は失敗でした。前に進む勇気を挫《くじ》かれただけでした。父さんは全く否定してくれなかったんです」

「無実の囚人も、長年の絶望感と虚無感で自暴自棄になって、罪を受け入れてしまうことがあるんです。赤嶺さんが否定しなかったからといって、必ずしも罪を犯しているとはかぎりません」

「……そうでしょうか」

「冤罪という希望を息子に与えたまま死刑が執行されたら、一生後悔させてしまう——。そう思ったから罪を否定しなかったのかもしれません。吉川さんとは逆に。それに再審の難しさも重々承知でしょうから。話を聞いていると、とても息子想いのようですし」

「じゃあ、一体どうすれば——」

「不自然な点はありますし、調べたら何か出てくるかもしれません。石黒さんは、面会を続けてください。断られても粘って、少しずつ信頼を築くんです」

うなずいたとき、電車が止まった。向かった先は、父が住むアパートだった。手入れが怠られた低木の枝葉がエアコンの室外機に覆いかぶさっていた。ひび割れが入った白壁に、自転車が無造作に立てかけられている。

チャイムを鳴らすと、父が顔を出した。隣の涼子に目をやり、紹介を待つように眉《まゆ》を顰《ひそ》める。彼女が軽く頭を下げた。ウェーブがかかった栗色の髪がふわっと頰を覆う。

「『久瀬出版』の夏木涼子です」

父は咎《とが》める眼差《まなざ》しを向けてきた。

「マスコミ関係者を連れてくるとは……」

「夏木さんは〝赤嶺事件〟を調査してくれてるんだよ、父さん」

「まだ首を突っ込んでるのか。最期まで隠し通そうとした母さんの気持ちも察してやれ」

「実は昨日、面会してきたんだ」

父の目が見開かれた。

「赤嶺と会ったのか……」

「うん。少し話しただけで追い返されたけど」

「……精一杯父親をやってきたつもりだったが、お前は死刑囚の実父を選ぶんだな」

喪失感に打ちのめされた父の顔を目の当たりにし、心が揺さぶられた。ふいに思い出が頭を駆け巡った。ジェットコースターを怖がり、母に呆《あき》れられていた父。ヒーローショーに家族三人で行き、怪人との記念撮影に泣きわめく息子をあやす父。家族の誕生日のたび、ケーキ持参で帰宅した父――。

「選ぶとかじゃないんだよ、父さん。今も昔も、父さんは父さんだと思ってる」

「だったらなぜ赤嶺にこだわる？　母さんの両親を殺した殺人犯だ。当時の彼女がどれほど苦しみ、悲しんだか。一時は結婚も考えた相手に裏切られたんだからな。どんな理由があろうと、殺人など、許されはしない」

常に規範の枠からはみ出さない父を堅苦しく思いながらも、その背を見て育った。父には感謝している。孤独の身となった母を支え、他人の子の幸せを守るために結婚し、引っ越し、平穏のために〝赤嶺事件〟を必死で隠し通そうとしてくれた。しかし

――。

「冤罪《えんざい》の可能性があるんだよ、たとえ数パーセントでも。だから僕は真実が知りたいんだ」

死刑が執行されたら、自分と繋がる一つの血が断たれてしまう。理屈ではなく、魂のような、根源的な部分での感情だった。

「お前が心配なんだ。天国の母さんをハラハラさせるな」そして涼子に向き直ると、佇《たたず》まいを正し、深々と頭を下げた。「実の父に焦がれる息子をそそのかしてスクープに利用するのはやめてください」

「待ってよ、父さん。夏木さんはそんなんじゃないんだよ。僕が頼んで手伝ってもらってるんだ」

父は顔を上げると、苦々しそうに言った。

「〝赤嶺事件〟の公判のたび、どう調べ上げたのかメディア関係者は千葉の家まで押しかけてきて、母さんからコメントを取ろうと必死になった。父さんと母さんは、お前が誰の子か知られるのではないかという不安と恐怖でいっぱいだった。彼らの不躾《ぶしつけ》で疑《うたぐ》り深い目に長年、怯《おび》えさせられたんだ」

涼子が同情と共感の眼差しで言った。

「被害者のご家族がメディアに不信感を持たれるのは分かります。私も無闇に傷つけたり、掻《か》き回したりしないよう、努めています。しかし、〝赤嶺事件〟には本当に冤罪疑惑があるんです」

　父は鼻の穴から息を吐き出した。

「今も昔も誰一人そんな疑惑は口にしていません」

「調べれば何か新事実が出てくるかもしれません」

「興味本位で調べ回って、結局何も変わらなければ、息子はいたずらに傷つくだけです。父親として見過ごせません」

「……このまま死刑が執行されても息子さんは傷つきます。どうか、少しだけでも、当時の話を聞かせてもらえませんか」

「父さん！」洋平は頭を下げた。「僕からもお願い！　これは僕の意思なんだよ」

　顔を上げると、父は渋面でうなっていた。嘆息に諦念が窺《うかが》えた。顎《あご》を持ち上げ、涼子を見やる。

「私に話せることなどかぎられています」

「構いません」涼子はほっとしたようにうなずいた。「赤嶺さんはほとんど現行犯で逮捕されたとか」

「……妻の代わりに何度か裁判を傍聴しましたが、赤嶺は現場に入って、刑事や鑑識の目を盗んで証拠を隠滅しようとしたそうです。職権を利用して捜査に介入しようとして失敗し、逮捕されたんです」

「検察官は捜査権を持っていますが、現場で捜査に首を突っ込むなんて稀《まれ》です。送致されてからが本番ですから」

「赤嶺は本部――何とか係で、権限があったようです」

「『本部事件係』ですね、たぶん」

涼子が説明した。東京地検のように大きな検察庁には、刑事部に『本部事件係』があるという。警視庁の捜査一課が扱う本部事件――殺人などの重大事件――を担当する検察官で、捜査一課の管理官から連絡を受けると、現場に駆けつけて検視などを行う。死体の解剖に立ち会うことも珍しくない。

「動機はどうだったんでしょう?」

「赤嶺は結婚を反対されていました。それが引き金でしょう。妻もそう考えていました」

「それほどの反対だったんですか」

「これは全て妻から聞いた話です。『結婚は自分が愛する人とすることが幸せだ』と話してきた父親でしたが、いざ検察官の恋人を連れてきたら猛反対だったそうです。妻は当時、妊娠の事実を父親に告げました。孫の存在を知れば、父親も情が移り、結婚を許してくれるのではないか。そう考えて。しかし、父親は――」父は言葉が刃物であるかのようにためらいを見せた。「おろせ、と言いました。人殺しの子を産むとは許さん、と。さすがの妻もこれには憤慨し、人殺しはどっちよ、と怒鳴ったそうです。彼女の父親は筋金入りの活動家で、気に食わない人間は誰であろうと敵、敵、敵、という性格でした。寛容さなどなく、反対意見を口にしただけで敵にされます。赤嶺も悩んだんでしょう」

祖父は死刑反対派の市民団体に所属しており、二十五年前の〝ヒ素混入無差別殺人事件〟でも吉川芳江の死刑判決に猛反発して抗議していた。だから、娘の交際相手が『死刑執行起案書』を作成したと知り、なおさら敵視するようになったのだろう。

「妻は苦しんでいました。あるとき、感情が高ぶって赤嶺に言ってしまったそうです。『あの人が死ねばこんなに苦しまずにすむのに……』と。衝動的な、心にもない一言でした。たぶん、赤嶺はそれを本気にしてしまったんでしょう。人殺し扱いされて我を忘れた――という自白は、恋人の名誉を守るためだったのかもしれません。妻は自分を責めていました。自分が赤嶺に罪を犯させた、と思っていたんです。妻は自分を被害者であると同時に加害者でもある、と考えていました。結婚後の私は、殺人はどんな理由があろうと正当化できない、責任を感じたり罪悪感を持ったりする必要はない、と説得する毎日でした」

父が語った話は、赤嶺信勝の強烈な動機になる。聞いていると、無実の心証が吹き飛びそうになる。

「そういえば――」洋平はふと思い出し、父に尋ねた。「母さんは入院中、何度か『間に合わなかった……』ってつぶやいたんだ。何のことか心当たりはない？」

父は顎を撫《な》でた。

「心当たりがないことも――ない。母さんは両親想いでな。老後は面倒見るからね、が口癖だった。だから結婚に反対されても、駆け落ちなどは考えられなかったんだ。結果論だが、両親を捨てていたら悲劇は防げた。母さんは、『彼と一緒に家を捨てる決意をしていたら凶行を阻止できた。間に合わなかった』とずっと後悔していた。入院してからは母さんも弱気になっていたから、つい、お前の聞こえるところで漏らしてしまったんだろう」

知らされた母の後悔は、痛いほど胸に迫ってきた。

ほんの少しのボタンのかけ違いが悪夢を呼んだのか。冤罪であれば、母が生きているうちに証明したかったと切実に思う。

洋平はぐっと奥歯を嚙《か》み締めた。

第四章　赤嶺事件

1

世田谷区北沢に構えられた弁護士事務所を一人で訪ねると、洋平は柳本弁護士と向き合ってソファに腰掛けた。彼は長身を鉄灰色のスリーピース・スーツに包んでいた。胸には金のヒマワリ柄の丸い記章。樹木から削り出したような顔に理性的な瞳《ひとみ》が備わっている。

「自ら死刑をもぎ取った事件の冤罪を疑い、こうして死刑囚のご家族に協力することになるとは――因果なものですね」柳本弁護士は苦笑した。「前代未聞ではないでしょうか。しかし、間違いがあったなら正さねばなりません。それが私なりの責任の取り方です」

「ありがとうございます」

「弁護士職務基本規定では、利害相反事件について職務が禁じられています。たとえば共犯者の同時受任で、片方を守るために片方を犠牲にしなければならない、という状況に陥ると厄介でしょう？　弁護士には最善努力義務がありますからね。ですから、両者の同意がないかぎり、同時受任は禁じられています。今回のケースも一種の利害対立には違いありませんから、弁護は難しいですが、真実の追求に個人的な協力は惜しみません」

熱意と誠実さを感じ、力を借りることにした。何より、彼は当時の検察側の動きや主張を知り尽くしている。

若い女性がグラスを運んできて、テーブルに置いた。ブラウスの上に羽織ったジャケットの胸元には、見慣れないバッジ——赤、白、青の三色が図案化されている——が輝いていた。その視線に柳本弁護士が気づいたらしく、彼女を一瞥《いちべつ》し、言った。

「うちで弁護実習中の司法修習生です」

洋平は彼女を見つめた。

「弁護士を目指しているんですか」

「いえ」彼女は微苦笑した。「私は検察官志望です」

「え、でも、弁護実習って——？」

「司法修習生は全員、志望は関係なく一通りの実習——民事裁判修習、刑事裁判修習、検察修習、弁護修習を行うんです」

「知りませんでした。正義のために検察官に？」

「……正義は大事ですね、たしかに」

「正義のためならむしろ弁護士じゃ？」

実の父が検察官だったにもかかわらず、司法によって死刑に追い込まれたからか、弁護士のほうに肩入れしてしまう。

「正義ならどの立場にもあるんです」彼女が答えた。「要は何を信じ、どんな志で何のために闘うか、の問題なんです」

司法の世界にまだ染まっていない司法修習生の台詞《せりふ》だったからか、真摯《しんし》で情熱的な口ぶりだったからか、彼女の言葉は不思議とすんなり胸に染み入り、妙に納得させられた。

冤罪《えんざい》被害者の視点では、警察も検察も裁判所もマスコミも敵に見える。だが、それは一面的な見方だったのかもしれない。とはいえ、赤嶺信勝の追い詰められ方を想像すると、割り切れない感情もある。

彼女が「失礼しました」と頭を下げて去って行くと、洋平は柳本弁護士に向き直り、話を再開した。

彼によると、赤嶺信勝は連日、朝から晩まで過酷な取り調べを受けたという。メディアは、現職の検察官による殺人事件として大々的に取り上げた。否認していても凶悪犯扱いで報じ、世間を有罪の心証で染めていった。検察は検察で、身内に甘いと批判されることを恐れ、厳罰に処す、と息巻いた。凶器が発見されていないにもかかわらず——現場に残された犯人の靴のサイズの違いもあったのに——、法廷は死刑判決を出した。メディアと司法、全ての問題が集約したような流れと結末だった。

「田渕弁護士は、裁判で自白の任意性を争いました。私としては、取り調べは正当だった、と主張し、反証しました。取り調べを担当した捜査官を法廷に呼び、正当性を証言させました。綿密な打ち合わせの甲斐《かい》もあり、隙のない証言でした」

「待ってください」洋平は声を上げた。「打ち合わせって——ヤラセってことですか」

「事前に証言内容を確認して指導する、というのは誰もがしています。検察側だけでなく、弁護側も、自分の証人にはあらかじめ助言します。私は捜査官に偽証を強いたわけではありません」

「自白の強要はなかったんですか」

「……私が確認した範囲では一切ありませんでした。そもそも、赤嶺さんは取り調べの早い段階で自白しているんです。物証が多すぎ、否認は無意味だと観念したんだろう、と考えました」

「それは吉川芳江の『死刑執行起案書』を悔いていて、自暴自棄になったからです」

「私に赤嶺さんの心情は分かりません。ただ、物証は完璧《かんぺき》でした。通常、警察も検察も、被疑者の弁解や訴えを潰《つぶ》す方向で捜査を行います」

〝痴漢冤罪疑惑事件〟のとき、涼子もそんな話をしていた。取り調べで無実を訴えても、それを否定する証拠集めをされる、と。

「しかし、〝赤嶺事件〟では逆だったと思います。捜査官も、刑事部の検察官も、赤嶺さんが無実である証拠を必死に探したはずです。事実ならとんでもない不祥事ですから。でも赤嶺さんは起訴されました。つまり、それほど絶対的な証拠が出てきてしまった、ということです。有罪を疑えば身内びいきのそしりを免れなかったでしょう。厳罰路線に変更するしかなかったんです」

柳本弁護士は「ショッキングかもしれませんが」と前置きしてから写真のカラーコピーを数枚取り出し、テーブルに置いた。「謄写してきた証拠物です。当時、私が法廷に提出したものです」

一枚目は茶色っぽく変色した血の海の中、白いテープで人型が二つ作られている。ソファもテーブルもキャビネットも血まみれだ。書棚の本が雪崩《なだ》れ落ちているのは、被害者が相当抵抗した証《あか》しだろう。

「犯行現場――一階のリビングの写真です」

二十一年前の写真なのに、胃袋がせり上がってくるような嘔吐《おうと》感に襲われ、口内に胃液の苦みが広がった。唾《つば》と共に飲み下し、じっと見つめる。他には、血の靴跡が刻まれた廊下の写真もあった。犯人のものだろう。

「ここに注目してください」柳本弁護士は一枚目の写真の一ヵ所を指差した。ソファの角に赤い鮮血が飛び散っている。包丁で指を切った程度の量ではない。「後のDNA鑑定で赤嶺さんの血痕《けっこん》と判明しました。犯行の際に負傷したと私は考えました。抵抗されずに夫婦二人を殺害するのは至難の業でしょう。実際、警察が赤嶺さんの身体検査を行うと、左前腕に真新しい傷が残っていました」

現場の血痕が赤嶺信勝のものだった――。

それは決定的な証拠になりうる。赤嶺信勝が日ごろから母の実家を訪ねていたとは思えない。怪我をして血が飛び散るタイミングは、犯行時しかないのではないか。

「証拠はまだあったんですよね」

尋ねると、柳本弁護士は首肯し、別のカラーコピーを取り出した。茶色く染まった布の切れ端が写っている。周囲は焦げているようだ。

「家宅捜索で、赤嶺さんの家のトイレから見つかった衣服片です。被害者の血痕が付着していました。返り血を浴びた服を焼き、トイレに流して処分しようとした燃え残りです。裁判では現物を物証として提出しました」

証拠の数々を目の当たりにすると、信じたくても疑念がわき上がってきてしまう。

しかし、以前涼子が言ったように、残っている物証が多すぎる気がする。真犯人に嵌《は》められたのではないか。

「再審に持ち込める証拠は見つかりそうですか？」

「裁判で赤嶺さんのアリバイを証言した証人がいます」

「アリバイがあったんですか！」

「はい。私は彼の証言の曖昧《あいまい》さを責め立てたのですが……」と苦笑いする。「当人から話を伺いましょう。実はこれからお会いする約束をしています。石黒さんの話をしたところ、ぜひ会いたいとおっしゃっていました」


二人で足を運んだのは、三鷹《みたか》市にある喫茶店だった。落ち着いたBGMが漂い、コーヒーとパンの香ばしい匂いが立ち込めている。

当時の証人――大町哲夫《おおまちてつお》は奥の席に腰掛けていた。ハンチング帽を被《かぶ》っている。口の周りには白髭《ひげ》がうっすらと生えていた。年齢は五十代後半だろう。

自己紹介をし、大町と向かい合って座った。彼は柳本弁護士が当時の検察官だとは気づかなかったようだ。

「まさか赤嶺の息子に会うことになるとはな……」大町は感慨深そうにつぶやいた。

「時が経つのは早いもんだな」

「長年、今の父を本当の父さんだと信じていました。でも、母の遺品で実の父の存在を知って――」

「無実を証明しようとしている、と。運命だなあ」

大町は過去を見るように目を細めた。注文した飲み物が届いてから柳本弁護士が本題に入る。

「大町さんは赤嶺さんとご友人でしたね」

大町はコーヒーに口をつけ、答えた。

「中学からの腐れ縁ってやつだよ。あいつは昔っから無口な奴で、俺はお喋《しゃべ》りだったけど、正反対だからこそ馬が合ったんだろうね」

「事件当日、赤嶺さんとご一緒だったそうですね」

「……居酒屋で飲んだ。恋人が妊娠した、しかも、彼女が両親にそれを告げて大喧嘩《おおげんか》になった、っていうんだよ。あいつ、困ってたよ」

未婚の妊娠、結婚の猛反対――。動機が補強されていく。

「俺は酔った勢いで、逃げちまえ、逃げちまえって、駆け落ちを煽《あお》ったんだけどな。あいつ、『やっぱり駄目だ。自分たちの子供にはみんなに祝福されて生まれてきてほしい』なんてドラマの台詞《せりふ》じみたことを言って」大町はコーヒーカップを凝視した。

「彼女を赤嶺に引き合わせたの、俺なんだよ。会社の後輩でね、男四、女四の飲み会を催したら、意気投合して交際をはじめたんだ。二人の仲を応援していた俺としては、幸せになってほしかったんだけど……」

「二人で飲んだ後はどうしましたか」

「あの日は、赤嶺と別れた後、飲み足りなくて俺は友人数人を誘って居酒屋をハシゴしたよ。帰宅したのが――十二時前だったかな。そうしたら赤嶺が突然訪ねてきて、迷惑をかけるかもしれない、って。何の話か訊《き》いても答えてくれなかったけど、翌日、逮捕されたって知って……度肝を抜かれたよ。でも、俺、事件の通報があった時刻の直前まで飲んでたんだぞ、赤嶺と。タクシーですっ飛ばしても間に合わないはずなんだ」

洋平はテーブルに両手をつき、身を乗り出した。

「じゃ、じゃあ、何で有罪判決が出たんですか。大町さんの証言が疑われたんですか。友人だったから。酔っていたから」

大町は深刻な顔つきで眉間《みけん》に皺《しわ》を寄せた。コーヒーを口に運び、喉《のど》を上下させる。

「俺は写真を――撮ったんだ。趣味のカメラを持っていたから」

「証拠があったんですか！　だったら何で有罪に――」

窺《うかが》い見ると、右隣の柳本弁護士は苦々しい顔をしていた。

「報道で犯行時刻を知って、それなら居酒屋で飲んでいた時間じゃないか、って気づいたんだ。俺は警察を訪ねて、アリバイの証拠としてカメラを提出したよ。他の客も背景に写っているだろうし、俺たちが飲んでいたおよその時間は特定できるはずだ。それで赤嶺の無実は証明されると思った。でも、駄目だった」

「なぜですか」

「警察は俺に言ったよ。フィルムが入っていないぞ」

「……入れ忘れたんですか」

「そんな初心者みたいなミス、しやしない」

誰かが抜き取った——。

「別れた後、数人と居酒屋をハシゴしたんですよね。その中の誰かが？」

「分からない。誰がそんなことをする？」

「友人の中に母の知り合いはいましたか？」

「全員、知っていたと思う。俺が誘ったのは同僚だったから、同じ職場だ。結局、俺は赤嶺の無実を信じてもらうために証言台に立ったけど、アリバイを裏付ける証拠はなかったし、泥酔していたことを検察官に責められてこてんぱんにされた」

柳本弁護士は乾いた笑いで応じた。

消えたフィルム——か。

手に入《はい》れば決定的な無実の証拠になるだろうが、盗んだ人間が二十一年も破棄せずにいるとは思えない。

　落胆のため息が漏れる。

　大町の同僚が母の両親を殺した後、彼の誘いに乗って飲みに行き、そこで赤嶺信勝のアリバイになる写真の存在を知ってフィルムを抜き取った――とか？　犯人の行動としてはかなり無理がある。

「あのとき――」大町は無念さを滲《にじ》ませた口ぶりで言った。「担当の検察官は不起訴事案だって言っていたんだけどな。関《せき》って言ったかな。現場写真に不審な点があるから、起訴はできないって」

　捜査を担当した刑事部の検察官のことか。

「現場写真って――」洋平はわずかな希望を感じた。「ええと、血まみれの犯行現場が写ったやつですよね」

「いや、そこまでは分からないな」

　洋平は柳本弁護士を横目で見た。「心当たりあります？」

「証拠品に関する疑惑は何も聞いていません」

　後で調べてみなければ、と思った。

「でも、結局起訴されたんですよね」洋平は大町に訊いた。

「検察官が交替したからだろうな」

検察官が交替――？

「引っかかりますね」柳本弁護士が言った。「それも初耳です」

「え？　何がですか」

「本来、担当の交替は極めて珍しいことなんです」

彼の説明によると、検察官は実務上、起訴にあたって次席検事と検事正の決裁を受けるものの、万が一その決裁がなくても、手続きをして起訴できるという。各々の検察官が独立しているため、上司の命令で翻意はさせられない。上司がもし担当検察官の判断に不満がある場合の方法は二つ。検察庁法第十二条に則《のっと》って自ら事件を引き取って処理するか、別の検察官に担当を替えるしかない。彼はそう語った。

「担当の交替という形で検察官の判断に口出しする――。これは強権です」

「身内の犯罪だからこそ、厳罰に処さなければ検察組織の威信に関わる、と考えたんでしょうか。不起訴処分では世論が納得しないから……」

「それにしてはやり方が強引な気もしますね。検察は絶対に有罪をもぎ取れる事件しか起訴しません。無罪判決は許されませんから。不確かな証拠があれば、慎重になるものです。被疑者が身内――現職の検察官となれば、なおさら。少々気になりますね。

関という検察官のことは私が調べましょう。すぐ突き止められると思います。直接話を聞いたほうがいいでしょう」

洋平は「お願いします」と柳本弁護士に頭を下げた。「僕は例の現場写真をもう一度調べてみます」

2

洋平は自宅で現場写真のカラーコピーをためつすがめつした。茶色く変色した血の海に白い人型のテープ、引っくり返った二人掛けのソファ、割れた皿やグラスの破片、散乱した雑誌類――。

関という検察官が気づいた点とは何だろう。警察が逮捕して自白調書まで作成している事件で、無実を疑うほどの何か。

一階のリビングには、赤嶺信勝の血痕《けっこん》が残っている。警察も検察も犯行の際に怪我したと考えたそうだ。実際、赤嶺信勝の前腕には真新しい切り傷があったという。続いて二枚目、三枚目を調べた。だが、妙な部分は見当たらない。現場写真が重要なのに何も分からない。死刑が執行されてしまったら取り返しがつかないというのに――。

丸一日調べても何も見つからなかった。

翌日は、雑誌の校了が終わった涼子とカフェで落ち合った。昨日得た情報を話して聞かせる。

「それは収穫でしたね。私も写真を見せてもらっても？」

「もちろんです」

洋平はカラーコピーを差し出した。涼子は写真をじっと見つめた。

「この血は被害者の――ですね」

「はい。だけど、赤嶺信勝の血も飛び散っています。DNA鑑定で判明したそうです。それが犯行の証拠にされました」

「このソファの角に飛び散ってる血ですね」

「そうです」洋平は当たり前のようにうなずいたが、「え？」と声が漏れた。「何で、それが赤嶺信勝の血だと分かったんですか？」

「血の色が違ったからつい――。すみません、人によって血の色が違うなんてありえないですね」

「ちょっと写真見せてください！」

洋平はカラーコピーを受け取ると、眺めた。茶色く変色した血の海。ソファの血も同じ色だ。だが、ソファの角に飛散している赤嶺信勝の血は赤い。真紅だ。

被害者と赤嶺信勝で血の色が違う――？

そんな馬鹿なことがあるだろうか。血中のヘモグロビンの濃度で差が出るとか？

いやいや、聞いたことがない。

可能性があるとすれば——。

「夏木さん、血の色が変わるときってどんなときか分かりますか」

「……クイズですか？　時間が経ったときですよね」

「そうなんです。時間が経ったら血は変色します。つまり、被害者と赤嶺信勝の血の色が違うってことは、血が付いた時間帯が違うってことなんです」

「赤嶺さんの血は赤いですね。真新しいです。つまり、赤嶺さんの血は犯行よりかなり後で付いた——」

「はい。どうやったのかは分からないですけど、赤嶺信勝の血を入手して撒《ま》いたんです。真犯人が——」

いやいや、待てよ。おかしい。それは無理がある。

真犯人が夫婦を惨殺した後、どこかで赤嶺信勝の血を入手し、現場に戻って工作する——。そんなことは不可能だ。ではどうしたのか。あらかじめ赤嶺信勝の血を用意していたなら、犯行直後に撒いただろう。時間差が生まれている以上、血は犯行後に入手したことになる。誰が？　どうやって？

そもそも、事件が起きてから一時間も経たず母が帰宅し、一一〇番通報している。そして警察が到着した。証拠を細工する時間はない。しかし、血は撒かれている。

戦慄《せんりつ》が駆け上ってきた。

警察か検察――。

赤嶺信勝の血を仕込めるのは、警察関係者か検察関係者しかいない。時間的に可能な人間は他にいない。最初に到着したのは誰だ？　あるいは、鑑識が証拠採取を行っている横で隙を見計らって血を撒いたのか。

証拠を仕込んだのが警察や検察なら、真相を突き止めるのは至難の業だ。犯罪を捜査する側が罪を犯しているのだから。証拠をでっち上げたとしたら、必死に隠蔽《いんぺい》しようとするだろう。

赤嶺信勝のアリバイを証明するフィルムが消えた話を思い出した。抜き取ったのは誰か。もはや考えるまでもない。

警察だ。警察の人間が証拠を隠滅したのだ。

そう考えると、全ての証拠が怪しくなってくる。赤嶺信勝の自宅のトイレから発見された衣服の燃え残りには、被害者の血が付着していたという。返り血を浴びた服を焼き捨てようとしたのではなく、警察が仕込んだのだ。家宅捜索に便乗すれば、容易に可能だ。赤嶺信勝が犯人であるならば、焼き捨てた衣服を便器に流そうとして床に一部が落ちたのを見落とすだろうか。

赤嶺信勝は検察官なのだ。犯罪捜査に通じている。証拠を処分するなら細心の注意を払い、完璧《かんぺき》を期すだろう。あんな大きな――数センチ四方の――衣服片に気づかないなど、ありえない。

警察や検察の陰謀だとすれば、なぜ？　なぜ身内である検察官を嵌《は》めねばならなかったのか。

その動機が分からない。

3

夜の闇が夕焼けの赤を飲み込んでしまったころ、洋平は浦和《うらわ》駅で降り、涼子と柳本弁護士に付き従った。窓明かりと街灯の白光が照らす中、車道ではヘッドライトが行き交っている。西口から十分ほど歩くと、樹木の緑が並ぶ真後ろに横長の建物――さいたま地方検察庁が見えてきた。

柳本弁護士から連絡があったのは昨夜だ。赤嶺信勝の無実を疑った関真一《しんいち》という検察官を見つけたらしい。さいたま地検に勤務しているという。

待っていると、やがて検察庁から出てきた一人の男に柳本弁護士が歩み寄った。

「どうも、こんばんは。今朝電話した柳本です」

六十歳前後で中肉中背。年齢の割に髪は黒々としていた。関は指先で薄い顎髭《あごひげ》を撫《な》でている。

「私の担当した事案で――というお話でしたね。そちらの二人は？」

「『久瀬出版』の夏木さんと、事件関係者の石黒さんです」

関の顔に警戒心が走った。当然だろう。元検察官の弁護士が編集記者や事件関係者と同伴で現れたのだから。

「ご心配なく」涼子が言った。「記事にする気はありません。私は石黒さんのお父さんの無実を証明する協力をしているんです」

関は人差し指で耳の裏を掻《か》いた。

「無実の証明――というと、私の担当した事件が冤罪《えんざい》だったと？」

「違います。関さんの担当事件ではありません」

関は怪訝《けげん》そうに眉《まゆ》を持ち上げた。

「私が無関係なら、なぜ私に？」

「〝赤嶺事件〟――」柳本弁護士が答えた。「覚えていますか」

関が一瞬、目を剝《む》いた。まるで悪霊を封じ込めた壺《つぼ》を眼前に突き出されたような表情だった。担当を替えさせられた単なる一事件への反応としては、大袈裟《おおげさ》だった。何かある、と直感した。

「……現職の検察官が死刑判決を受けた事件でしたね。私の担当ではありませんし、私がお話しできることは何もありません」

「正確には担当だった、ですよね。〝事件の割り替え〟があったとか」

関は結んでいる唇を歪《ゆが》めた。

「何のお話ですか。一体誰がそのようなことを？」

「私は当時、〝赤嶺事件〟の公判を担当していましたから」

大町は、無実を疑っていた関という検察官が交替してしまった、としか語らなかった。柳本弁護士自身、初耳の話だったようだが、当事者として事情を全て把握しているかのように話している。

「関さん。検察には、赤嶺さんを有罪にしたい理由があったようですね。思えば変だったんですよ。当時、無罪判決を立て続けに受けた私にあんな大事件が回ってきたんですから。きっと、私なら無実の疑惑が出てきたとしても、三度目の無罪判決を避けるために死に物狂いで有罪をもぎ取るだろう――。そう思われたんじゃないですかね」

柳本弁護士が追及すると、関は噛《か》み締めた唇の隙間から息を吐き、夜空を仰いだ。黒煙のような雲が広がり、月を覆い隠している。

「関さん」柳本弁護士が続けた。「あなたは現場写真を見て、不自然に感じた。被害者と赤嶺さんの血痕《けっこん》の時間差ですね？　それに気づいたんでしょう？」

そのことについては、事前に柳本弁護士に話してあった。抜き取られていたカメラのフィルムや、父の自宅のトイレで発見された衣服片の件に関しても、自分の推測を伝えている。

関は諦めの籠《こも》ったため息をつき、辺りを窺《うかが》った。存在しない影を警戒しているような様子だった。

「場所を替えましょう」

関はそう言って歩きはじめた。洋平は涼子たちと後を追った。数百メートル歩き、人気《ひとけ》のない調神社《つきじんじゃ》の前に来た。境内の入り口には鳥居の代わりにしめ縄が張られており、鎮座した狛兎《こまうさぎ》が両側から見つめ合っていた。闇の奥では樹齢数百年は生きているだろうイチョウやケヤキが生い茂り、黒い樹形をあらわにしている。

関は遠くを眺める目を神社に向け、口を開いた。

「赤嶺の血は後から付けられた——。たしかに私はそう疑いました。犯人の偽装工作に違いない、と。大手柄だと思いましたよ。なにせ、現職の検察官による殺人事件、という検察の前代未聞の不祥事を引っくり返せるかもしれないんですから」

「上司に伝えたんですね」柳本弁護士が言った。

「興奮して報告しましたよ。他の証拠も徹底的に調べれば捏造《ねつぞう》だと判明するかもしれない、とまくし立てました。しかし、上からの反応は私が期待したものではありませんでした。起訴しないつもりか、と一言。賛同ではなく、批判の色合いがあからさまでした」

称賛を受けられなかった関は不満を抱きながらも、絶対的な冤罪の証拠を見つければ上司の態度も変わるだろう、と考え、警察に再捜査を指示したという。刑事たちの反応は悪かった。当然だろう。大々的に逮捕した被疑者が無実だったら、威信に関わる。とはいえ、身内の凶行を信じたくない検察の気持ちも分かるはずだ、最終的には調べ直してくれるだろう——。そう信じていた。

だが、その矢先だった。突如〝事件の割り替え〟が行われた。〝赤嶺事件〟の担当を外され、別の検察官が引き継ぐことになった。上司ウケがいい出世頭の有望株だ。

手柄を盗《と》られた——。

検察としては、自分のような反骨者より、優秀で従順な検察官に大手柄を上げさせるつもりだろう。

関は上司に怒鳴り込んだ。諦《あきら》めろ、大事なのは彼だ——。そう言われるものと思っていた。しかし、上司の口から飛び出してきた台詞《せりふ》は想像とは違った。

『赤嶺は起訴する』

関は『は?』と聞き返した。理屈が通らなかった。無実を疑うに足る根拠があるのに身内を殺人犯として起訴する? 検察史上、稀《まれ》に見る一大不祥事になるのに?

不起訴だと世論が許さないだろう、という。

「納得はできませんでした」関は言った。「しかし、私の主張は所詮《しょせん》推測です。血痕の変色具合で捏造と断定するのは早計でした」

「関さん」洋平は一歩踏み出した。「赤嶺信勝は僕の実の父です。僕は父が嵌められたんだと思っています、警察と検察に！」

関の眉がピクッと動いた。

「警察と検察――？」

「はい。時間的に考えたら、警察関係者か検察関係者しか偽の証拠を仕込めません。父の友人は、アリバイになる写真を撮影したカメラを警察に提出したら、フィルムがないと言われたそうです。父の自宅のトイレから出てきた衣服の燃え残りも、不自然です。証拠を捏造できるのは警察か検察しかいないんです。何か知っているなら教えてください！」

関は困惑顔に刻まれた眉間《みけん》の皺《しわ》を揉《も》みほぐした。

「そこまで疑っているんですか、あなた方は」

「そうです」柳本弁護士がうなずいた。「何か思い当たるのでは？」

「いや、私は何も――」

「お願いします！」洋平は彼に詰め寄ると、深々と頭を下げた。「父の死刑を止めたいんです！」

視界に入っている関の革靴が地面を踏みにじるように動いていた。じゃり、じゃり、と音がする。

洋平は顔を上げると、関の目を真っすぐ見据えた。

「無実で死刑になるなんて間違っています。父を助けたいんです。もう時間がないんです」

夜風が吹き抜けていく。

「私は――」関は重々しく口を開いた。「担当を外された私は、酒の席で同僚に愚痴りました。起訴は間違っている、証拠を精査すべきだ、と」

酔っていた同僚は、同情する口ぶりで漏らした。

『検察と警察は一心同体なんだ。警察を敵に回したら今後やりにくくなる』

関は声を荒らげ、反駁《はんばく》した。

『誤認逮捕は警察の不祥事かもしれないが、現職の検察官の凶行というのは検察の一大不祥事だ。警察が我々と同じ側なら、もう少し慎重になってくれるべきではないか。検察を敵に回そうとしているのは警察のほうだ。それに抗議もせず、同調している上司にも納得がいかない』

「同僚は何と？」柳本弁護士が続きを促した。

「裏切ったのはこっちが先だ、と言いました。理解が及ばず、訊《き》き返すと、同僚は——『赤嶺は警察署の裏金問題を調べて追及しようとしていたんだよ』と」

裏金問題——。

思わぬ単語を聞かされ、洋平は柳本弁護士と顔を見合わせた。衝撃の余韻が体から抜け切れない。

「父は警察の裏金問題を探っていたんですか」

「そのようです」関は首肯した。「証拠を摑《つか》むまでかなり秘密裏に動いていたので、それを知る者は少なかったようです」

繫《つな》がった。

動機が——警察と検察が赤嶺信勝を嵌《は》める動機が判明した。

大昔から多くの警察署が当然のように行ってきた不正。それを一介の検察官が暴き立てようとしたのだ。発覚すれば何十人の首が飛ぶだろう。トカゲの尻尾《しっぽ》切りではすまない。警察が大地震に見舞われる特大の不祥事になる。たぶん、上は赤嶺信勝に圧力をかけただろう。効果がなく、翻意させられなかった。だから警察は赤嶺信勝を〝口封じ〟し、警察と敵対したくない検察もそれに乗っかった——。

田渕弁護士から聞かされた赤嶺信勝の言葉が蘇《よみがえ》る。

〝覚せい剤使用疑惑事件〟の真相次第で再審請求の芽が出てくるかもしれない。覚せい剤の使用発覚前後の署内の動きが気がかりだが――。

意味が今、分かった。警察署の裏金問題を極秘で調査していて警察と検察に嵌められたことを薄々察していた赤嶺信勝は、原の冤罪疑惑事件が再審請求の『鍵《かぎ》』になると考えたのだ。同じく裏金問題絡みで犯罪者に仕立て上げられた原の真相次第では、必然的に〝赤嶺事件〟も見直される可能性がある、と。

だが、田渕弁護士から詳細を聞いた赤嶺信勝は、原を嵌めたのが警察とはかぎらない、と感じた。そうだとすれば、再審請求の『鍵』を失ってしまう。だから、『覚せい剤の使用発覚前後の署内の動きが気がかりだが』と口にしたのだ。

結果的には、原を嵌めたのは堂園だった。裏金問題の告発を決意した人間を口封じする警察と検察――という構図は消滅し、〝覚せい剤使用疑惑事件〟を再審請求の『鍵』にできなくなった。

とはいえ、〝赤嶺事件〟にかぎっては、警察や検察がグルになって赤嶺信勝を嵌めたのは間違いない。

少しずつ真相に近づいている実感があった。

凍りついた大地にひびが入り、地中の奥深くから希望の芽がむくむくと伸び上がっていく光景が頭に浮かび上がってきた。

4

再び面会の許可が下りたのは三日後だった。根気強い申請が通じたのだろう。

洋平は面会室でアクリル板ごしに赤嶺信勝と向き合った。

「……なぜ来る」

赤嶺信勝の最初の一言は、徹底して拒絶的だった。

「だって、息子だから。会いたいと思うのが当然でしょ」

「死刑囚だ。世の中には、自分の人生から消してしまったほうがいい毒のような親もいる。関わると不幸になるだけだ」

洋平はふうと息を吐いた。

「父さん——野球選手、目指してたって聞いた」

赤嶺信勝は唐突な話題の変換について行けず、一瞬、反応が遅れた。だが、すぐに苦笑で応《こた》えた。

「そう、だったかな。中学時代はそんな無謀な夢を口にしていた気がするな。俺にスポーツの才能はなかったよ」

「……僕も同じだよ。サッカー部に入ったけど、挫折《ざせつ》した。強豪校に才能の差を見せつけられて」

「誰にでも得手不得手はあるものだ」赤嶺信勝の表情から厳しさが消えた。「洋平は、何が好きなんだ」

「僕は旅行かな。ツアーコンダクターを夢見てる」

「横文字は慣れん。何だ、それは？」

「添乗員さん、かな。旅行をコーディネート――ええと、何て言い換えたらいいのかな」

「コーディネートくらいは分かる」

「そっか。まあ、お客さんの旅行をコーディネートする職業かな。大学じゃ、旅行研究会に入ってる。去年は京都に行ったよ」

「京都、か。行ったことはないな。俺は新潟の出でな」

気がつくと、普通の父子のような会話ができていた。赤嶺信勝の口調も自然で滑らかだった。

「うん。お祖父《じい》ちゃんから聞いた」

「俺の親父に会ったのか？」

「話が聞きたくて。反対を押し切って上京したって聞いた。東京で検察官になったこと、誇らしいって。先祖の墓にも報告したって」

「……初耳だったな。勘当同然に飛び出したし、そのことでお袋に苦労させて早死にさせてしまったから、親父には好かれていないとばかり」

「そんなことないよ。元々、嫁姑《しゅうとめ》間でうまくいっていなかったんだけど、父さんが生まれて、一時的に関係が改善したんだって。別に父さんのせいじゃないよ」

「いや、やはり農業の跡継ぎが故郷を捨てたら、大変だったろう。司法修習の真っ最中だったから、死に目にも会えなくてな」

「後悔してる？」

「ああ。俺はお袋が好きだった。熱を出したとき、徹夜で看病してくれたあの手の温かさをよく覚えている。もしお袋が生きていたら、俺はこんなまねはしなかったかもしれないな」

彼が〝赤嶺事件〟に触れたのをきっかけに切り出した。

「僕は後悔したくないんだよ。父さんを見殺しにしたくない」

「見殺し——か」赤嶺信勝は諦観《ていかん》の眼差《まなざ》しでつぶやいた。「お前にできることは何もない。できることがあるとすれば、忘れることだけだ」

「僕は真相に迫ってるんだよ。父さんを嵌めたの、たぶん警察だ。証拠を仕込んで口封じしたんだよ」

洋平は調べた事実を全て話した。

「……なるほど、お前はそこまでたどり着いたのか」

その言い回しを聞き、無実を確信した。

「僕は絶対に警察の陰謀を突き止めてみせるよ」

赤嶺信勝は、医師から息子の死期を聞かされたような顔をした。

「よせ。藪《やぶ》を突っつくな。警察や検察を悪玉にしようとしたら、大きな力が動くぞ。お前の人生はまだまだ長い。将来には夢も希望もある。虎や狼が飛び出してくる巣穴を覗《のぞ》き込んでどうする」

「大丈夫だよ。編集記者も弁護士も味方だ。向こうも下手なまねはできないさ」

「仮に洋平の推測どおりだとしよう。俺は検察官だったが、今は死刑囚として拘置所にいる。この現実を見ろ」

「見たから言ってるんだよ。僕は父さんを救い出したいんだ。血が繋がった家族でしょ」

「お前には父親がいる。家族想いなんだろう？」

「そうだよ」

「由美に紹介されて会ったことがある。生真面目で一途《いちず》な男だった。由美もそんな性格に惹《ひ》かれたんだろう。同級生だから由美も心強かったんだと思う」

「同級生――？　違うよ。父さんは司法書士で、母さんとは事件後に遺産相続の相談で知り合ったんだ。父さんがそう話してくれた」

「……あっ、そうだったか。俺の勘違いだ。二十年以上昔の話だからな。誰かと勘違いしたらしい。忘れてくれ。何にせよ、由美が愛した相手だ。大事にしろ。俺は——道を踏み誤った犯罪者だ。関わって悲しませるな」

「嘘だ！　何で無実だって言ってくれないの」

「……俺が死刑になれば全て丸く収まる。それでいいんだ」赤嶺信勝は決然と言った。

「お前の幸せのためなら、俺は人柱《ひとばしら》にもなってやる」

5

突然自分の人生に現れた実父——。

忘れられるはずがない。忘れろと突き放されるたび、何が何でも救いたいという感情があふれ出てくる。一歩一歩でも真相に近づいている今、絶対に引き返しはしない。

千代田区霞《かすみ》が関《せき》。都内百二の警察署を管轄している警視庁の本部庁舎は、夜空の下で東京全土を睨《にら》み下ろしているような威圧感に満ちていた。屋上には、円柱の上部に巨大な円盤を重ねたような電波塔がそびえている。それを含めれば高さ百二十メートルを超えるだろう。周辺には皇居、高等裁判所、地方検察庁、海上保安庁、財務省、外務省、総務省、国会議事堂、国立国会図書館など、重要施設が集まっている。

洋平は柳本弁護士を見た。涼子は仕事がどうしても外せず、今夜は同行していない。

「例の捜査官、警視庁に勤務しているんですか?」

赤嶺信勝に面会した二日後、柳本弁護士から連絡があった。〝赤嶺事件〟の裁判で検察側証人として証言した捜査官――神谷保《かみやたもつ》を訪ねるという。

「そうです」柳本弁護士はうなずいた。「不意打ちをしましょう」

「こんなに協力してくださってありがとうございます」

「乗りかかった船ですからね」彼は軽い調子で答えた後、急に表情を引き締め、真摯《しんし》な口ぶりで続けた。「裏金事件の存在やら何やらを知った今、私は自分が大変な過ちを犯していたと確信しました。取り返しがつかない歳月を経て、それを正す機会が巡って来たんです。礼を言うべきなのは本来、私のほうです。いや、むしろ謝る必要があります」

「いえ、そんな……悪いのは警察です。警察が偽の証拠を仕込んだからみんな騙《だま》されたんです」

裁判記録の神谷の証言によると、赤嶺信勝は東京地検刑事部の『本部事件係』という立場を利用して現場に足を踏み入れ、ソファの下から〝何か〟をズボンのポケットに隠したらしい。その動きを見逃さなかったのが神谷だった。赤嶺信勝を問い詰め、ポケットの中身を取り出させた。すると、血痕《けっこん》が付着した検察官バッジだったという。

「検察官バッジは有罪の決定的な証拠でした」柳本弁護士が答えた。「血痕はもちろん被害者のものです」

「でも、『赤嶺信勝が血まみれの検察官バッジを拾って隠した』って証言したのは捜査官――警察側の人間ですよね？　信憑性《しんぴょうせい》なんてないですよ」

「警察が検察官を陥れるなど、当時は誰も想像しませんでした」

「検察官バッジ、でっち上げですよ、絶対。盗んで血を付けて、ポケットに押し込んだんです。神谷って捜査官、追い詰めましょう！」

柳本弁護士は、難攻不落の砦《とりで》でも睨みつけるような眼差しで警視庁本部庁舎を見上げていた。

「そう――簡単にいけばいいですが、ね」

「何か問題でも？」

「じきに分かります」

柳本弁護士はそれきり黙り込んだ。

洋平は夜風に晒《さら》されながら待った。警視庁本部庁舎には、警察関係者と思《おぼ》しき精悍《せいかん》な顔つきの男たちが出入りしている。腕章をつけた記者も目立った。

柳本弁護士が動いたのは、三十分ほど経ってからだった。スーツ姿の男に近づいていく。

「ちょっとお話が——」

スーツの男は柳本弁護士をじろりと睨みつけた。五十歳前後だろう。少し逆立った鉄灰色の髪を後方に撫《な》でつけており、細い黒眉《まゆ》はV字に跳ね上がってる。鷲鼻《わしばな》に薄い唇、鋭角的な顎《あご》。岩を削った彫刻を思わせる顔立ちだった。

「どこのブンヤだ？　ネタが欲しけりゃ広報に行け」

「記者じゃありませんよ、神谷さん」柳本弁護士が答えた。「お久しぶりですね」

神谷は目を眇《すが》め、柳本弁護士の顔をまじまじと見つめた。唇に皮肉な笑みが浮かぶ。

「敵側に転職した元検察官か」

「今日はお話があってお待ちしていました」

「悪いな。帳場が立ってて忙しいんだ。弁護士の相手をしている暇はない」

「〝赤嶺事件〟の件です」

忘れがたい事件のはずだが、いきなり事件名をぶつけられても神谷は眉一つ動かさなかった。

「昔話は寝る前の孫に読んでやるだけで充分だ」

神谷は柳本弁護士の真横を通り抜け、立ち去ろうとした。洋平は彼の前に立ちはだかった。

「逃げないでください！」

「逃げる？　誰に向かってモノを言っている」

神谷の目は鉄板すら刺し貫きそうだった。新兵をしごく軍曹顔負けの迫力だ。

洋平は気圧《けお》されながらも言い返した。

「あなたです。あなたに言っています」

「俺は捜一の神谷だぞ」

「知りません、そんなの」

捏造《ねつぞう》した証拠で実の父を陥れた捜査官だと思うと、火傷《やけど》しそうなほどの怒りが腹の奥底から噴き上げてきた。

睨み合っていると、柳本弁護士が割って入った。

「石黒さん。落ち着いてください。彼は警視庁捜査一課長――つまり、本庁の捜査一課の猛者《もさ》二百数十人を束ねるトップ・オブ・トップです」

洋平は啞然《あぜん》として神谷を見返した。彼の背後には、一般市民を威圧するように警視庁庁舎が屹立《きつりつ》していた。

現役の刑事の頂点に君臨する人物の二十一年前の証拠捏造を暴く――。そんなことが果たして可能なのか。しかも、もし偽装工作が警察署の裏金事件絡みと判明したら、警視庁はぐらつくどころではすまない。警察組織は何が何でも〝赤嶺事件〟の封じ込めを行うだろう。

切り崩す方法はあるのだろうか。

言葉を失っていると、柳本弁護士が口を開いた。

「神谷さん。彼――石黒さんは赤嶺さんの息子さんです」

「……何だと。赤嶺に息子がいるなんて聞いたことがないな」

「恋人の鷹野由美さんは妊娠していました。息子である彼は、最近まで事件のことは知らなかったそうです」

「ほう。父親の存在を知ったから死刑執行を止めようってのか？」

「そうです」

「無駄だ、無駄。赤嶺の犯行は間違いない。警察と検察が〝大事な身内〟を刺さざるをえないほどの証拠があった。公判を担当したあんたなら百も承知だろうが。父親を救いたい気持ちは分かるが、墓場に眠った事件だ。掘り起こされては困るんだよ」

「冤罪《えんざい》だから――ですか」洋平は言った。

「違う。前代未聞の不祥事だからだよ」神谷は薄笑いを浮かべた。瞳《ひとみ》は闇を飲み込んでいて洞穴のようだった。「君にとっても、事を荒立てないほうが賢明かもしれんぞ」

「……お、脅しですか」

「勘繰るな。善意の忠告だよ。死刑が執行されれば、二十一年前の事件とはいえ、検察の一大不祥事が蒸し返されることになる。人権団体がわめき、メディアが反応し、市民が追従する。法務大臣や司法関係者にとっては避けたい事態だろう。だからこそ、死刑執行が行われないまま今に至る——のだとしたら？　君がもし根拠もなく無実だ、冤罪だ、と叫び立てたらどうなる？　どうせ蒸し返されるならさっさとケリをつけてしまおう。そう考えても不思議はない。再審請求が通る前に死刑が執行される。だが、騒ぎ立てなければ〝終身刑〟と同じで、少なくとも生き続けられるかもしれんぞ」

不快なほど淡々とした声だった。

洋平は反論できなかった。神谷の言うとおりだとすれば、自分の行動で実の父の死期を早めることになってしまう。しかし、口をつぐんでいたとしても死刑が執行されないわけではない——と思う。どうすればいいのか。

「神谷さん」柳本弁護士が彼を睨《にら》み返した。「刑を執行する死刑囚を決める基準は、公にされていません。極秘事項です。死刑囚の心情の安定を害するおそれがある、というのがその理由です。赤嶺さんの執行が今まで行われていない事情をあなたが知っているとは思えません。ミスリードはよしましょう」

神谷は腕組みをし、顎を持ち上げた。

「善意の忠告だと言っているだろう」

「……まあ、いいでしょう」柳本弁護士が言った。「〝赤嶺事件〟であなたは証言しましたね。赤嶺さんが血の付着した検察官バッジを現場で拾ってポケットに隠すのを見た、と」

「事実を正直に証言しただけだ。共に犯罪者を追う仲間を追及したくはなかったがね。嘘はつけん」

洋平は我慢できず、「出鱈目《でたらめ》だ！」と声を上げた。「警察はグルになって父さんを嵌《は》めたんだ！」

「今度は警察陰謀説か。再審請求のためにはなりふり構っていられないと見える」

「裏金問題の隠蔽《いんぺい》のためでしょ。だから証拠を捏造して――」

神谷の眉と唇がピクッと動いた。初めて見せた反応だった。裏金問題との繋《つな》がりまで調べているとは思わなかったのだろう。

「……馬鹿馬鹿しい」神谷は鼻で笑った。「証拠の捏造？　警察がそんな愚行を犯すとでも？」

「僕だって無知じゃない。過去の冤罪事件の数々で警察がどんな卑劣なことをしたか、知っています」

複数の冤罪疑惑事件を通し、色々学んだ。神奈川県警が作成した『不祥事隠蔽マニュアル』が暴露された事件もある。警察官の覚せい剤使用を監察ぐるみで隠し通そうとし、発覚して大問題になった事件もある。

二十年、三十年と遡《さかのぼ》れば、証拠の捏造、すり替え、隠蔽、暴力――。何でもありだ。

「赤嶺はな、取り調べの当初、現場でバッジを落としたから拾った、と言い張っていた。だが、そのころには血は乾いていたからこんなふうに付着するはずがない、と追い詰めたら、さすがに諦《あきら》めた。証拠隠滅を図ったと認めたよ。警察を逆恨みするのは筋違いだ」

密室の『代用監獄』で行われた取り調べの実態は、当事者以外には決して分からない。被疑者が暴力や恫喝《どうかつ》を訴えても、世間は〝逮捕された犯罪者〟と警察、どちらを信じるだろう。赤嶺信勝はどんな手段で自白を強いられたのか。柳本弁護士も自白の強要はなかったと断じたが、実際は分からない。

悔しさを嚙《か》み殺していると、柳本弁護士が沈黙を破った。

「神谷さん。それにしても――出世されましたね。所轄の一捜査官から今じゃ警視庁捜査一課長ですか」

神谷は真意を探るように目を細めた。

「……功績を上げ続けたからだ」

「そうでしょうか？　一本気な昔気質《かたぎ》の竜崎《りゅうざき》さん、大事件を立て続けに解決している嘉瀬《かせ》さん、捜一で信頼の厚い久保田《くぼた》さん――あなたより捜査一課長に近い捜査官は少なくなかったはずです」

「何が言いたい？」

「なぜ彼らを差し置いてあなたが捜査一課長の座に座ったのか。なぜ異例の出世を果たしたのか。上はあなたに地位を与えて口止めを目論《もくろ》んだのでは？」

タイルに貼られたシールを剝《は》がすように、彼の薄笑いはたやすく剝がれ落ちた。神谷は鼻の付け根に横皺《じわ》を刻んだ。

「……侮辱が目的なら失礼する」

神谷は背を向けた。強張《こわば》った肩に怒りが見て取れた。濡《ぬ》れ衣《ぎぬ》だから憤慨したのか、図星だから憤慨したのか。あるいは演技か。

彼が歩み去ると、洋平は柳本弁護士を見た。

「今の話、本当ですか？」

「ん？」

「口封じで昇進――という話です」

「重要なポストに就けば、人は保身の気持ちが強くなりますし、組織を守るという責任感も芽生えます。もちろん、最初から警視庁捜査一課長の座が約束されていたわけではないでしょう。最初はほんの少し――たとえば、『赤嶺信勝を無事に有罪にできたら、本庁に引っ張ってやるぞ』とか、でしょうか。所轄に居心地のよさややり甲斐《がい》を感じている捜査官もいるでしょうが、やはり本庁の捜一は別格ですから」

早合点や憶測は禁物だ、と自制しつつも、警察による裏金問題の隠蔽説は今や揺るぎない事実だと感じていた。

検察官が警察の裏金の実態を探っている、という情報を入手した連中は、口封じしなければ、と焦ったのだろう。二十一年前はまだ北海道警の裏金問題も発覚しておらず、警察署にとってそれは秘中の秘だった。そんなとき、赤嶺信勝と関わりがある夫婦の惨殺事件が起きた。

警察関係者が殺人まで行ったとはさすがに考えられない。そこまで計画的なら、赤嶺信勝を尾行してアリバイがない時間帯を犯行時刻に選ぶだろうし、彼の血もあらかじめ入手しておくはずだからだ。偶発的な事件を利用し、陥れる計画を立てたのだろう。血を手に入れて現場に仕込み、赤嶺信勝のポケットに血まみれの検察官バッジを忍ばせた。そして『赤嶺検察官が隠そうとした』と神谷が嘘の証言をしたのだ。

上から命令されて実行したとしたら、〝赤嶺事件〟は警察にとって庁舎の真下に埋まった大型爆弾だろう。決して掘り起こさせてはいけない。決して爆発させてはいけない。だからこそ、その存在を知る神谷を懐に抱え込んだのだ。

一枚岩となった警察を突き崩さなければ、赤嶺信勝は救えない。

洋平は拳《こぶし》を握り固めた。

どんなに困難でも、警察の陰謀は必ず暴いてみせる――。

6

大学の寮に戻った洋平はベッドに寝転がり、天井を見上げた。

赤嶺信勝は一貫して『俺のことは忘れろ』という。〝ヒ素混入無差別殺人事件〟の真犯人は吉川芳江だった。改めて考えると、殺意がなかったとはいえ、結果の重大性を鑑《かんが》みれば死刑判決はやむをえないと思う。『死刑執行起案書』を作成したのは間違いではない。だから罪悪感や贖罪《しょくざい》意識を抱く必要はない。にもかかわらず、自分の正当性が証明されても無実を主張しない。

嵌めたのは裏金問題の暴露を恐れた警察で、検察はそれに乗っかったのだろう。持ちつ持たれつの関係を崩さないために。赤嶺信勝はそれを知りながら無実の罪に甘んじている。なぜだろう。

濡れ衣で恋人も我が子も手放すはめになったのに、育ての父親を大事にしろ、と繰り返す。

育ての父親――か。

面会したときの赤嶺信勝の台詞《せりふ》を思い出す。なぜ父と母が同級生だと言ったのだろう。確信的な口ぶりだった。

同級生。同級生。同級生――。

一瞬、脳裏を駆け抜けた記憶の断片に引っかかるものを感じた。何だろう。何かが気になる。

摑《つか》み損ねた断片を掘り起こそうと頭を絞るうち、遺品整理で発見したアルバムを思い出した。表紙には父の名前が記されていた。それなのに中身は――。

洋平は押し入れから段ボール箱を取り出し、開けた。持ち帰った遺品の数々が収められている。その中からアルバムを手に取った。表紙には石黒剛と名前がある。しかし、開くと、高校時代の母の写真が何枚も目に飛び込んできた。セーラー服姿で笑顔を見せる母の写真、奈良の大仏の前でポーズをとっている写真、友人と笑い合う教室の写真――その他諸々《もろもろ》。

実家で発見したときは、表紙に父の名前を見たにもかかわらず、母の写真ばかりだったから、無意識的に母のアルバムだと思い込んでいた。違う。これは父のアルバムだ。

一ページ一ページ、目を皿にして確認していくと、高校時代の父が写った写真も数枚、見つかった。一割にも満たないだろう。大半は母の写真だ。

父と母は高校時代の同級生だった。

だから何だ？　自分に問うた。答えはすぐに出た。父は母との出会いを偽った。同級生なのに、司法書士と依頼者だと嘘をついた。遺産相続の相談に乗るうちに、彼女の苦しみや葛藤《かっとう》を知り、情が移って結婚を申し込んだのだ、と。

なぜ関係を偽る必要があったのか。アルバムを見ると、父は高校時代から母に想いを寄せていたことが分かる。学校行事で撮影した写真が販売されたとき、母が写ったものばかり購入したのだろう。

母が恋人を作り、妊娠したと分かったとき、父の失望やショックはどれほど大きかっただろう。

――自分の妄想の終着点に恐れおののき、強くかぶりを振った。だが、一度こびりついたそれは、もう振り払えなかった。


携帯の着信音が静寂を引き裂いた。電話に出る気もなく、放置しているとやがて切れた。嘆息を漏らしながら取り上げると、涼子からだった。留守電に声が吹き込まれている。柳本弁護士と一緒に『鍵《かぎ》』になりそうな事件当時の捜査官を捜しているという。二、三日、待ってくださいと結ばれていた。

洋平は椅子に尻《しり》を落とし、机の上の拳を睨《にら》みつけた。置き時計の秒針の音だけが部屋の中に響いている。

十分、二十分、三十分と時が経過していく。

居ても立ってもいられず、洋平は寮を飛び出した。夕焼けが街を血の色に染める中、電車に乗り、千葉へ向かった。約一時間三十分後に着くと、住宅街を駆けた。父のアパートは、打ち捨てられたように闇の底に沈んでいた。

肩で息をしながらドアを睨みつける。それは異界へ通じる門に見えた。一度入ったら二度と戻れないような——取り返しのつかない事態が起こるような、不吉な予感が漂っている。鼓動は今にも心臓を破りそうなほど高鳴っていた。滲《にじ》み出る汗が滴り落ちる。拳は開こうとしても開かなかった。緊張で全身が強張《こわば》っていた。

洋平は大きく息を吸い込んだ。樹木や雑草の甘ったるさが混じった夜気が肺に満ちていく。そして静かに吐いた。

恐る恐る指を伸ばし——チャイムを鳴らした。その音は夜の静けさを破り、心臓が一際大きく脈打った。

自分から訪ねておきながら、ドアが開かないことを願った。父が顔を出したとたん、積み上げてきたものが全て崩れ去る。そんな恐怖と不安に支配されていた。

一分以上経った気がした。だが、実際は十数秒だったかもしれない。ドアが開き、父が顔を出した。年齢相応の皺《しわ》が刻まれた武骨な顔に困惑が表れている。

「……どうした、突然」

父の顔に不安を見たのは、薄暗い中で影が覆いかぶさっているからだろうか。

「うん。ちょっとね」

「まあ、入れ」

洋平はうなずくと、居間に上がった。膝《ひざ》を突き合わせると、動悸《どうき》がいっそう強まった。

「……何かあったのか？」

洋平は父の顔を見返した。言葉を返さなくては、と思う。不審がられてしまう。しかし、喉《のど》は塞《ふさ》がっていた。

「赤嶺の――ことか？　何かあったのか？」

父はなぜ問い詰めるのだろう。息子が〝赤嶺事件〟の真相に迫ることがそんなに気になるのだろうか。思えば、父は最初から調査に反対していた。赤嶺信勝の犯罪を知って傷つく息子を見たくない、という親心なのか。それとも、調べられて困ることがあるのか。

「真実が見えてきた気がする」

答えて父の表情を窺《うかが》う。父の顔には若干の緊張があった。赤嶺信勝の無実が判明したら我が子を奪われると心配しているのか、あるいは真相が明らかになる恐怖があるのか。判断はつかない。

「何が分かった？」

「警察の裏金問題の口封じで、証拠を捏造《ねつぞう》された可能性が出てきた」

「……そうか」

「驚かないの？」

「いや、可能性の話だろ。それは証明できそうなのか？」

「証拠を探すよ。そうしなきゃ、再審請求はできないから。後は――」洋平は上目遣いで父を見た。「真犯人を見つけるとか」

父の頬がピクッと引き攣《つ》った――ように見えた。

「もう忘れろと言っても無理なんだろうな。血を追い求めるのか」

「ごめん、父さん。無実の確信が得られた以上、無視はできないよ。冤罪《えんざい》で死刑になるなんて間違ってる」

「そう――だな。冤罪だとしたら一大事だ。だが、赤嶺は自分で無実だと話したのか？　面会に行ったんだろう」

「話さなかったよ。自分が犯人だって言い張ってる」

「だったら――」

「でも！」洋平は声を上げて父の言葉を遮った。「でも、『俺が死刑になれば全て丸く収まる』って言ったんだ。無実の罪で死刑になろうとしているんだよ。波風を立てないために」

「言葉のあやじゃないのか」

「言われたよ。今の父親を大事にしろって」

父の顔がぐっと歪《ゆが》んだ。

「……洋平のことが心配なんだろう。拘置所の中からじゃ、何もしてやれんからな」

衝動的に父を訪ねたものの、疑いはぶつけられなかった。返答が怖い。否定してくれたとしても、少しでも動揺が見えたら確信を抱いてしまうだろう。赤嶺信勝に面会したときでさえ、これほどの恐怖や不安は感じなかった。

父を信じたい気持ちと疑念がせめぎ合い、息苦しくなった。

「どうかしたか？」

父は怪訝《けげん》そうに訊《き》いた。

「何でもない」洋平はかぶりを振り、立ち上がった。「もう帰るよ」

「泊まっていくんじゃないのか？」

「いや、帰るよ」

父は一瞬、傷ついたような顔を見せた。息子が永遠に去っていくようで寂しいのだろうか。あるいはもっと別の想像をしたのか。

父を恐れたわけではない。無防備な寝姿を晒《さら》すことに抵抗があるわけでもない。ただ――父と長く顔を向かい合わせていたら、思わず追及しそうで怖かったのだ。

「……また来るよ」

靴を履いて外に出ると、父は慌てて追ってきた。

「気をつけて帰れよ」

洋平はうなずくと、父を見返した。

殺人――父から最も遠い言葉だ。この真面目な父が人を殺しているはずがない。この真面目な父が――。

真面目？

父は常に規律を大事にし、駐車違反すらしない模範的な人間だ。だが――果たして本当にそうなのだろうか。

警察に捕まったら指紋やDNAを採取されてしまうから。

気づいてしまった可能性に背筋が凍りつき、戦慄《せんりつ》を覚える。

罪を犯した逃亡者は、身を隠しながらひっそりと暮らすだろう。警察に目をつけられないよう、決して目立たず、法律を忠実に守って時効まで逃げ延びようとする。当然の心理だ。

父の真面目さは何に起因するのか。

――警察の世話になるようなまねをするんじゃない。

息子が万引きで捕まったと聞いたとき、どれほど動揺しただろう。警察沙汰《ざた》になれば、自分の過去の罪も露見するのではないかと恐れた。だからあれほど強く叱り、道徳教育を徹底した――。

父は背を向けると、玄関ドアへ向かった。洋平はその後ろ姿を見送った。立派だった父の背が欺瞞《ぎまん》に見えてきた。

抱いている疑いをぶつけて、きっぱり否定してほしい。一笑に付してほしい。しかし、無理だった。母と同級生だった父。高校時代から片思いだった。一途《いちず》な感情は時に暴走する。最近ではストーカー殺人も珍しくない。

父が――父がもし母の両親を殺したのだとしたら、自分は一体どうすればいいのだろう。実の父の無実を証明することで、育ての父の罪が証明されてしまったら――。

洋平は闇を飲み込んでいるような通りの先へ歩いていった。

7

「――さん。石黒さん」

電車の揺れの中で呼びかけられ、洋平は我に返った。隣に座る涼子を見やる。彼女は心配そうにしていた。

「大丈夫ですか。お疲れのようですが……」

「すみません、大丈夫です」洋平は答えた。「ええと、今日は鑑識課の捜査官を訪ねるんでしたよね」

「はい。堂園さんのノンフィクションを読み返していたら、気になる記述を見つけたんです。『原さんの決意を知った警察関係者の中には、寝た子を起こさんでくれ、と土下座して翻意を懇願する者もいた。ちなみにそのS鑑識官は処分を受けていない』というものです。鑑識課は裏金作りに関与していません。主導は会計担当です。にもかかわらず、裏金作りとは無関係なS鑑識官が――塩村《しおむら》さんという名前ですが、土下座までする。なぜでしょう」

「分かりません」

　思考は放棄した。頭の中を占めるのは、父のことだった。出入り口前でベビーカーを守るように立っている夫婦を見つめるうち、胸が締めつけられた。幸せだった家庭が全て偽りだったとしたら、自分は何を信じて生きていけばいいのだろう。パンドラの箱には希望など存在しなかったのかもしれない。

　涼子に声をかけられ、駅に着いたのだと分かった。原に土下座した塩村の家は、大《おお》田《た》区東馬込《まごめ》の住宅地にあるという。雨雲が垂れ込めており、今にも雨が降りそうだった。

彼女に付き従うと、塩村宅はアパートに挟まれた日陰の中にぽつんと建っていた。錆《さ》びた門扉、歪んだ雨樋《あまどい》、閉められたままの雨戸――築何十年だろう。

涼子がチャイムを鳴らし、数分待った。ドアが開き、前頭部が薄くなった白髪頭の男が顔を出した。黒焦げの芋虫じみた眉《まゆ》の下に、小粒の目がある。

「塩村勇《いさむ》さんですか」

彼女が尋ねると、男は「そうだが」と怪訝そうに答えた。捜査官というより、需要のない工芸品を黙々と造り続ける老職人のような哀愁が滲《にじ》み出ていた。

自己紹介してから涼子が切り出した。

「あなたは原さんの告発を止めようと土下座までしたそうですね」

塩村は顔を歪めた。それが唯一の反応だった。なぜ知っている、とも聞き返さなかった。口を開くことすら警戒しているように。

「寝た子を起こさんでくれ――。そう訴えたとか。現在進行形で行われていた裏金問題の暴露を恐れていたなら、〝寝た子〟とは表現しないでしょう。あなたが恐れていたのは、裏金問題の絡んでいた〝赤嶺事件〟の再浮上だった。そうでしょう？」

表情こそ変わらなかったものの、瞳《ひとみ》には不安がちらついていた。メディア関係者から自信満々に追及されれば、無理もない。元々、直情的で臆病《おくびょう》な性格なのかもしれない。原の行動に動揺し、土下座までしてしまうほどなのだから。

「あのとき、何を発見してしまったんですか」涼子が一歩踏み出した。「それを握り潰《つぶ》すよう、神谷さんに命じられましたね？」

諸々《もろもろ》の情報から推測した当てずっぽうだろう。だが、神谷の名前が飛び出した瞬間、白髪の生え際に汗の玉が滲み、眉間《みけん》を伝った。塩村はドアを閉じたそうにその縁を握り締めている。

「……お、俺はもうすぐ定年なんだ。波風を立てんでくれ。退職金を失ったらおしまいだ。病気の妻の治療費で逼迫《ひっぱく》しているんだ」

「神谷さんは今、警視庁捜査一課長のポストに就いています。守るべき立場があります。昔の警察の罪が明らかになったとき、誰を生贄《スケープゴート》にするでしょうね？」

鼻の脇を伝った汗の玉は、顎《あご》先から滴り落ちた。

「ガイシャ宅の窓枠に指紋が——」塩村は口を開いたが、言い切る前に閉じた。決意が滲み出た瞳が瞬く間に暗く淀《よど》んだ。かぶりを振る。「いや、駄目だ。忘れてくれ」

「警察の罪ですよ。無実の人間を死刑台に送り込んだんですよ」

「知らん。俺は何も知らん！」

塩村はドアを叩《たた》き閉めた。内側から鍵《かぎ》が回る音が聞こえた。

「……頑《かたく》なでしたが、不意打ちで訪ねた価値はありましたね」涼子が言った。「たぶん被害者宅の窓枠に何者かの指紋が残されていたんです。塩村さんは犯人の侵入経路だと考え、採取して報告したんだと思います。しかし、握り潰された。薄々、何かあると感じたはずです。そして結論を出した。〝赤嶺事件〟には関わってはいけない、口をつぐんでおこう、と」

彼女の推理もほとんど耳に入ってこない。指紋。窓枠に残っていた指紋。真犯人のものだとしたら、それは――。

心臓がどくんと跳ねた。

どうすればいいのだろう。赤嶺信勝の無実を追ったら、目を背けたい現実が掘り起こされるかもしれない。

「――石黒さん。どうしました？」涼子は怪訝《けげん》そうに訊《き》いた。「間違いなく犯人の指紋ですよ。破棄されていなければ、真犯人特定の重要な証拠になります」

洋平は答えなかった。鼻先を水滴が打った。見上げると、太陽は分厚い雨雲に覆い隠されていた。一帯があっという間に薄暗くなり、暗黒の世界が押し寄せてきたように思えた。

問題は誰が真犯人なのか、ということだ。窓枠の指紋で逮捕されるのは誰か――いや、逮捕はされない。事件発生から二十一年。以前聞いた涼子の説明によると、時効の延長は過去に遡《さかのぼ》って適用されないという。つまり、六年前に時効はすぎている。しかし、逮捕されないからといって、真実を明らかにできるだろうか。

「……悩み事ですか」

　問われ、洋平は涼子の顔を見返した。彼女に打ち明けたらどうなるだろう。特ダネになるとはいえ、不必要に疑惑を書き立てて相手の人生を破滅させるようなことはしない──と思う。だが、信用できるからといって、告白できるかは別問題だ。

「私たちは同じ側に立っているんです。〝赤嶺事件〟絡みなら一人で抱え込まないでください」

真摯《しんし》な口ぶりに心が揺らぐ。

〝赤嶺事件〟は、自分自身が無実の可能性を信じていたから相談できた。しかし、育ての父への疑念は違う。

曇り空が裂け、雨が降りはじめた。

「傘、持って来ればよかったですね」涼子が言った。「駅まで急ぎましょう」

洋平は彼女に背を向けると、黙って馬込駅のほうへ歩きはじめた。途中、堂寺《どうでら》児童公園が目に入った。坂道のようなコンクリートの幅広い滑り台の横に、寝そべった土管を隠すようにタイヤがうずたかく積み上げられている。見上げた先には、墓標めいた石の柵《さく》が雨の幕に滲んでいた。

階段の前で振り返った。涼子も濡《ぬ》れそぼっていた。栗色の髪は額に貼りつき、雨は涙のように頬を流れ落ちている。

「夏木さん……」

彼女は覚悟を決める時間を与えてくれるように、ただ黙って雨の中に立っていた。

「父が――犯人かもしれません」

「赤嶺さんが……」

「違います。そうじゃなくて……育ての父です」

口に出したとたん、全世界の色が消え失《う》せた。雨音も遠のき、時間が停止したような間があった。

「……根拠はあるんですか」

「父は母と同級生で、片思いをしていたんです。高校時代のアルバムの写真を見て知りました。でも、父は出会いを隠して、母とは遺産相続の相談を受けて知り合ったって、嘘をついていたんです」

「でも、それだけじゃ――」

「父は極端なほど警察沙汰《ざた》を避けていました。司法書士で真面目な性格だからだと思っていました、でも、実際は指紋やDNA採取が怖かったんです。そう考えたら筋が通ってしまうんです」

「過剰な妄想というわけではないんですか？　事件という非日常の中に身を置いてしまうと、そういうこともありますよ」

「……僕もそう思いたいです」

「だったら、確証もないうちから疑わないほうがいいです。全ては表面どおり、見たままかもしれません。高校時代の片思いを隠していたのは気恥ずかしかったからで、警察沙汰を避けていたのも本当に真面目な性格だったから。そんな可能性もあります」

「それならなぜ赤嶺信勝は無実を叫ばないんですか。『死刑執行起案書』のことで罪悪感があったのは事実です。本人から聞きました。でも、それは問題なかったんです。吉川芳江は冤罪《えんざい》ではなく、罪を犯していました。判断は正しかった。そう伝えたのに、無実を訴えず、罪を被《かぶ》っています。なぜなんですか」

「それは——警察を庇《かば》っているとか」

「警察に義理立てする理由はないんです。そもそも、警察の罪——裏金問題を暴こうとしていたんですから」

涼子は黙ってうなずいた。

「赤嶺信勝は死刑囚としてすごすうち、誰が真犯人か気づいたんです。田渕弁護士に僕ら家族の様子を見に行ってもらったら、真犯人かもしれない男が僕や母と暮らしている——」

「自分が罪を被れば平穏は守られる。そう考えたとしても、不思議はありませんね」

涼子は苦汁を飲み込むように顔を歪《ゆが》めた。「たしかに私も不自然さを感じてはいました。『死刑執行起案書』の贖罪《しょくざい》意識だけで、死刑判決に甘んじられるだろうか、と」

「でも、僕ら家族を守るためだったとしたら――」

母を偏執的に愛した父が犯行に及んだ。一方、裏金問題の隠蔽《いんぺい》を目論《もくろ》む警察は、赤嶺信勝の恋人の両親が殺されたことを利用し、罪を着せて排除した。それが真相だ。

「僕はどうしたらいいんでしょう」

雨脚はますます激しくなっていた。服はびしょ濡れになり、今の気分同様重く、体を締めつける。

「……すみません。私には答えられません。私が答えていい問題でもないと思います」

「でも、自分一人じゃ何も分からないんです。だって、実の父の無実を証明しようとしたら、育ての父の罪が……」

洋平は縋《すが》る気持ちを涼子に向けた。彼女はそれを真正面から受け止め、言った。

「〝赤嶺事件〟、忘れますか？　裏金問題の隠蔽。口封じ。証拠の捏造《ねつぞう》――。冤罪の可能性は極めて高いです。しかし、確証はありません。全てを忘れて引き返せば、なかったことにできます」

「でも――」

「育ての父親への疑念は疑念のまま、忘れられます。それこそ妄想じみた状況証拠しか存在しないんですから」

「でも――」

「踏み出してしまったら――〝赤嶺事件〟を追及してしまったら、疑念が確信に変わるかもしれません。そうなったらもう取り返しがつきません。今なら疑念で留《とど》まります」

彼女の言葉は、奈落《ならく》に垂れ落ちてきた一本のロープだった。摑《つか》み取れば日常に戻ることができる。たとえ両方に疑念の種を残そうとも、死刑が執行されれば、やがて薄れていく――かもしれない。将来、ふと思い返し、あのときは馬鹿な妄想で父を疑ったなあ、と苦笑する日がきっと来る。

赤嶺信勝とは少し会話しただけで、何の思い出も積み重ねていない。疑惑の死刑が執行されても、悲しみや苦しみは長く続かないだろう。二十年、父親だった育ての父を失うほうがきっと何倍も悲しく、苦しむに違いない。

しかし、本当にそれでいいのだろうか。実の父の罪も育ての父の罪も疑念のまま終わらせるのか、両方とも真相を明らかにするのか。

自分が選んだ〝父さん〟が救われ、選ばなかった〝父さん〟が殺人犯となる。

二者択一。両方は救えない。

どちらを選べばいいのだろう。

血か絆《きずな》――いや、違う。洋平はかぶりを振った。そういう問題ではない。何が正しいか。自分が何を正しいと信じ、どう行動するか、という問題だ。

「……石黒さん」雨のせいで泣き顔に見えた。「思い悩んでいるなら、面会して本人から話を聞くべきです。弁護士連れなら刑務官の立ち会いもありませんから」

8

赤嶺信勝との面会の許可がなかなか下りず、一週間もかかった。だが、柳本弁護士が粘り強く交渉し、何とか認めさせた。法の専門家として彼の存在は心強く、安心して任せられる。

洋平は柳本弁護士と共に面会室に入った。アクリル板の向こう側には赤嶺信勝が座っている。今回は刑務官が監視していない。

最近までは刑事収容施設法の規定に基づき、死刑囚との面会は弁護士が相手でも職員が立ち会っていたという。立会人がいない〝秘密面会〟は、拘置所長の裁量に委《ゆだ》ねられていた。だが、二〇一三年十二月、『〝秘密面会〟を禁じてきた拘置所長の判断は裁量権の範囲を逸脱している』と最高裁が判決を出した。それによって、『再審請求の打ち合わせで弁護士が死刑囚と接見する際は、原則として職員の立ち会いを禁じる』と法務省が通達を出したのだ。

「また――来たのか」

相変わらず喜びよりも拒絶の響きが強い。避けられない死の運命を息子に見せたくないと願っているかのように。

「……うん」

うなずくのが精一杯だった。恐ろしい疑念にぶつかった今、話を聞くのが怖かった。しかし、避け続けるわけにはいかない。

柳本弁護士はパイプ椅子に腰掛け、赤嶺信勝を見つめた。

「お久しぶりですね、赤嶺さん」

赤嶺信勝は彼の顔を観察するようにしばらく眺め、目を剝《む》いた。口は半開きで固まっている。驚くのも無理はない。彼は当時、赤嶺信勝に死刑を求刑した検察官なのだから。

「柳本――さん。柳本さんか？　なぜあんたがここに？」

「……弁護士に鞍替《くらが》えしましてね。どうにも、検察官は私に不向きだったようで。まあ、弁護士業も向いているかと言われれば、肩をすくめるしかないでしょうが」

「いや、なぜ息子と一緒に？」

「息子さんはあなたの無実を証明しようとしています。私の当時の判断はおそらく間違いでした。罪のない人間を死刑囚監房に押し込んでしまったとしたら、私は、過ちを正したいと思っています」

赤嶺信勝は、柳本弁護士を前にしても敵意を全く見せなかった。

「手遅れだ。再審請求など、容易には通らない。何より——」唯一の蠟燭《ろうそく》の火が消えてしまった奈落のように、光が一切存在しない真っ暗な瞳《ひとみ》だった。「由美を失った今、未練もない」

胸が締めつけられる。洋平は感情のままに声を上げた。

「僕は父さんまで失いたくないんだ！」

「……お前には父親がいるだろう、立派な」

赤嶺信勝は表情を歪めていた。思い返せば、以前の面会でも育ての父の話を口にするとき、苦渋の形相をしていた。誰が犯人か知っているから、欺瞞《ぎまん》の褒め言葉が棘《とげ》のように自分の喉《のど》を切り裂いていたのだ。

「父さんがなぜ無実を訴えないのか、分かってるよ」洋平は緊張と共に唾《つば》を飲み、喉を鳴らした。覚悟を拳《こぶし》に握り固める。「僕の育ての父親が真犯人だって知ってるんでしょ」

表情が一瞬で変わった。瞠《みは》った目を隠すように顔を逸《そ》らす。現役時代なら巧みに反応は抑え込んだだろう。窮地を窮地と見せず、優勢を優勢と見せない――。そんな検察官としての技術を備えていたと思う。だが、それは長年の拘置所暮らしで錆《さ》びつき、だからこそ、これほどあからさまな反応をしてしまった。

「やっぱり――」洋平は打ちのめされ、うなだれた。「そうなんだ。あの父さんが母さんの両親を――」

初耳だった柳本弁護士は隣で言葉を失っていた。だが、自失状態から立ち直ると、愕然《がくぜん》とした口調で言った。

「石黒さん。それは本当ですか」

「違う！」赤嶺信勝がぴしゃりと鞭打《むちう》つように言った。「馬鹿言うな。お前は自分を二十年間愛し、育ててくれた父親を疑うのか。何の根拠もなく」

洋平は拳を睨《にら》み、全てを語った。話を聞くうち、赤嶺信勝の顔に安堵《あんど》が滲《にじ》む。

「状況証拠ばかりだな。どうやら俺の無実を信じたいあまり、妄想にとり憑《つ》かれたらしいな。由美の両親を殺したのは俺だ。妊娠が分かっても結婚に反対され続け、おろせとまで言われ、人殺しと罵倒《ばとう》された。我慢の限界だった」

洋平は自分の拳から赤嶺信勝の顔に視線を移した。

「嘘だ」

「嘘じゃない。何度も言わせるな」

「嘘だ」

「……俺のことは忘れろ。死刑が執行されれば、〝赤嶺事件〟は終わる」

「終わらない。僕の中じゃ、永遠に終わらない。血の繋《つな》がった実の父親を無実で死なせた後悔を抱えて、一生生きていかなきゃならなくなる」

「冤罪《えんざい》というのはお前の願望だ」

「父さん」洋平は赤嶺信勝から目を逸らさなかった。「僕は――今日、覚悟を決めてきたんだ。真相を知る覚悟を」

その決意が伝わることを切望した。面会室に静寂が降りてきた。十秒か二十秒か、あるいは一分以上か。黙って見つめ合った。赤嶺信勝は息子の瞳の中に覚悟を読み取ろうとしているかのようだった。二十一年間沈黙してきた想いを語るには、むしろ短すぎる間だろう。洋平は黙って待った。しかし、赤嶺信勝が全く口を開かないので、ついに焦れて身を乗り出した。

「一緒に闘おうよ、父さん！」

絆より血を選んだわけではない。正しいと信じる行動を選んだだけだ。

無実の罪で死刑になるのは間違っている。絶対に！

「血の付いた検察官バッジを隠そうとしたなんて話、嘘なんでしょ。神谷って捜査官のでっち上げだよね」

赤嶺信勝は無表情だった。

「そうだ――と言ったらどうする？」

「矛盾を探すよ。だから詳しく教えてよ」

「無駄だ」

「赤嶺さん」柳本弁護士が口を挟んだ。「不自然なものを枠の中にいびつに押し込もうとしたら、必ず反発があり、はみ出します。それを見つけて摑《つか》むことができれば、全てを引っ張り出せます。白日の下に晒《さら》せるんです」

赤嶺信勝の握《にぎ》り拳に力が入ったのが見て取れた。

「現場の血痕《けっこん》の時間差、抜き取られていたフィルム、トイレから出てきたわざとらしい燃え残りの衣服片――。全てが偽装工作を示唆しています。もう少しなんです。もう少しで警察が証拠を仕込んだことを暴けそうなんです」

「……無理だ」赤嶺信勝はかぶりを振った。「絶対に暴けない」

「なぜそう言い切れるんです」

「二人共、勘違いしている。証拠を仕組んだのは警察じゃない」

「じゃ、誰なんです」

「――俺だ。俺が証拠をでっち上げた」

赤嶺信勝の台詞《せりふ》が理解できなかった。

「と、父さんがって……何？」

「文字どおりに解釈すればいい。だから警察を調べても無意味だ」

「え、まさか――」続けるつもりの言葉はあまりに突拍子がなさすぎ、発するのを躊《ちゅう》躇《ちょ》した。「父さんが自分を有罪に見せかけたってこと？」

「そうだ」

「冗談でしょ。何で。何でそんなことを。吉川芳江のことがあったから――？」

「違う。そうじゃない」赤嶺信勝は天井を見上げ、息を吐いた。そして視線を戻した。顔にはある種の覚悟が表れていた。「俺は――由美を疑っていた。由美が両親を殺したのだと」

「まさか！」洋平はパイプ椅子を倒しながら立ち上がった。アクリル板に顔を近づける。「母さんが家族を殺すなんて……そんな、ありえない！」

「分かっている。今では俺の思い込みだったと断言できる。だが、あのときは違った。俺は長年誤解していた」

「じゃあ、父さんは母さんを庇《かば》うために――？」

赤嶺信勝はうなずくと、語りはじめた。

ている。

一九九四年七月十二日――。

赤嶺信勝はビールを呷《あお》った。騒がしい居酒屋で、向かいには友人の大町哲夫が座っている。

「――由美はおろせと言われたそうだ」

大町は「信じられんな」と呆《あき》れ顔で首を振った。「死刑反対を訴えながら孫に死刑宣告か。人殺しなんて罵倒した奴が人殺しだぞ」

「由美も同じようなことを言い返したそうだ。我慢できなかったんだろうな」

「当たり前だろ。愛する男の子を宿したのに、堕胎なんて……黙って聞き入れる女がいるかよ」

「だよな。だけど、もし由美が従ってしまったら――」

「彼女を信じろよ。愛してんだろ。産んでくれ、駆け落ちしよう、って言えばいい」

「だけどな、最近の由美の苦しそうな顔を見ていると……何も言えなくなるんだよ。俺の一言で粉々に砕いてしまいそうでな」

「思い切って一緒に逃げちまえば吹っ切れるって。あんな左翼かぶれの似非《えせ》人権屋、義父にできねえだろ」

「そう簡単にいくかよ。俺はな、生まれてくる子には誰からも祝福されてほしいんだよ」

「贅沢《ぜいたく》言うな。俺なんか、馬鹿やってた子供《ガキ》のころは、お袋にあんたなんか産まなきゃよかった、なんてよく言われたけど、立派に育ったし、今じゃそこそこ仲良くやってるぞ」

赤嶺はアルコール臭い息を吐くと、ビールを飲み干した。追加で注文してから大町に向き直る。

「俺はどうしたらいいんだ？」

「駆け落ちだろ。それがいやなら、どんと構えてろよ」大町は趣味のカメラを取り出し、シャッターを切った。「ほら、笑顔だ、笑顔」

「よせよ」

赤嶺は手のひらで顔を隠した。しかし、大町は店内じゅうに響くほど大笑いしながら、フラッシュを光らせた。

「まったく」赤嶺は苦笑いすると、席を立った。「由美に電話で話してみるよ。母親が出てくれたらいいんだけどな」

携帯電話はまだ普及しはじめたばかりで、互いに所持していない。電話は彼女の実家にするしかなかった。もし父親が出ると、名乗ったとたん罵声《ばせい》が浴びせられ、叩《たた》き切られてしまう。母親の場合は、迷惑そうに皮肉程度は言われるものの、取り次いでもらえる。

店内の公衆電話に百円玉を落とし、番号をプッシュした。コール音が続いた。十秒、二十秒——誰も出ない。

初めてのことだった。

——あの人が死ねばこんなに苦しまずにすむのに。

由美が漏らした台詞がふいに浮かび上がった。背骨が氷柱《ひょうちゅう》にすり替わったような悪寒を覚えた。いやな汗が額から滲《にじ》み、顎《あご》先まで伝い落ちる。

まさか、な——。

否定しようとしても否定できない不安感。赤嶺は席に戻り、「悪い。帰る」と言い残し、千円札を置いて居酒屋を出た。タクシーが見当たらず、ふらつきながら駆けた。夜の住宅街がぐるぐる回り、胃の奥底から嘔吐《おうと》感が突き上げてきた。電信柱に手を突き、内容物を吐き出した。袖《そで》で口を拭《ぬぐ》うと、少し不快感が治まった。再び走り、走り、走り——。

途中でパトカーのサイレンを聞いた。それは夜の静寂を切り裂く金切り声のようだった。

二十分後、鷹野家に着いた。数台のパトカーが血を撒《ま》くようにサイレンを放っている。大勢の野次馬の顔が赤と黒に染まっていた。ただ事ではない。一目で分かった。

赤嶺は息を呑《の》むと、現場に近づいた。立ち入り禁止のテープの前に警察官が陣取っている。検察官バッジを見せ、状況を尋ねた。

「ここに住んでいる夫婦が刺殺されたようです」

「……む、娘は？」

「一一〇番した二十代の女性ですね。怪我はありませんでしたが、現場で呆然《ぼうぜん》としており、保護されました」

「彼女は被害者なのか？」

「いえ。言動が支離滅裂なので、被疑者と見ているようです。近所の住民は口論をよく耳にしていたとか」

心臓が波打った。

――あの人が死ねばこんなに苦しまずにすむのに。

――あの人が死ねばこんなに苦しまず。

――あの人が死ねば。

リフレインする由美の台詞。汚泥のように脳裏にこびりついて離れない。

まさか、と思いたい。追い詰められた由美が両親を殺したのか。

彼女の苦しげな顔が蘇《よみがえ》る。切れる寸前まで削られた神経を切断する一言を父親が放ったのか。

もし由美の犯行だとしたら、彼女を板挟みにした自分にも責任はある。一体どうすればいいのか。

警察官に最低限の状況を確認し、野次馬を押しのけて鷹野家から離れたときだった。由美の高校の同級生だった石黒剛が駆け寄ってきた。乱れた前髪は汗で濡《ぬ》れ、海草のように額に貼りついている。

石黒は鷹野家の斜め向かいに住んでおり、生活圏が由美と近く、何度か顔を合わせたときに彼女から紹介された。司法書士をしているらしく、法律関係者同士、名刺も交換していた。

「なあ、赤嶺さん。大変なことになった。由美ちゃんが警察に連れて行かれちまった」

「……第一発見者として事情聴取を受けるだけでしょう」

それは自分に言い聞かせる言葉だった。

「いや、まずいぞ、あれは」石黒は辺りを見回すと、声を潜めた。「俺、見ちまったんだ」

不吉な一言に心臓が鷲《わし》摑《づか》みにされた。やめてくれ。馬鹿な話は聞かせないでくれ。

内心で懇願しながらも、平静を装って訊《き》いた。

「見たって、何をですか」

「家の窓から見ちゃったんだよ。真っ赤に染まったシャツを着た由美ちゃんが自宅を出て、裏の雑木林のほうへ向かう姿を」

馬鹿な、と大きな声が漏れ、夜に響き渡った。だが、喋《しゃべ》り交わす野次馬たちの声が騒がしく、誰も注意を向けなかった。

「俺、どうしたらいいのかな？」

「そんなこと、当然警察に――」

由美が逮捕されたらどうなる。腹の子は？　拘置所で産むのか？　あるいは、殺人犯の子供という不遇を背負わせないために堕胎するのか？

養子に出せば、過去は打ち消せるかもしれない。だが、それでいいのか。由美は納得するのか。捨てるくらいなら産まないほうがまし――。そう考えたりはしないだろうか。

「赤嶺さん。俺、由美ちゃんを助けたいよ。警察に正直に話すべきなのか？」

決まりきった答えで救いを求めるような響きがあった。

「いや……」とっさにかぶりを振った。石黒が暗に求めている答えが口から流れ出た。

「何か事情があるのかもしれません。先入観を与えると彼女が逮捕されかねない」

「そう――だよな。血の付いたシャツだって、俺の見間違いかも。暗かったし。赤い薔薇《ばら》の模様だったとか。な？　そうだよな？」

「はい。彼女が両親を殺すなんて、ありえません」

「分かった。俺と赤嶺さんの秘密だ」

由美の不利になることは誰にも話さない、というニュアンスがあった。

「ありがとうございます」

赤嶺は石黒と別れ、雑木林へ向かった。ケヤキやブナなどの広葉樹が栄養を奪い合うように密生していた。枝葉が頭上で交差し、樹冠が夜空を遮っている。月光もほとんど射し込まず、影が草むらに覆いかぶさっていた。徘徊《はいかい》し、辺りを調べて回った。

巨石が鎮座した草むらの陰にそれは捨ててあった。

血みどろのシャツは、間違いなく由美のものだった。デートで何度か見たことがある。信じられない思いだった。

何とかしなければ、と焦った。彼女の腹には命が宿っている。二人を守らなければいけない。行動を起こすには今しかない。鑑識が終われば何らかの物証が見つかるだろう。由美が逮捕されるのは時間の問題だ。一時間後なのか、二時間後なのか。

懐からライターを取り出し、指をかけた。躊躇《ちゅうちょ》する。

だが——それは本当に正しいことなのか？　検察官として犯罪を許さず、バッジの『秋霜烈日』に恥じない使命感を全うしようと心掛けてきた。愛する女性の犯行だとしても、罪を償わせることこそ正義なのではないか。

状況を聞いたかぎり、死刑はないだろう。父親の思想と由美の苦しみを鑑《かんが》みれば、情状酌量される。何より、検察官の恋人を人殺し扱いしていた事実は、担当検察官を不愉快にするに違いない。父親への同情心は薄れ、由美への共感が勝る。子供が成人式を迎える前に出てこられる。

だが――。

だが――。

出所後に子を引き取るつもりなら、養子には出せない。殺人犯の子として育てなくてはならない。中学時代、友達の父親が隣の村で強盗殺人を行い、逮捕されたことが脳裏に蘇った。加害者家族は人殺し扱いされ、結局、母親は首を吊《つ》った。残された友達は引き取り手もなく、施設に預けられた。

同じような悪夢が由美や我が子に起こる――。

冷静に思索しているつもりでも、半ば酔い、時間がかぎられている中、異様な状況下でパニックに陥っていたのだろう。気づいたら由美の血だらけのシャツに火を点《つ》けていた。

証拠隠滅に手を染めてしまった以上、後戻りはできなかった。高ぶる感情のままに行動した。コンビニで購入したカッターナイフで前腕を傷つけ、血を小さなビニール袋に採取した。

その後、東京地検刑事部の『本部事件係』という立場を利用し、鷹野家に踏み込んだ。鑑識は到着して間もなかったらしく、廊下から順に証拠を採取していた。

本来は鑑識が終わっていない場所へは踏み入れないが、彼らの目を盗んでリビングに進み入り、自分の血をソファに撒《ま》いた。

安心したのもつかの間、自分にアリバイがあることを思い出した。犯行推定時刻に大町と一緒だった。しかも、彼が撮影した写真もある。

鷹野家を出ると、大町宅を訪ねた。夜の十二時前だった。

「迷惑をかけるかもしれない」

思わせぶりな台詞《せりふ》を吐きつつ、隙を窺《うかが》ってカメラからフィルムを抜き取った。自分のアリバイを潰《つぶ》してから帰宅した。被害者の血が付着した衣服——現場で半乾きだったガラステーブルの血痕《けっこん》をにじり付けた自分のシャツ——を焼き、燃え残りをトイレに仕込んだ。

深夜を回ってから現場に引き返し、捜査官の目に留まるように血まみれの検察官バッジ——衣服と同じく現場で被害者の血をこすりつけておいた——を拾い上げて隠す動作をした。案の定、見咎《みとが》められた。それは罪を被《かぶ》るうえで決定打となった。

「——というわけだ」赤嶺信勝は吐息を漏らした。「俺は由美と腹の中の我が子を庇《かば》うために罪を被った」

信じがたい真実だった。証拠を捏造《ねつぞう》したのは、裏金問題を調べる検察官を排除したい警察だと考えていた。まさか自作自演だったとは——。

冷静になってみると、事件発生直後、赤嶺信勝を嵌《は》めるために短時間で血液を入手するなど不可能だ。穴だらけの推理だった。警察陰謀説にとり憑《つ》かれ、細部の疑問点を放置していた。たぶん何らかの方法で入手したのだろう、としか考えていなかった。

赤嶺信勝の自作自演なら全て可能だ。証拠の数々が不自然に見えたのは、自ら事件後に仕組んだからか。

「取り調べでは、庇い立てを疑われないよう、悪足掻《わるあが》きして否認した後、尋問に屈して自白したように装った。俺は検察官失格だ。バッジに——『秋霜烈日』に被害者の血を擦《こす》りつけたとき、検察官としての誇りも信念も、一緒に汚したのだと思う」

洋平はパイプ椅子を起こして座ると、緊張が絡む息を吐き出した。

吉川芳江を死刑に追いやった贖罪《しょくざい》意識は、母と胎児を庇うという想いだけなら萎《な》えそうになる気力を奮い立たせるために、あえて自分に科した十字架だったのかもしれない。

「……懲役刑ですむと踏み、俺は罪を被った。主文が後回しになったとき——死刑判決が出る場合は、判決理由から先に読まれる慣例があるんだ——、俺は愕然《がくぜん》とし、膝《ひざ》から崩れそうになった。最初から死刑判決が確実な事件だったなら、二の足を踏んだかもしれない」

赤嶺《あかみね》信勝は悔恨とも受け取れる眼差《まなざ》しで宙を見据えた。柳本弁護士は唖然《あぜん》としていたものの、質問をはじめた。二人の会話が途絶えたタイミングで洋平は訊《き》いた。

「父さんは母さんが無実だっていつ気づいたの？」

「裁判の途中だ。事件から四年か、五年が経ったころだった。発見されなかった凶器について言及された。そのとき、ふと疑問に思った。なぜ由美のシャツと一緒に凶器が発見されなかったのか。別々の場所に捨てる意味はない。警察に発見されない捨て場所があるなら、シャツもそこに捨てればすむ。なぜ別々に捨てたのか。凶器は決して発見されない場所に捨てて、シャツは発見しやすい場所に捨てる——。犯人の行動としては不自然すぎる。まるでシャツだけは発見してもらいたがっているようだ」

赤嶺信勝の言うとおり、たしかに違和感がある。母が犯人なら、証拠は同じ場所に捨てるだろう。

「俺はとんでもない思い違いをしていたんじゃないか。そう気づいた。由美の血まみれのシャツは、彼女に罪を着せるための偽装工作ではないか。では誰が仕込んだのか。石黒剛は血だらけのシャツを着た由美が雑木林へ消えた、と俺に語った。彼女が犯人でないなら、その目撃証言は嘘ということになる。だが、実際にシャツは発見された。目撃証言は嘘なのに証拠が出てくる——。そんな矛盾を解決する状況は一つだけだ。

石黒剛が犯人だった場合だ。由美の両親を殺害した後、彼女の部屋から盗み出したシャツに血をつけ、雑木林に隠してから目撃者を装う……」

父が証拠隠滅や偽装工作に及ぶ姿を想像して慄然《りつぜん》とした。父の顔が醜悪な悪魔の形相に変わる。血塗られた顔と手——。

洋平は身震いした。震える自分の拳《こぶし》を睨《にら》みつける。

「……すまない」

苦悩に満ちたつぶやきを耳にし、洋平は顔を上げた。

「何で父さんが謝るの？」

「墓場まで持っていく覚悟だった。お前を苦しめたくなかった。育ての父親を立派な父親と信じて、平穏に暮らしてほしかった」

赤嶺信勝の覚悟と想いに胸が押し潰された。

「俺が無実であることは——俺が由美を庇っていることは、彼女だけが知っていてくれていたらいいと思っていた。だが、由美が無実なら、彼女にとって俺は両親を殺した殺人犯でしかない。最愛の女性に憎まれていることはつらかった。だが、どうして今さら供述を引っくり返せる？　突然そんな話を聞かされても、由美はどうすればいい？　果たして無実を信じてもらえるのか。俺がそんな訴えを起こしたら、彼女を苦しめてしまうかもしれない。もしかしたら、事件に折り合いをつけ、普通の暮らしを取り戻そうと必死になっているかもしれないんだ。彼女が一度も傍聴に現れないことがその証左だと思えた。俺は、謝罪の手紙を手渡してもらう、という名目で、弁護士に様子を見てきてくれるよう、頼んだ」

田渕弁護士から聞いている。

「弁護士から話を聞いた俺は愕然とした。由美が石黒姓になっていたんだからな。俺は恥知らずにも由美を再び疑った。遺産目当てで石黒剛と共謀し、両親を殺したのではないか、と」

「まさかそんな！」

「分かってる。由美がそんなことをするわけがない。だが、拘置所の死刑囚監房で孤独な毎日を送っていると、疑心が芽生えてしまう。真偽を確かめる手段もないんだ。だが、由美が石黒剛に騙《だま》されて結婚したのだとしたら――どうすればいい？　由美や息子が殺人犯かもしれない男と暮らしてる。俺は動揺した。だから、弁護士に何度か様子見を頼んだ。こっそり撮影した家族写真を見せてもらうと、想像と違い、三人は幸せに仲睦《なかむつ》まじく暮らしていた。三人の笑顔は本物で、眩《まぶ》しいほどだった。お前も石黒剛を父親だと信じ、懐いているようだった。彼を疑ったのは、俺の妄想かもしれないと思った。あまりに自然な〝家族〟だったから」

赤嶺信勝の口ぶりには、全てを奪われた者の苦悩が滲《にじ》んでいた。

「俺が無実を主張したら、幸せを壊してしまう。俺が想像する真実が明らかになったなら、まだましだ。二人から夫と父親を奪うことになっても、俺がいる。由美が赦《ゆる》してくれるかは分からないが。だが、騒ぐだけ騒いで何も変わらなかったら？　石黒剛が犯人じゃなかったら？　あるいは犯人だったとしても証拠が出てこなかったら？　由美に夫への疑心を植えつけるだけで終わってしまうかもしれない。夫を疑いながら生活は続けていけない。いずれ破綻《はたん》する。だから疑惑は誰にも話せなかった。担当の弁護士にさえも。その弁護士は彼女を法廷に呼んで証言をさせたがっていた。情状酌量のために。だが、俺は拒絶した。それだけは許さない、と」

赤嶺信勝は母と息子の幸せだけを考えていたのだ。最初からずっと。

洋平は熱を帯びた目頭を拭《ぬぐ》った。胸が詰まる。言葉を返さなければと思うものの、喉《のど》が締めつけられて声が出ない。唾《つば》を飲み込み、深呼吸してから口を開いた。

「一度も真実を訴えたいと思わなかったの？」

「……一度も思わなかったと言えば嘘になる。俺は何のために誰を庇っているのか。分からなくなることもあった」自嘲《じちょう》の笑みを漏らしながら面会室内を見回した。いや、もっと全体を——拘置所内を見回したつもりだろうか。「死刑囚監房に入れられ、末尾ゼロの所内番号で呼ばれていると——他の拘禁者と区別するために、死刑囚は桁数《けたすう》が多い番号や末尾ゼロの番号を与えられるんだ——、自暴自棄な諦《あきら》めから抜け出せなくなる」

「でも、無実なんだから――」

「一・八メートル×三メートル。何か分かるか？」

　洋平は首を横に振った。

「死刑囚の独居房の広さだ。そんな中で刑務官としか話せない孤独な毎日を送っていると、希望も意思も奪われる。俺の場合は、あまりにも長い歳月、同じ立場だった吉川芳江の死の責任を自分に科することで現状を受け入れようとしてきたから、なおさら行動を起こせなかった。気づいたときには贖罪意識に雁字《がんじ》搦《がら》めになっていた」

「父さんが再審請求を考えたのは、時効がすぎたから？」

「違う。由美の手紙があったからだ」

「手紙？　何それ」

「由美は去年の終わりごろから、俺に面会しようとしていた。だが、〝殺人犯〟と〝遺族〟の面会など、拘置所が認めるはずもない。そんなものは特例中の特例だ。結局、面会は叶《かな》わないと諦めた由美は、俺の弁護士に手紙を預けたんだ。接見の際に朗読された。内容は――要約すると、『長年あなたの犯行だと思い込み、憎んでいたが、冷静に振り返れるようになってから色々おかしさに気づき、無実ではないかと考えるようになった。無実ならそう証言し、再審請求をしてほしい。犯人かもしれない人間を知っている。罪を認めさせるつもりだ』というものだ」

「だから再審請求を――」

「いや、俺は行動を起こさなかった。由美が犯人を思い違いしていたら、俺の再審請求で彼女が悪夢のような真実を知ってしまう。俺は弁護士に手紙を預けた。『俺のことは忘れてくれ、家族三人、幸せな生活を送ってほしい』と。すると、彼女から再び手紙が返ってきた。弁護士の朗読では、『私は離婚しました。息子も先日成人しました』とさりげなく書かれた上で、『真実を知る覚悟はできています』と結ばれていた」

離婚に触れた理由は分かる。母は父が犯人だと確信していたのだ。赤嶺信勝がそれを気にして無実の罪に甘んじていることも。だからこそ、事実を告白してももう大丈夫、と暗に伝えたのだ。実際は離婚しているからといって、誰も傷つかないわけではない。母はそんな答えを出すまでにどれほど葛藤《かっとう》しただろう。

「手紙でがんのことを告白されていたら、俺も必死になったかもしれないが……今思えば、俺を余計に苦しめると思ったんだろうな」

――もしもお父さんが大きな罪を犯していたとしたらどうする？

母の問いかけが蘇《よみがえ》る。〝赤嶺事件〟を知ってから思い出したときは、父のことではなく赤嶺信勝のことを訊いたのだ、と考えた。しかし、今思えばやはり父のことを訊いていたのだ。実の父が無実を訴えれば育ての父の罪が露見する。息子に知られる。

無意味な探りだったとしても、母としては問わずにいられなかったのだろう。

「俺は何日も悩んだ。〝赤嶺事件〟の証拠が自作自演だと訴えても、鼻で笑われるのがオチだ。仮に信じてもらえたとしても、なぜ罪を被《かぶ》る必要があったのか、問題になる。由美の名前を出せば、彼女に迷惑をかけるし、メディアが彼女を容疑者として書き立てるおそれもある。そんなとき、ちょうど裏金問題の発覚を知った。田渕弁護士に詳細を聞き、告発した警察官が覚せい剤取締法違反で逮捕されたと知ったとき、利用できるかもしれないと思った。俺も二十一年前は裏金問題を調べていた。今回のケースが警察による口封じなら、俺の事件も同じ論法を主張できるかもしれない。だが、結局俺は吉川芳江のことを考え、再審請求を取りやめた。夢の中で『お前だけが助かるのか』と怨念《おんねん》の言葉を繰り返すんだ」

「でも、もう吉川芳江のことを思い悩む必要はないんだよ」

「ああ。お前が真相を突き止めてくれた」

「だから心置きなく再審請求できる」

「……無駄だ。再審を認めさせるだけの新証拠は何もない。死刑囚の告白だけでは、死刑逃れの嘘八百だと切り捨てられるだろう」

洋平は血の味がするほど下唇を噛《か》み、食い込む爪で手のひらの皮膚が裂けそうなほど拳を握り締めた。

「真犯人の自白があったら――？」

赤嶺信勝は目を剝《む》いた。

「石黒剛の――ということか？」

「うん。僕が説得するよ」

「よしたほうがいい。傷だらけになるだけだ。父親を責め立てるのか？」

赤嶺信勝の忠告が胸に突き刺さる。

二十年間、育ててくれた父を殺人犯として糾弾し、自白を求める――。もう二度と父子の関係には戻れないだろう。想像したとたん、思い出が走馬灯のようにあふれてきた。小学生のころ、お化け屋敷でどんどん先に進んだら、父が母の手を引きながら慌てて追いかけてきたこと。公園の鉄棒で逆上がりの練習をして成功したとき、「写真撮って、写真」とねだり、父が大急ぎで家までカメラを取りに帰り、息急《せ》き切りながら戻ってきたこと――。全てが偽りだったとは思えない。中には真実もあっただろう。

だが――間違いは正さなければいけない。

洋平は一呼吸すると、赤嶺信勝の目を真っすぐ見据えた。

「僕はもう覚悟を決めたんだ」

9

東京拘置所を出ると、外で待っていた涼子に全てを語った。さすがの彼女も赤嶺信勝の自作自演には驚きを隠せなかったらしく、しばらく絶句していた。

「僕は――父に話をしてみようと思います」

「二十一年前の殺人を告白するように、ですか」

「はい」

「お父さんは認めるでしょうか？」

「〝赤嶺事件〟はもう時効になっているんです。自白しても裁かれません」

「もちろんです。でも、石黒さんのお母さんは、死を前にして夫に告白を求めたんでしょう？　それでも無駄だったんですよ」

彼女の言葉には現実の重みがあった。言われてみれば、母は犯人に罪を認めさせる、と宣言した。しかし、父は認めなかったのだ。認めていれば再審請求は実現しただろう。闘病中の母が命を賭《と》して訴えたにもかかわらず、父は罪を否定し続けた。息子が訴えても結果は変わらないかもしれない。

「石黒さん。法的な罪は逃れることはできても、社会的な罪は逃れられません。時効だからといって殺人を告白できる人間がどれほどいます？」

「告白しても公にはならない、って説得したら――」

「無理です。検察史上、前代未聞の一大不祥事である〝赤嶺事件〟が冤罪《えんざい》だった――なんてセンセーショナルなニュースは、マスコミを大いに賑《にぎ》わせますよ。当然ながら捜査官は記者に漏らすでしょう。犯人が自白してきた、と。そうなったら、名前が調べ上げられるのは時間の問題です。それが分かっているからこそ、お父さんは沈黙を続けているんです」

赤嶺信勝の死刑が執行されてしまえば、罪は闇に葬り去られる。後少し――後少し我慢すればいい。父はそう考えているのか。

洋平は奥歯を噛み締めた。

父の善良な心を信じたい。だが、法律や規範を守る真面目な性格は、警察を恐れる逃亡者ゆえの警戒心だった。父の本当の姿は、罪の発覚を恐れ続ける卑劣な殺人者――。

だとしたら決して告白しないだろう。

哀しみに胸を切り裂かれた。優しく温かだった父を卑劣な殺人者と切り捨てたくはない。だが、父を否定し、悪魔のように思い込まねば向き合えそうもない。

「じゃあ、一体どうすれば……」

涼子は少しのあいだ、思案するように目を閉じた。通りを行き交う車の走行音が風に流されてくる。やがて彼女は目を開けた。

「石黒さん。本気でお父さんに罪を自白させたいんですか？　事が明るみに出たら、あなたも無傷ではすみません。メディアの突撃を受けるかもしれません。それでも、お父さんを追及しますか」

改めて問われると、決心が揺らぎそうになる。今は覚悟をレンガのように積み上げている状態だ。一押しで崩れ去る――。それほど脆《もろ》く、不安定だ。

父に疑念をぶつけた時点で父子関係は終わる。終わってしまう。作ってきた思い出の数々も砕け散り、未来は消えてなくなる。彼女の言葉どおり、自分も傷だらけになるだろう。

だが――。

洋平は涼子を見つめた。

「僕は父の口から真実を聞きたいです」

彼女は覚悟のほどを探るように目を見返してきた。何秒か視線が交錯した。

「……分かりました。そこまで決意が固いなら、私が何とかします」

「可能なんですか？」

「普通なら罪を認めたりはしないでしょう。ですが、時効になった夫婦惨殺事件の真犯人としてメディアを賑わせるよりも避けたい事態になるとしたら、話は別です」

翌日午後四時半、洋平は涼子と柳本弁護士に合流した。タクシーで移動したのは、新宿署の前だった。警察署というより古びたホテルの様相を呈している。入り口の前には数人の記者が陣取っていた。

「覚悟はいいですね？」

涼子に問われた。洋平は黙ったまま彼女に目を向けた。

「警察関係者に話したら、後戻りはできませんよ」

洋平は彼女の言葉を反芻《はんすう》した。父との思い出は自分にとって全て本物で、忘れようとしても忘れられない。父がいたからこそ、今の自分がある。

しかし、間違いは正さなければいけない。それは昨日から何百回と繰り返している呪詛だった。自分にとっては呪いの言葉だ。過去の殺人の真相を明らかにし、冤罪被害者を救う――。それは世間的には正しい行為だろう。しかし、息子にとってはどうか。分からない。

――真相を追った結果、本当に正しい結末が訪れるのか、それは誰にも分かりません。そもそも何が正しい結末なのか。

冤罪の解明が必ずしも正義とはかぎらない、という涼子の言葉の意味がようやく理解できた。

「……僕は進みます」

百パーセントの本心でなくてもそう答えた。躊躇《ちゅうちょ》の言葉を吐いたら決断が揺るぎそうで怖かった。

「先にお父さんに話をする手もありますが」

「どっちにしても、自白は警察に持ち込まないと再審請求の役には立ちません。先も後も変わりません」

詭弁《きべん》だ。言いわけだ。逃げだ。自分に父を追及する覚悟がないから、全てを他人に――彼女と警察に委《ゆだ》ねようとしているだけだ。割り切れない感情を割り切るには、後戻りできない一線を踏み越えるしかない。

洋平は内心で父に謝った。

――ごめん、父さん。

二十年間の恩を仇《あだ》で返すようなまねをしてしまう。でも――と歯を嚙《か》み締める。真実が明らかになって責めを受けることになったら、自分も半分罪を背負うよ。

だから――息子の裏切りを許してほしい。

建物の前で待っていると、数台の車が停車し、背広姿の男たちが次々と降り立った。

降り方にエリート然とした動きが感じられる。相貌《そうぼう》は鋭く、刃物の切っ先のような近寄りがたさがあった。襟に輝く赤いバッジの中央には『S1S mpd』の金文字。選ばれし捜査第一課員という意味らしい。警視庁捜査一課の捜査官たちだ。

涼子は彼らから目を離さずに言った。

「今日は、大久保《おおくぼ》で発生した殺人事件の捜査会議があるそうです。知り合いの記者から得た情報です」

「あっ、お二人とも。来ましたよ」

柳本弁護士の目線の先を見やると、捜査一課長、神谷保の姿があった。捜査官たちの真後ろを威風堂々と歩いている。

「神谷さん！」

彼女が神谷に駆け寄った。反射的な行動なのか、捜査官たちが壁を作るように身構えた。

「記者か？　話すことはまだないぞ。発表を待て」

「違います」柳本弁護士が歩み寄った。「こんにちは、神谷さん。彼女は『久瀬出版』の夏木さんです」

神谷は無表情のまま涼子を見つめた。

「〝赤嶺事件〟の件です」彼女が言った。「お話があって来ました」

「これから捜査会議だ。昔話の時間はない」

「よろしいんですか？『社会の風』の来週号に掲載される記事をあらかじめお見せしようと思ったんですけど……」

神谷は部下たちを睨《にら》み回した。

「問題ない。すぐ行く」

その二言で暗黙の指示を悟ったらしく、捜査官たちはうなずき、新宿署へ入っていった。

「お時間をいただき感謝します」涼子は原稿を差し出した。「どうぞ」

神谷はそれを受け取り、目を這《は》わせた。氷の仮面が融《と》け、下から憤怒の形相が現れた。

「何だ――これは」

「来週号に掲載する記事です」

涼子が徹夜で作成した原稿だった。

『**赤嶺事件！**』

『**警察の証拠捏造《ねつぞう》！**』

事前に見せてもらった原稿には、そんな太字のタイトルがでかでかと躍っていた。裏金問題を調べていた検察官を排除するため、当時の捜査官が独断で偽証拠を仕込んだ、と書かれている。証拠が捏造である根拠として、様々な不自然さに触れてある。

百人中九十人は冤罪《えんざい》を疑う内容だ。記事は、『当の捜査官は今や出世し、警視庁の中でも重要なポストに就いている』と結ばれていた。

神谷が冷静さを失うのも無理はない。証拠の捏造など行っていないにもかかわらず、行った前提での糾弾記事になっているのだから。しかも、『独断で』という表現がさりげなく盛り込まれている。これが掲載されて世論が燃え上がれば、警察組織が保身のために何らかの措置を考えることもありえる。たとえば、独断で捏造した捜査官——神谷の排除など。

「出鱈目《でたらめ》だ」神谷は心臓を一突きしかねない口調で言った。「警察組織への挑戦か？タダじゃすまんぞ」

涼子は、覚悟の上です、と言いたげな微笑を浮かべた。事が問題化したとき、処分されるのは組織じゃなく、あなた個人ですよ、と瞳《ひとみ》は無言の圧力をかけている。

「……何が望みだ？」

彼女は神谷の尖《とが》った眼差《まなざ》しを真正面から受け止め、小首を傾げた。

「とぼけるな。警察批判をする記者が事前に原稿を見せに来るなど、ありえん。俺を揺さぶりたいか、協力を得たいか。いずれにせよ、目的は掲載ではない」

「さすがに話が早いですね。私たちは〝赤嶺事件〟の真犯人を突き止めました。被害者遺族の鷹野由美さんと結婚した石黒剛という男性です」

洋平はぐっと歯嚙《はが》みした。後戻りできない一歩を踏み出した。真犯人を警察官に――しかも警視庁の捜査一課長に告げた。

神谷の顔に驚きは全く表れていなかった。訓練や経験の賜物《たまもの》というより、既知の事実を告げられでもしたようだった。

「しかし、残念ながら絶対的な物証がありません」

「そうだろうな。〝赤嶺事件〟の犯人は赤嶺信勝だ。冤罪ならば当人がそう訴えているだろう」

「赤嶺さんは恋人が犯人だと思い込み、彼女を庇《かば》うために自分を犯人に仕立て上げたんです。私たちの目的は無実の赤嶺さんを死刑から救い出すことです。時効がすぎた事件なので、石黒さんが自供してくれれば再審請求できます」

「それが事実だとすれば、警察は相当な失態を犯したことになるな」

「十四年、死刑囚として収監されていた男が無実。真犯人は時効で罪を逃れている――。たしかに失態ですね。警察としては、〝赤嶺事件〟は地中深く埋めたまま朽ち果てるのを待ちたいでしょう。気持ちは理解できます」

言質を取られないようにだろう、神谷は返事をしなかった。

「私たちは真犯人の自供を得るための協力をお願いしに来ました。こちらが提示できる条件は二つです」涼子は人差し指を立てた。「一つ。先ほどの記事を掲載しない」

中指も立てる。「二つ。釈放された赤嶺さんが自身の証拠捏造を告白する。そうすれば、警察は無能の烙印《らくいん》を押されません。冤罪で一人の人間の人生を長く奪った事実も、当人が恋人を庇っていたなら、警察は責められないでしょう」

本来ならば、真犯人の逮捕は大手柄だ。しかし、それによって警察が恥を掻《か》くとしたら、出世どころか左遷されかねない。神谷の協力を得るには、よほどの条件が必須《ひっす》だった。

「……交渉上手だな。脅迫と甘言の二本の矢か」

「脅迫なんて人聞きの悪い。どちらも懇願です」

涼子も警視庁捜査一課長に言質を取られないよう、注意している。もっとも、彼女が〝赤嶺事件〟という爆弾を懐に抱え込んでいる以上、脅迫罪で逮捕したりはしないだろう。

「時間がない」神谷は腕を組んだ。「手短に話してくれ」

10

起伏を作る多摩丘陵は、広葉樹の緑に覆い尽くされていた。開発から四十数年。高齢化が進んでおり、田園風景の中に建ち並ぶ団地群を出入りするのは、白髪の老人が多かった。電信柱には、学生の入居者募集の貼り紙が目立つ。若者の呼び込みが急務なのだろう。

多摩市に来るのは二度目だった。〝赤嶺事件〟が起きた土地だ。

夕闇が忍び込む時間帯、雑木林は薄暗かった。無造作に伸びた枝葉が交錯して夜空を隠している。奥まで続く巨木の群れが風を遮っており、草むらのざわめきも聞こえない。

洋平は三人――涼子、柳本弁護士、神谷――と共に待った。十分ほど経ったとき、木々のあいだから人影が進み出てきた。父だった。顔に当惑が滲《にじ》み出ている。

「こんな場所に呼び出して……どうした」父は面々を見回した。「何事だ？」

心臓は耳障りなほど高鳴っている。父の顔を見たとたん、言葉は喉《のど》の奥に絡まった。自分がとんでもない卑劣な裏切りをしている気分になる。一対一で――父と子として向き合い、訴え、真実を告白してもらうべきだった。しかし、一人で父に罪を認めさせられる気はしなかった。

「弁護士さんと刑事さんだよ、父さん」

父の顔に不安の影がよぎった。

「実は――」洋平は緊張と共に息を吐いた。「父さん――赤嶺信勝の無実が判明したんだ」

父が目を剝《む》いた。「ほ、本当か！」

「うん。母さんを守ろうとしていたんだよ。母さんが両親を殺したんじゃないかって、疑って、パニックになって、庇うために証拠を細工したんだ」

父は怒鳴りも否定もしなかった。普通なら、彼女がそんなまねをするはずがない、と声を荒らげるだろう。赤嶺が無実だと知っていたからこそ、反論しないのか。

洋平は深呼吸すると、血痕《けっこん》の時間差、消えたフィルム、衣服の燃え残り、血の付いた検察官バッジについて説明した。

「全部、自作自演だったんだ」

「証明はできるのか？　できたら釈放だな」

「残念ながら――」柳本弁護士が口を挟んだ。「本人の証言だけで再審請求は難しいと思います」

「……まあ、そりゃそうだろうな」

「冤罪を明らかにするには――真犯人の自供が必要です」

父は不穏な空気を嗅《か》ぎ取ったのか、答えなかった。神経質そうに靴底で雑草を踏みにじっている。

「洋平」不安を押し隠した声だった。「なぜ父さんにそんな話をする？　何か手伝ってくれということか？」

「うん……父さんに助けてほしいんだよ」

「……何だ？」

洋平は目を閉じた。世界が真っ暗な虚無の静寂に閉ざされ、一瞬、現実から置き去りにされたように感じた。自分の緊張した息遣いが唯一の音だった。

目を開け、父を真っすぐ見据える。

「父さんなんでしょ、母さんの両親を殺したの」

言ってしまった。二十年間の父子関係を失う一言を——。

放たれる言葉に予感を抱いていたせいだろう、父は驚きの表情を作るのを忘れていた。慌てたように言い募る。

「な、何を言い出すんだ。馬鹿な妄想だぞ」

妄想であったならどれほどいいだろう。父も、困った奴だな、まったく、と苦笑いし、自分も、ごめん、と謝って仲直りする。二人で力を合わせて真犯人を見つけ出す。そして赤嶺信勝を救い出す。現実が想像と違ったらこのような未来もあっただろう。

しかし、否定できない状況証拠が多すぎる。

洋平は感情を交えないように意識しながら、父を疑った理由を語った。最初は高校時代のアルバムで父と母が同級生だと知ったこと。写真の数々を見て片思いを知ったこと。父が極度の警察沙汰《ざた》を避ける本当の理由の推測。母と赤嶺信勝が交わした手紙の内容。血まみれのシャツを着た彼女が雑木林へ逃げた、と父が赤嶺信勝に耳打ちしたこと――。

父の喉が薄闇の中で上下した。唾《つば》を飲み込む音が聞こえてきそうだった。

「ここ、赤嶺信勝が母さんのシャツを発見した場所なんだ」

父は断罪の場に導き入れられたように辺りを見回した。

――正直に答えてよ、父さん。

洋平は内心で懇願した。正直に罪を告白してくれたら、これ以上、父を責める苦しさを味わわずにすむ。傷だらけにならずにすむ。こんな糾弾の場には一秒だって居たくない。

父さん、お願いだから――。

「……洋平」父が口を開いた。「お前は赤嶺を――実父を追い求めるあまり、妄想に囚《とら》われているんだ。たぶん、無意識下で、一方の父親を助けるにはもう一方の父親を捨てるしかない、なんて思いがあるんだろう。だから父さんを犯人だと思い込もうとしている。目を覚ませ。父さんを捨てなくても赤嶺は助けられる！」

「でも、状況的にはもう――」

「全部説明できる」父は柳本弁護士や涼子、神谷を順に見た。「同級生で片思いだと隠していたのは、単に照れ臭かったからだ。高校時代から母さんだけを見ていた、なんて話しにくいだろ。赤嶺に送った手紙で、母さんが誰を真犯人だと考えていたのかは分からん。父さんには一言も言ってくれなかった。彼女は一人で悩んでいたんだと思う。血まみれのシャツに関しては、大嘘だ。父さんはたしかに母さんの近所に住んでいた。だが、事件当日、母さんを目撃したりはしていない。酔い潰《つぶ》れて眠っていたら、サイレンの音で目が覚めた。外に出たらもう野次馬だらけだったよ。シャツの話は、死刑逃れに赤嶺が嘘をついている。それだけは断言できる」

筋が通っているように聞こえる。だが――今となってはもはや信じることはできない。

「父さん。〝赤嶺事件〟は時効なんだ。六年も前に十五年が経過してる。もう罪に問われない。正直に話してよ。父さんが僕に見せてくれた立派な背中、本物なら嘘をつかないで」

父の顔が歪《ゆが》み、額に横皺《じわ》が寄り集まった。毛虫のような眉《まゆ》は両端が垂れ下がり、今にも泣き崩れそうに見えた。だが、かぶりを振り、「父さんは犯人じゃない。思い違いだ」と言い切った。

洋平は木立の前に立つ涼子を見やった。目線で救いを求めた。一言一言で自分の心を抉《えぐ》りながら、血潮を吐く思いで問い詰めた。だが、もう限界だ。息子として父をこれ以上追及できない。父が自発的に自白してくれたらよかったのに――と思う。

彼女はうなずくと、父を見据えた。

「残念です。あなたを救う提案だったんですが……聞き入れてもらえませんでしたか」

「救うだと？　私は犯人じゃない」

「いえ、犯人です。シャツの件はもっともらしい説明でしたが、赤嶺さんが嘘をつく理由がありません」

「死刑逃れだ。そう言っただろ」

「赤嶺さんは洋平さんのために罪を被《かぶ》り続けていました。彼はあなたが犯人だと気づきながらも、愛する女性と息子の家庭を壊したくなくて、黙っていたんです。洋平さんが説得しなければ、犯人として死刑になるつもりだったんです。そんな彼がなぜあなたを犯人にする嘘の証言をするんですか？　シャツの件を耳打ちした目撃者が欲しければ、架空の人間をでっち上げても同じなのに」

涼子の詰問は苛烈《かれつ》だった。父は反論の言葉を失い、震える唇を引き結んでいる。

「あなたが罪を認めたくない理由は分かります。でも逃げ得――」涼子は首を横に振った。「それは無理です。あなたは〝赤嶺事件〟の実行犯として逮捕されます。そのために――」神谷を一瞥《いちべつ》する。「警視庁捜査一課長に同行してもらっています」

父の目玉は眼窩《がんか》からこぼれ落ちそうになっていた。

「馬鹿な。時効がすぎた事件で逮捕？　法にも則《のっと》っていないし、誤認逮捕でもある。それこそ大間違いだ。犯人が海外にいるあいだは時効が停止されるそうだが、私は海外旅行などしたことがないぞ」

「私は実行犯として逮捕される、と言ったんです」

「どう違う？　同じだろうが。〝赤嶺事件〟は過去の事件だ。終わった事件だ。息子が言ったとおり、時効は六年前にすぎている。犯人が誰であれ、捕まえることはできない」

涼子は人差し指を立てた。

「刑事訴訟法第二百五十四条第二項――ご存じですか？『共犯の一人に対してした公訴の提起による時効の停止は、他の共犯に対してその効力を有する。この場合において、停止した時効は、当該事件についてした裁判が確定したときからその進行を始める』」

「何だそりゃ。意味が分からん」

「つまり、こういうことです。共犯者の起訴から結審までのあいだは時効を停止する、その時効の停止は他の共犯にも及ぶ、という法律です」

「……な、何が言いたい？」

「赤嶺さんは七年もの長期裁判を闘いました。あなたが赤嶺さんの共犯者だった場合、彼の起訴から結審までの七年強、時効は停止されていたことになります。まだあなたの時効は終わっていませんよ」

父は口を半開きにしたまま硬直していた。

「赤嶺さんに失うものは何もありません。再審請求が通らないなら道連れです。赤嶺さんはあなたを共犯者として、罪を被っていたと供述します。証拠の自作自演は容易に判明するでしょう。血痕《けっこん》の時間差は一目瞭然《りょうぜん》ですから。赤嶺さんの自作自演が証明された場合、誰を庇《かば》っていたのかが問題になりますね。鷹野由美さんは自宅にいませんでした。それにあれだけの凶行は女性では困難でしょう。彼女が犯人でない証拠なら、いくらでも出てくると思いますよ。調べられたらまずいのは、真犯人のあなたでは？」

父は軋《きし》む音が聞こえそうなほどの歯軋りをした。突き出た枝葉を握り締める。

「損得勘定をしてください。自供して赤嶺さんを助ければ、時効がすぎた罪で裁かれることはありません。メディアが報じるかもしれませんが、いいですか、逮捕はされません。しかし、赤嶺さんを見殺しにするなら、共犯の実行犯として逮捕されます。世間のバッシングどころか、死刑判決は揺るぎませんよ」

父は重病人のように弱って見えた。あっという間に十歳は老けている。洋平はシャツの上から自分の胸を握り締めた。父の苦しげな顔に心が痛む。

「石黒さん」涼子が父に言った。「育ての父と実の父が共犯――。そんな悪夢は避けましょう。どちらに転んでも洋平さんを傷つけるなら、どちらを選ぶべきかよく考えてください」

父ははっとしたように顔を上げた。そんな父と目が合った。その眼差《まなざ》しには愛情が窺《うかが》えた。

「彼女の助け舟に乗ったほうがいい」口を挟んだのは神谷だった。薄闇の底に立っていると、洞穴めいた黒目が何もかも吸い尽くしそうに見える。「鷹野家の廊下の窓枠――。当時、現場検証でそこから何者かの指紋が採取された。赤嶺が早々に逮捕されたことで問題視はされなかったが、赤嶺の無実が判明した今なら、誰のものか分かる。侵入者。殺人犯。そう、あんただ。不一致かどうか、試してみる度胸があるか？」

父は枝葉を握り締めたまま、へたり込んだ。枝がポキッと音を立ててへし折れた。闇が覆いかぶさる。神谷の脅迫じみた台詞《せりふ》は最初から耳に入っていないようだった。

涼子を見上げ、またうなだれる。

「すまん……」

父のつぶやきは雑木林が抱える闇の中に吸い込まれていった。聞き取るのが困難なほどだった。

しばしの沈黙の後、父が顔を上げた。

「父さんはお前を殺人犯の息子にしたくなかった。だから、罪は決して認めまい、と。弁解に聞こえるだろうが、本当の気持ちだ。たしかに父さんの愚行からはじまった。しかし、二十年間、お前や母さんを想っていた感情に嘘偽りはない。それだけは――それだけは信じてくれ」

洋平は言葉を返せなかった。いざ自白されると、あまりの身勝手さに胸が掻《か》き毟《むし》られた。

「母さんは――父さんの罪に気づいていた」

父は淡々と語った。

入院中の母を見舞ったとき、言われたという。

『赤嶺さんは無実だと思う。正直に答えて』

父は内心の動揺を押し隠しつつ答えた。

『赤嶺は自白もしているし、二十一年間、無実も主張していない。犯人なのは間違いない。なぜ赤嶺が無実かどうか私に答えられる？』

『あなたなら答えられるでしょ』

母が確信を持っていると悟ったものの、父は否定した。

『死刑が迫っているから、お前は疑心暗鬼になって、変な妄想に囚《とら》われたんだ。赤嶺に心が残っているからそんなふうに思うんだろ。まだあいつを忘れられないのか？

由美は――』

突然、ドアが開き、息子が入ってきた。二人揃《そろ》って顔が強張《こわば》った。聞かれていないことを願った。

『喧嘩《けんか》してるの？』と尋ねられたから、母が『何でもないの。治療の方針で意見が違って……』と誤魔化した。

息子が三十分ほどの見舞いを終えて帰ると、病室の廊下を確認してから話の続きをした。

それからは、見舞いのたびに彼女の追及がはじまった。父は否定し続けていたが、結局、母は『あなたとはもう一緒に暮らせない。離婚しましょう』と切り出した。

父は話し終えると、嘆息を漏らした。

「離婚の理由は看病疲れということにした。母さんに頼まれたわけじゃない。お前に真実を話すわけにはいかなかったからだ」

母が離婚を切り出したのは、赤嶺信勝に気兼ねなく再審請求してもらうためだと知っている。

「父さんは最期まで真実を隠し通した。母さんのためだった。死の間際に彼女を絶望させたくなかった。愛した男を長年殺人犯だと思い込んで憎み、真犯人と結婚していた――など、悪夢だ。父さんが認めなければ疑念で終わる。だが、今思えば自己保身だったかもしれない。死刑判決を受けた元恋人を心配し、無実を確信しながらも証明できないまま死んでいく。そのほうがよほど無念だっただろう。母さんから嫌悪や憎悪の眼差《まなざ》しを向けられるのに耐えられず、自分に言いわけして否定し続けた」

父は思いの丈を吐き出すと、最後にまた「すまん」と力なくつぶやいた。

間に合わなかった――。

病死する直前、母が漏らした謎のつぶやきが不意に蘇《よみがえ》る。その本当の意味が今、分かった。

母は父を疑い、自供するよう説得した。だが、真相を語らせられないまま自分の命が尽きると知り、無念のつぶやきが漏れたのだろう。

神谷は父に歩み寄ると、二の腕を乱暴に鷲掴《わしづか》みにし、立ち上がらせた。

「逮捕はできんが、署で話を聞かせてもらおう。行くぞ」

父は悄然《しょうぜん》とうなずいた。

洋平は一歩を踏み出した。

「父さん……」

父はゆっくりと振り返り、言った。

「父さんはたしかに罪の発覚を恐れていた。警察沙汰《ざた》にならないよう、細心の注意をしていたのも事実だ。だが、立派な父親であろうと努めたのは――お前に父さんのような人間になってほしくない一心だった。血が繋《つな》がっていないとはいえ、子供を持って、育てるうち、お前の存在が父さんを変えてくれた。だからといって犯した罪が減じるわけではないが、これだけは本当だ」

胸が掻き乱され、父に駆け寄りたくなった。だが、それは辛うじて自制した。父は罪を犯した。時効がすぎているとはいえ、二人の人間の命を奪った。

父は消える寸前の蠟燭《ろうそく》のような儚《はかな》い微笑を残し、背を向けた。神谷に連れられ、歩き去っていく。その背中は次第に遠のき、薄闇の中に溶けるように消えた。

涼子はナイフで自分の体を傷つけてしまったような顔をしていた。桜色の唇は引き結ばれている。

洋平は彼女を見つめた。

「いやな役回りをさせてしまってすみませんでした」

「……優しいですね。一番傷ついているのは石黒さんなのに」

「夏木さんにお願いしたのは僕ですから。夏木さんは何も間違っていません」洋平は平気だと信じてもらうために何とか笑ってみせた。「それにしても、共犯者の時効停止なんて、思いもしませんでした」

「後から発覚した共犯者にも遡《さかのぼ》って適用されるかといったら、実際問題、難しいかもしれませんね。でも、それっぽく聞こえたでしょう？　息子のあなたを守るためと信じて認めない可能性は想定していましたから、認めないとあなたを余計に傷つける結果になると分かれば、正直に自白してくれると思ったんです」

洋平は黙ってうなずいた。唇を噛《か》み、拳《こぶし》を震わせる。

残酷な真実も現実なら逃げることはできない。受け入れ、前に進むしかない。

「赤嶺さんは何が何でも救い出します」柳本弁護士が言った。「自供が録取されたら、田渕弁護士と共に再審請求をします。私は彼に死刑を求刑した立場上、アドバイザーに徹しますが」

拳に力が入った。

再審請求――。

短いようで長かった。遺品の手紙と写真で赤嶺信勝を知った直後、〝赤嶺事件〟で地獄へ叩《たた》き落とされた。必死で這《は》い上がろうともがき続け、ついに――ついに地上の縁に指がかかった。真相を暴き、赤嶺信勝が殺人犯ではないと突き止めた。しかし、真犯人は自分の育ての親だった。再び地獄へ蹴落《けお》とされた。

だが、重要なのは真実だ。

頬に水滴を感じ、雨だと思って樹冠を見上げた。違った。しずくは熱を帯びていた。実の父を想っての涙なのか、育ての父を想っての涙なのか、自分でも判断がつかなかった。

洋平は涙を拭《ぬぐ》うと、柳本弁護士に頭を下げた。

「父さんをよろしくお願いします」

「はい」

柳本弁護士がうなずくと、涼子が言った。

「もし裏金問題の発覚前なら――警察も〝赤嶺事件〟の真犯人を隠し通そうとしたかもしれませんね」

「え？」洋平は小首を傾げた。「なぜですか」

「発覚前に赤嶺さんの無実が証明されたら、彼が調べていた裏金問題も白日の下に晒《さら》されます。裏金問題が秘密ではなくなったからこそ、こういう結果になったんです」

まだ話の意味が分からなかった。

「……〝赤嶺事件〟は赤嶺さんの自作自演でした。証拠は自ら仕込んだものです。でも、警察も間抜けじゃありません。私の推測ですが、警察は見て見ぬふりをしたんです。真犯人が赤嶺さんに濡《ぬ》れ衣《ぎぬ》を着せた可能性を考えていながら、無知を演じたんです。証拠の捏造《ねつぞう》は発覚したら大問題になりますが、捏造を見破れなかっただけなら、それほどの痛手にはなりません」

はっとした。冷静に考えれば、警察は偽装工作に気づいていたはずなのだ。気づいていたからこそ、検察と結託し、血痕《けっこん》の時間差を見破った担当検察官の関を交替させたのだ。〝事件の割り替え〟が何よりの証拠だ。

警察は潔白ではなかったということか。赤嶺信勝を疑う証拠が見つかったとき、偽装を確信しながらも黙認し、起訴した。〝赤嶺事件〟はやはり警察にとっては庁舎の真下に埋まった爆弾だった。しかし、原の告発で裏金問題が発覚したことで、赤嶺信勝を恐れる理由が薄れた――。

警察の罪は永遠に眠ったままだろう。意図的な見落としに物証はない。

「どうするんですか？」

訊くと、涼子は小首を傾げた。

「どう――とは？」

「警察のしたこと、追及するんですか」

「……いいえ」

「いいんですか」

「警察を追及したら、罪を否定するために、赤嶺さんがまた有罪に仕立て上げられかねません。今大事なのは無罪を勝ち取ることです。私が前に話したように、〝正義の病〟は厄介なんです。一度罹れば、不正を糾弾することに快楽を覚えてしまう。麻薬と同じです。本来、人は綺麗なまま生きていくことはできません。人はみんな、色んなことに目をつぶり、時に間違った選択をしたり、過ちを犯したり、誰かを傷つけたりしながら、生きています。私は今回、あなたと冤罪疑惑事件の数々に関わって、〝正義〟の難しさを再認識しました。事件の表面だけを見て、人の心情を見なければ、大勢を傷つけます」

洋平は彼女の眼差しを受け止め、うなずいた。

「私は自分の〝病〟をこじらせないように心掛けながら、これからも自分にできることをしていくと思います」

11

洋平は祖父、涼子、柳本弁護士、田渕弁護士の四人と東京拘置所へ向かった。門扉の前には大勢のマスコミ関係者が待ち構えていた。車を降りるなり、フラッシュと質問の攻勢に遭った。彼らの相手は二人の弁護士が引き受けてくれた。

「さあ、石黒さんたちは中へどうぞ」

洋平は門扉を抜け、広い敷地内を歩き、拘置所の建物前へ来た。入り口の前の職員数人——制帽を目深に被《かぶ》り、マスクをしていた——が無言で頭を下げてくれた。辞儀を返し、息を吐く。

決定打は父の自白だった。父は元同級生としてしばしば母から相談されていた。主に死刑反対派の父親の横暴について、だ。話を聞くうち、彼女を救えるのは自分しかいない、という想いに囚《とら》われていく。これは赤嶺信勝には決してできない献身だ、と。そして彼女の不在を見計らって殺人――当時は彼女を苦しめる悪鬼の〝排除〟だと信じていた――に手を染めた。

だが、実際に犯行を終えると、恐怖に襲われた。混乱する頭に芽生えたのは、彼女の犯行に見せかければ、捜査側の赤嶺信勝が手心を加えてくれるのではないか、という淡い希望だった。だが、実際には予想外の事態が起こる。

赤嶺信勝の逮捕――。

思わぬ形で恋敵が姿を消したのだった。

それが二十一年目にして父が初めて語った事の真相だった。

父は逮捕こそされていないものの、多摩市の雑木林で別れて以来、一度も会っていない。息子をメディアの追及の巻き添えにしたくないという思いやりなのか、父自身、息子に合わせる顔がないからなのか。

父の自白があり、先日の再審請求審で東京地裁は裁判のやり直しを認め、赤嶺信勝の死刑と拘置の執行停止を決定した。

洋平は拳を握り固めたまま、建物を見据えた。

長かった。赤嶺信勝が母の両親を殺した死刑囚だという記事を目にしてからは、それを否定するために突っ走った日々だった。祖父は夢の中に立っているような眼差《まなざ》しをしていた。考えてみれば、自分とは比べ物にならないほどの年月、実の息子の罪と向き合い、苦しんできたのだ。息子のほうが死刑で先にこの世を去る覚悟もしていた。今になって釈放されると聞かされても、信じられない思いなのだろう。

遅れて二人の弁護士がやって来た。額の汗をハンカチで拭い、職員に挨拶《あいさつ》する。門扉の外のマスコミには、今も望遠で撮影されているだろう。

十五分ほど経っただろうか。建物のドアが開き、職員に連れられた赤嶺信勝が姿を現した。くすんだ色合いのトレーナーとズボン姿だ。白髪混じりの髪は乱れ気味だった。だが、痩《や》せ衰えた顔には多少血色が戻っている。

法務省によると、再審開始が決定した時点で死刑囚の拘置が停止されて釈放されるのは、去年の〝袴田事件〟が初だったという。前例があったことが幸いし、赤嶺信勝も即時釈放が決まった。

だが、闘いはまだまだこれからだ。再審が決定しただけで、無罪判決が確定したわけではない。検察がどう出てくるか。弁護側と同じく無罪を主張してくれれば、揉《も》めずにすむ。だが、もし——もし、父の自供を信憑性《しんぴょうせい》なしと切り捨てて、赤嶺信勝の有罪を求めてきたら、どのような結果になるか分からない。

赤嶺信勝は拘置所の建物が作る影の中に立っていた。

「……こうして外に出る日が来るとは思ってもみなかった」静かに頭を下げる。「皆さんの尽力のおかげです」

洋平は込み上げてくる感情を抑えたまま、口を開いた。

「おかえり、父さん」

寮を出て実の父と一緒に暮らそう、と思った。そして母との思い出をたくさん聞こう。二十年分の関係を積み重ねる時間はこれから充分ある。

父は顔を上げると、顔じゅうの皺《しわ》を寄せ集めるように穏やかな微笑を見せた。

「ただいま」

父は影の中から光の下へ一歩、踏み出した。

エピローグ

八年後――。

洋平は寮の中であぐらを掻《か》き、新型のスマートフォンで実の父に電話した。

「お、洋平。最近はどうだ」

「二週間前にも電話したばかりなんだけど……」

「うまくやっているのか？」

「まあね」

「どんな調子だ。少しは胸が張れるようになったか？」

洋平は自分の左胸に輝くものを見つめた。法学生《ジュリスト》の頭文字『J』が図案化されたバッジだ。三色――弁護士を表す白、検察官を表す赤、裁判官を表す青――の羽根が生えた風車のようにも見える。

司法修習生バッジ――。

猛勉強に実の父や柳本弁護士の指導もあり、こうして司法試験に合格することができた。

「まあまあ、かな。全部の実務修習が終わったとこ」

弁護修習では法律事務所で弁護士から指導を受けた。弁論準備手続きに参加したり、依頼者との打ち合わせに参加したり、様々な申請書を起案したりした。

検察修習では指導係検事の下、実際の事件が配点――割り当てられること――されると、被疑者の取り調べや起訴状の起案を行った。昔、柳本弁護士から聞いた検察官時代の体験談を思い出しながら、実習に取り組んだ。留置施設や警察署、刑務所の見学は興味深かったものの、司法解剖の立ち会いはさすがにショッキングだった。

裁判所民事部修習や裁判所刑事部修習では、傍聴と判決文の起案に勤《いそ》しむ毎日だった。裁判官室内で裁判官の仕事ぶりを目の当たりにすると、その多忙さに啞然《あぜん》とした。〝赤嶺事件〟で室瀬元裁判官から聞いた現実そのものだった。

同期の修習生たちとは、共に実習を行うことで信頼も深まり、仲良くなった。

「司法研修所の寮に入れたよ」洋平は言った。「抽選に外れてたら、アパート暮らしになるところだった」

〝赤嶺事件〟に関わって司法の現実を知るうち、気づけばこの世界に興味が湧いていた。〝赤嶺事件〟を調べていたとき、柳本弁護士の事務所で意欲的な司法修習生と出会ったことがきっかけになったかもしれない。

——正義ならどの立場にもあるんです。要は何を信じ、どんな志で何のために闘うか、の問題なんです。

彼女の台詞《せりふ》は今でも胸に残っている。

自分が法曹界の何かを変えてみせる——という青臭い情熱は、予備試験や司法試験を目指して勉強するうちに薄れたものの、意欲は持ち続けていた。

罪を告白した育ての父とは、年に一、二度、手紙を交わすだけの関係に落ち着いた。父の告発を決意したときは、その罪の半分を自分も背負う覚悟だった。だが、父のほうから身を引いた。実の父の気持ちを慮《おもんぱか》ったのだと思う。

時効に守られた父は、一生、償いを終えることができない。もう誰からも赦《ゆる》されない存在——。

自分は育ての父を赦しているのだろうか。あるいは赦せるのだろうか。父子の関係はもう失われたまま取り戻せないのだろうか。実の父の存在が育ての父の存在を忘れさせてくれる——。そう思ったこともあった。だが、無理だった。

実の父とは本当の父子として少しずつ関係を築いていけばいい。だが、育ての父とはどうだ。どう接すればいいのか、いまだ分からない。

もしかすると、だからこそ自分は司法の世界に飛び込もうとしているのかもしれない。罪を犯した人々と関わり、法律の意味や各々の贖罪《しょくざい》の方法を知れば、いつか父との接し方に答えが出せる日が来るかもしれない、と願って。

「道は決めているのか？」

「……それがまだ」

「もう決めてなきゃ、選択肢はなくなるだろ」

任官、任検には定員があり、希望者が全員裁判官や検察官の職に就けるわけではない。裁判官になるには試験や実地で優秀な成績を収めなければならないし、検察官になるには指導担当検事の推薦が必要だ。だから、最初から目標を定めて各実習に取り組んでいる修習生が多い。

一方、弁護士も就職難なので、法律事務所に雇われるのも苦労するだろう。

「実習でいろんな世界を学んだし、もう少しで摑《つか》めそうなんだ」

自分が何を望むのか。何を目指すのか。〝赤嶺事件〟を通じて学んだことを司法の世界でどう生かしたいのか。答えが出たとき、自分は本当の意味で大きな一歩を踏み出せると思っていた。

洋平は電話を切って寮を出ると、陽光に目を眇《すが》めた。一本の道がまばゆく照らされていた。

謝辞
連載作品の単行本化にあたり、法律面での誤りや正確な表現について懇切丁寧に貴重な指摘やアドバイスをくださった立命館宇治《りつめいかんうじ》中学高等学校教諭の太田《おおた》勝基《まさき》先生に厚く感謝します。
もしも作中に間違いがあった場合、その責任は全て作者にあります。

参考文献

『狂った裁判官』井上薫・著　幻冬舎新書
『「この人、痴漢!」と言われたら』粟野仁雄・著　中公新書ラクレ
『ハンドブック刑事弁護』武井康年、森下弘・編著　現代人文社
『弁護士の仕事がわかる本　改訂版』法学書院
『検察官の仕事がわかる本　改訂版』法学書院
『裁判官の仕事がわかる本　改訂版』法学書院
『目撃供述・識別手続に関するガイドライン』法と心理学会・目撃ガイドライン作成

委員会・編　現代人文社
『「逮捕・起訴」対策ガイド　市民のための刑事手続法入門』矢野輝雄・著　緑風出版
『弁護のゴールデンルール』キース・エヴァンス・著　高野隆・訳　現代人文社
『季刊刑事弁護　No・14　自白の任意性を争う』現代人文社
『刑事弁護Beginners ビギナーズ　実務で求められる技術と情熱を凝縮した刑事弁護の入門書』現代人文社
『代用監獄　33人の証言』佐藤友之・編著　三一書房
『ぼくは痴漢じゃない！　冤罪事件643日の記録』鈴木健夫・著　新潮文庫
『追及・北海道警「裏金」疑惑』北海道新聞取材班・著　講談社文庫
『日本警察　裏のウラと深い闇』北芝健・著　だいわ文庫
『警察腐敗　警視庁警察官の告発』黒木昭雄　講談社＋α新書
『裁判員のための記憶と証言の心理』榎本博明・著　おうふう
『知らないと危ない「犯罪捜査と裁判」基礎知識』河上和雄・著　講談社文庫
『新版　供述調書記載要領』捜査実務研究会・編著　立花書房
『元刑務官が明かす死刑のすべて』坂本敏夫・著　文春文庫
『死刑はこうして執行される』村野薫・著　講談社文庫

『逮捕（パク）られたらどうなる』安土茂・著　日本文芸社
『実践！　刑事証人尋問技術　事例から学ぶ尋問のダイヤモンドルール』ダイヤモンドルール研究会ワーキンググループ・編著　現代人文社
『法廷弁護技術』日本弁護士連合会・編　日本評論社
『ドキュメント検察官』読売新聞社会部・著　中公新書
『自白の心理学』浜田寿美男・著　岩波新書
『誤認逮捕』久保博司・著　幻冬舎新書
『裁判官はなぜ誤るのか』秋山賢三・著　岩波新書
『絶望の裁判所』瀬木比呂志・著　講談社現代新書
『警察はなぜ堕落したのか』黒木昭雄・著　草思社
『弁護士・検察官・裁判官になろう』ネクストドア・著　インデックス・コミュニケーションズ
『警察VS警察官』元北海道警察釧路方面本部長原田宏二・著　講談社
『警察内部告発者』元北海道警察釧路方面本部長原田宏二・著　講談社
『警察官の犯罪白書』宮崎学・著　幻冬舎
『病める裁判』渡辺保夫　伊佐千尋・著　文藝春秋
『鉄ごうしの中の留置生活』上田光生・著　文芸社

『裁判官だって、しゃべりたい！』日本裁判官ネットワーク・編著　日本評論社
『裁判官に気をつけろ！』日垣隆・著　角川書店
『「困った」裁判官』宝島社

解説

小橋《こばし》　めぐみ

数年前のこと。散歩の途中、よく手入れされ花がとても綺麗《きれい》に咲いているお家《うち》の花壇を見つけたことがあった。花が大好きな母に、この花壇の様子を知らせたいと思い、近寄って携帯で写真を撮ろうとしていたら、いきなり「どろぼう！」と叫ばれた。びくっとして振り向いた私に「あら、ごめんなさい。写真撮ろうとしただけだったのね」と家の主は言った。「最近よく持ってかれちゃうのよ。だから、あなたが犯人かと思って」とすまなそうに言った。

「いいえ、こちらこそ、勝手に撮ろうとしてすみません、とても綺麗だったから」

「いいのよ。好きに撮ってね」

お互いすぐに誤解は解けたが、生まれて初めて、泥棒呼ばわりされた衝撃は、なかなかのものだった。

小学校、中学校と地元の学校に通っていた私にとって、高校生になって一番変わったことは、なんといっても電車通学になったことだった。毎朝、満員電車に揺られながら、学校に通った。電車の中で初めて痴漢に遭った時は、怖くて声が出なかったことが悔しくて、次に遭ったら絶対声をあげてやるぞ、と固く心に誓った。

その数日後、満員電車の中、後ろからスカートの中に手が入ってきたのだが、その手を摑《つか》むことができないほど、車内はぎゅうぎゅうづめだった。「でも今日は絶対、痴漢を撃退するのだ」と息巻いていた私は思い切ってそのままの姿勢で「やめてください！」と叫んだ。車内は、しんとした。そして私の周りにいたサラリーマンは、一斉に自分じゃないと示すように私から離れた。自分の周りに空間ができた。恥ずかしくて下を向いた。犯人は分からずじまいだった。次にまた満員電車の中で痴漢に遭った時は、犯人だと思う人の足を降りる時に思いっきり踏んづけた。でももしかしたら、私は違う人の足を踏んだかもしれない。

「冤罪《えんざい》」とは、とても大きな、自分とはかけ離れた遠い出来事のように今まで思っていたが、冤罪予備軍は日常に溢《あふ》れているのだと、『真実の檻』を読んで痛切に感じた。

物語は、大学生の石黒洋平《いしぐろようへい》が、自分の本当の父親が「赤嶺《あかみね》事件」と呼ばれる殺人事件を犯した死刑囚であることを知るところから始まる。殺された被害者は、母親の両親――、つまり彼は、被害者の孫であり、加害者の息子であったのだ。この事実を受け入れられない彼は、「赤嶺事件」が冤罪の可能性もあり、父親は無実かもしれないという一縷《いちる》の望みに賭《か》け、この事件を調べ始める。

洋平は赤嶺事件を追う中で、冤罪の疑いのある事件に次々と遭遇する。一つ一つの事件を調べていく過程で、司法の抱える問題点を知り、自らの思い込みの危うさにも気づいていく。大学生である彼は、スポンジのようにそれらを吸収し、成長しながら「赤嶺事件」の真相に迫っていく。

警察の管轄である留置場を監獄に代用できる法律によって、いつでも自由に取り調べができる「代用監獄」や、家族や友人から切り離されて、自白を強要される「人質司法」によって、無実の人間も簡単に犯人に仕立てられてしまう可能性があることを知る。そして父親が殺人という大罪を認めてしまった状況を、洋平は理解する。

また、検察の問題――検察庁は約九十九・九パーセントの有罪率の低下を気にし、絶対に有罪を得られる案件しか起訴しないように訓告されていること。三回、無罪判決を受けた検察官は解雇されるという噂まであること。当時「赤嶺事件」を担当した検事は、その時大事だったのは真実より、有罪を勝ち取ることだったという事実を知る。

また、誠実で、厳格で、公平で真実を見抜くと思っていた裁判官は、常時三百件（！）もの訴訟を抱えていて、処理件数を増やすためには手抜きを選ぶこともあり、有罪の判決書を裁判前に書き、時間を短縮する。自分の判断に不都合な証拠は信じず、書類を重視する。裁判官ばかり集合している公務員住宅に住み、毎日職場と家を官用車で送り迎えされ、一般市民と交流する機会がない「隔離された生活」を送る結果、市民感覚とはかけ離れた判決を書くようになる。

記憶というのも常に作り変えられるから、目撃証言も百パーセント正しいのか、本当のところは分からない。警察には不祥事を隠すためのマニュアルまで存在する。

メディアは警察発表をそのまま垂れ流すだけで、独自の取材をしない。匿名の世界では自作自演や成りすましで、他人を陥れたり、印象操作したり何でも容易にできてしまう。

作家は、これでもかというほど、冤罪に繋《つな》がる要素を挙げていく。

冤罪は、司法だけでなく、関わった当事者たちの様々な思惑が絡み合った結果、生まれるものだと知る。司法の現実は、こんなにも脆弱《ぜいじゃく》で、危ういものだったのか、と、一度起訴されれば「有罪」という終着駅まで急行列車で一直線に走るようなものだということに、洋平と一緒に私は愕然《がくぜん》とした。

これでは、冤罪が生まれてしまうのも無理はないどころか、まだ埋もれている冤罪事件は他にもたくさんあるのかもしれない。

冤罪が生まれてしまう背景を理解し、真実へと近づいていく中で、洋平は、家族とは何かを何度も自問自答する。家族とは、血なのか、絆《きずな》なのか。育ての親か、生みの親か、生みの父親は有罪なのか無罪なのか。振り子のように揺れながら、真実へと近づいていく。

私は、この揺れる心の描き方が、とても好きだった。真実に近づくためには、何度だって揺れていいのだ、いや揺れるべきなのだ、と思った。

司法の問題点は、司法のみならずそのまま、現代の私たちの問題点と重ならないだろうか。

揺れることなく、一つの答えを見つけたら、そこに向かって一斉に突き進む。人は見たいものしか見ないし、思い込みもある。思惑もある。本当は、違うかもしれない、おかしい、と思っても見て見ぬふりをして、正しいとされる方向しか見ない。本当はもっと、答えを出すまでに立ち止まって、あらゆる観点から考えてみることが必要なのに。

この物語を読んでいると、何度も思い込みが解かれ、沢山の冤罪に繋がる要素を知ることによって、どんどん気持ちがフラットになっていった。受け皿が広がっていくように、真実の重みに備えることができる静かな強さが生まれた。

一人でも多くの人に、この物語を読んでほしいと切に願う。冤罪事件がこれ以上起きないために、真実を見抜く力をつけるために。

何より、ありとあらゆることに悩める者たちに、この物語は開かれている。ゆっくり進めと。

本書は二〇一六年三月に小社より単行本として刊行されました。文庫化にあたり加筆、修正を行っています。

本書はフィクションであり、実在の団体、個人、事件には一切の関連がありません。

真実《しんじつ》の檻《おり》

下村敦史《しもむらあつし》

平成30年 5月25日　初版発行
平成30年 8月25日　5版発行

発行者●郡司 聡

発行●株式会社KADOKAWA
〒102-8177　東京都千代田区富士見2-13-3
電話 0570-002-301（ナビダイヤル）

角川文庫 20937

印刷所●旭印刷株式会社　製本所●株式会社ビルディング・ブックセンター

表紙画●和田三造

ISBN978-4-04-106905-9　C0193

角川文庫発刊に際して

角川源義

第二次世界大戦の敗北は、軍事力の敗北であった以上に、私たちの若い文化力の敗退であった。私たちの文化が戦争に対して如何に無力であり、単なるあだ花に過ぎなかったかを、私たちは身を以て体験し痛感した。西洋近代文化の摂取にとって、明治以後八十年の歳月は決して短かすぎたとは言えない。にもかかわらず、近代文化の伝統を確立し、自由な批判と柔軟な良識に富む文化層として自らを形成することに私たちは失敗して来た。そしてこれは、各層への文化の普及滲透を任務とする出版人の責任でもあった。

一九四五年以来、私たちは再び振出しに戻り、第一歩から踏み出すことを余儀なくされた。これは大きな不幸ではあるが、反面、これまでの混沌・未熟・歪曲の中にあった我が国の文化に秩序と確たる基礎を齎らすためには絶好の機会でもある。角川書店は、このような祖国の文化的危機にあたり、微力をも顧みず再建の礎石たるべき抱負と決意とをもって出発したが、ここに創立以来の念願を果すべく角川文庫を発刊する。これまで刊行されたあらゆる全集叢書文庫類の長所と短所とを検討し、古今東西の不朽の典籍を、良心的編集のもとに、廉価に、そして書架にふさわしい美本として、多くのひとびとに提供しようとする。しかし私たちは徒らに百科全書的な知識のジレッタントを作ることを目的とせず、あくまで祖国の文化に秩序と再建への道を示し、この文庫を角川書店の栄ある事業として、今後永久に継続発展せしめ、学芸と教養との殿堂として大成せんことを期したい。多くの読書子の愛情ある忠言と支持とによって、この希望と抱負とを完遂せしめられんことを願う。

一九四九年五月三日

角川文庫ベストセラー

怪談人恋坂　赤川次郎

謎の死をとげた姉の葬式の場で、郁子が伝えられたショッキングな事実。その後も郁子のまわりでは次々と殺人が起こって……不穏な事件は血塗られた人恋坂の怨念か。生者と死者の哀しみが人恋坂にこだまする。

教室の正義　闇からの声　赤川次郎

締め付けが強まる一方の学校、公正な報道をしないマスコミ、そして戦争に加担し続ける政治家たち――。現代の日本が抱える問題点を鋭く描く意欲作。

三毛猫ホームズの推理　赤川次郎

時々物思いにふける癖のあるユニークな猫、ホームズ。血、アルコール、女性と三拍子そろってニガテな独身刑事、片山。二人のまわりには事件がいっぱい。三毛猫シリーズの記念すべき第一弾。

天使と悪魔　天使と悪魔①　赤川次郎

おちこぼれ天使と悪魔の地上研修レッスン一。天使は少女に悪魔が犬に姿を変えて地上へ降りた所は、人のいい刑事が住むマンション。殺人事件に巻きこまれた二人が一致協力して犯人捜しに乗り出す。

セーラー服と機関銃　赤川次郎ベストセレクション①　赤川次郎

父を殺されたばかりの可愛い女子高生星泉は、組員四人のおんぼろやくざ目高組の組長を襲名するはめになった。襲名早々、組の事務所に機関銃が撃ちこまれ、早くも波乱万丈の幕開けが――。

角川文庫ベストセラー

金田一耕助に捧ぐ九つの狂想曲

赤川次郎・有栖川有栖・小川勝己・北森鴻・京極夏彦・栗本薫・柴田よしき・菅浩江・服部まゆみ

もじゃもじゃ頭に風采のあがらない格好。しかし誰よりも鋭く、心優しく犯人の心に潜む哀しみを解き明かす――。横溝正史が生んだ名探偵が9人の現代作家の手で蘇る！　豪華パスティーシュ・アンソロジー！

幻坂

有栖川有栖

坂の傍らに咲く山茶花の花に、死んだ幼なじみを偲ぶ「清水坂」。自らの嫉妬のために、恋人を死に追いやってしまった男の苦悩が哀切な「愛染坂」。大坂で頓死した芭蕉の最期を描く「枯野」など抒情豊かな9篇。

怪しい店

有栖川有栖

誰にも言えない悩みをただ聴いてくれる不思議なお店〈みみや〉。その女性店主が殺された。臨床犯罪学者・火村英生と推理作家・有栖川有栖が謎に挑む表題作「怪しい店」ほか、お店が舞台の本格ミステリ作品集。

Another（上）（下）

綾辻行人

1998年春、夜見山北中学に転校してきた榊原恒一は、何かに怯えているようなクラスの空気に違和感を覚える。そして起こり始める、恐るべき死の連鎖！　名手・綾辻行人の新たな代表作となった本格ホラー。

霧越邸殺人事件〈完全改訂版〉（上）（下）

綾辻行人

信州の山中に建つ謎の洋館「霧越邸」。訪れた劇団「暗色天幕」の一行を迎える怪しい住人たち。邸内で発生する不可思議な現象の数々…。閉ざされた〝吹雪の山荘〟でやがて、美しき連続殺人劇の幕が上がる！

角川文庫ベストセラー

Another エピソードS 綾辻行人

一九九八年、夏休み。両親とともに別荘へやってきた見崎鳴が遭遇したのは、死の前後の記憶を失い、みずからの死体を探す青年の幽霊、だった。謎めいた屋敷を舞台に、幽霊と鳴の、秘密の冒険が始まる――。

罪の余白 芦沢央

高校のベランダから転落した加奈の死を、父親の安藤は受け止められずにいた。娘はなぜ死んだのか。自分を責める日々を送る安藤の前に現れた、加奈のクラスメートの協力で、娘の悩みを知った安藤は。

悪いものが、来ませんように 芦沢央

助産院に勤めながら、不妊と夫の浮気に悩む紗英。育児に悩み社会となじめずにいる奈津子。2人の異常な密着が恐ろしい事件を呼ぶ。もう一度読み返したくなる心理サスペンス！

リラ荘殺人事件 鮎川哲也

リラ荘を七人の芸大生が訪れた翌日から、殺人鬼の活動は始まった。男が殺され、死体の横には学生のレインコートと、スペードのAが。それを機に寮で次々と起こる殺人、凶悪無残な殺人鬼の正体とは？

正義のセ　ユウズウキカンチンで何が悪い！ 阿川佐和子

東京下町の豆腐屋生まれの凜々子はまっすぐに育ち、やがて検事となる。法と情の間で揺れてしまう難事件、恋人とのすれ違い、同僚の不倫スキャンダル……山あり谷ありの日々にも負けない凜々子の成長物語。

角川文庫ベストセラー

見えざる網　伊兼源太郎

「あなたはSNSについてどう思いますか？」街頭インタビューで異論を呈した今光は、混雑した駅のホームで押されて落ちかけた。事件の意外な黒幕とは!? 第33回横溝正史ミステリ大賞受賞作。

天河伝説殺人事件（上）（下）　内田康夫

能の水上流宗家・和憲には、和鷹、秀美という二人の孫がいた。異母兄弟であるこの二人のうちどちらかが宗家を継ぐだろうと言われていた。だが、舞台で「道成寺」を舞っている途中、和鷹が謎の死を遂げて……。

幻香　内田康夫

浅見のもとに届いた1通の手紙から、華やかな香りが立ち上った。示された待ち合わせ場所で新進気鋭の調香師殺人事件に巻き込まれた浅見。その前に現れた三人の美女とは――。著作一億冊突破記念特別作品。

感傷の街角　大沢在昌

早川法律事務所に所属する失踪人調査のプロ佐久間公がボトル一本の報酬で引き受けた仕事は、かつて横浜で遊んでいた〝元少女〟を捜すことだった。著者23歳のデビューを飾った、青春ハードボイルド。

秋に墓標を（上）（下）　大沢在昌

都会のしがらみから離れ、海辺の街で愛犬と静かな生活を送っていた松原龍。ある日、龍は浜辺で一人の見知らぬ女と出会う。しかしこの出会いが、龍の静かな生活を激変させた……！

角川文庫ベストセラー

覆面作家は二人いる　北村　薫

姓は〈覆面〉、名は〈作家〉。弱冠19歳、天国的美貌の新人推理作家・新妻千秋は大富豪令嬢。若手編集者・岡部を混乱させながら鮮やかに解き明かされる日常世界の謎。お嬢様名探偵、シリーズ第一巻。

冬のオペラ　北村　薫

名探偵はなるのではない、存在であり意志である――名探偵巫弓彦に出会った姫宮あゆみは、彼の記録者になった。そして猛暑の下町、雨の上野、雪の京都で二人は、哀しくも残酷な三つの事件に遭遇する……。

嗤う伊右衛門　京極夏彦

鶴屋南北「東海道四谷怪談」と実録小説「四谷雑談集」を下敷きに、伊右衛門とお岩夫婦の物語を怪しく美しく、新たによみがえらせる。愛憎、美と醜、正気と狂気……全ての境界をゆるがせる著者渾身の傑作怪談。

硝子のハンマー　貴志祐介

日曜の昼下がり、株式上場を目前に、出社を余儀なくされた介護会社の役員たち。厳重なセキュリティ網を破り、自室で社長は撲殺された。凶器は？　殺害方法は？　推理作家協会賞に輝く本格ミステリ。

鍵のかかった部屋　貴志祐介

防犯コンサルタント（本職は泥棒？）・榎本と弁護士・純子のコンビが、4つの超絶密室トリックに挑む。表題作ほか「佇む男」「歪んだ箱」「密室劇場」を収録。防犯探偵・榎本シリーズ、第3弾。

角川文庫ベストセラー

RIKO―女神《ヴィーナス》の永遠― 柴田よしき

男性優位な警察組織の中で、女であることを主張し放埓に生きる刑事村上緑子。彼女のチームが押収した裏ビデオには、男が男に犯され殺されていく残虐なレイプが録画されていた。第15回横溝正史賞受賞作。

ジェノサイド (上)(下) 高野和明

イラクで戦うアメリカ人傭兵と日本で薬学を専攻する大学院生。二人の運命が交錯する時、全世界を舞台にした大冒険の幕が開く。アメリカの情報機関が察知した人類絶滅の危機とは何か。世界水準の超弩級小説！

消失グラデーション 長沢樹

とある高校のバスケ部員椎名康は、屋上から転落した少女に出くわす。しかし、少女は忽然と姿を消した!? 開かれた空間で起こった目撃者不在の〝少女消失〟事件の謎。審査員を驚愕させた横溝賞大賞受賞作。

夜ごと死の匂いが 西村京太郎

夏の暑い夜、若い女性だけを狙う連続殺人事件が起こるが、被害者の共通項がみつからず、捜査は難航した。そしてまた暑い夜を迎える……十津川と亀井の名コンビの推理が冴えるサスペンス・ミステリ。

Cの福音 楡周平

商社マンの長男としてロンドンで生まれ、フィラデルフィアで天涯孤独になった朝倉恭介。彼が作り上げたのは、コンピュータを駆使したコカイン密輸の完璧なシステムだった。著者の記念碑的デビュー作。

角川文庫ベストセラー

不夜城　馳星周

アジア屈指の歓楽街・新宿歌舞伎町の中国人黒社会を器用に生き抜く劉健一。だが、上海マフィアのボスの片腕を殺し逃亡していたかつての相棒・呉富春が町に戻り、事態は変わった――。衝撃のデビュー作!!

受精　帚木蓬生

不慮の事故で恋人は逝ってしまった。失意の底で舞子が見出した一筋の光明。それは、あの人の子供を宿すことだった。すべてを捨て舞子はブラジルの港町、サルヴァドールへと旅立つ。比類なき愛と生命の物語。

殺人の門　東野圭吾

あいつを殺したい。奴のせいで、私の人生はいつも狂わされてきた。でも、私には殺すことができない。殺人者になるために、私には一体何が欠けているのだろうか。心の闇に潜む殺人願望を描く、衝撃の問題作！

GIVER 復讐の贈与者　日野草

過去に負い目を抱えた人々に巧みに迫る、正体不明の復讐代行業者。彼らはある「最終目的」を胸に、人の「一番の弱み」を利用し、追い詰めていく。恨む人・恨まれる人を予想外の結末に導く6つの復讐計画とは？

神様の裏の顔　藤崎翔

神様のような清廉な教師、坪井誠造が逝去した。その通夜は悲しみに包まれ、誰もが涙した……と思いきや、年齢も職業も多様な参列者たちが彼を思い返すうち、とんでもない犯罪者であった疑惑が持ち上がり……。

角川文庫ベストセラー

鬼の跫音
道尾秀介

ねじれた愛、消せない過ち、哀しい嘘、暗い疑惑——。心の鬼に捕らわれた6人の「S」が迎える予想外の結末とは。一篇ごとに繰り返される奇想と驚愕。人の心の哀しさと愛おしさを描き出す、著者の真骨頂！

警視庁草紙 (上)(下)
山田風太郎ベストコレクション
山田風太郎

初代警視総監川路利良を先頭に近代化を進める警視庁と、元江戸南町奉行たちとの知恵と力を駆使した対決。綺羅星のごとき明治の俊傑らが銀座の煉瓦街を駆けめぐる。風太郎明治小説の代表作。

風来忍法帖
山田風太郎ベストコレクション
山田風太郎

豊臣秀吉の小田原攻めに対し忍城を守るは美貌の麻也姫。彼女に惚れ込んだ七人の香具師が姫を裏切った風摩党を敵に死闘を挑む。機知と詐術で、圧倒的強敵に打ち勝つことは出来るのか。痛快奇抜な忍法帖！

八つ墓村
金田一耕助ファイル1
横溝正史

鳥取と岡山の県境の村、かつて戦国の頃、三千両を携えた八人の武士がこの村に落ちのびた。欲に目が眩んだ村人たちは八人を惨殺。以来この村は八つ墓村と呼ばれ、怪異があいついだ……。

獄門島
金田一耕助ファイル3
横溝正史

瀬戸内海に浮かぶ獄門島。南北朝の時代、海賊が基地としていたこの島に、悪夢のような連続殺人事件が起こった。金田一耕助に託された遺言が及ぼす波紋とは？　芭蕉の俳句が殺人を暗示する!?